Tu assumeras tes désirs

LYNDA AICHER

Tu assumeras tes désirs

Sexy

HARLEQUIN

Collection : SEXY

Titre original : BONDS OF DENIAL : BOOK FIVE WICKED PLAY

Traduction française de EVELYNE JOUVE

HARLEQUIN

83-85, boulevard Vincent-Auriol, 75646 PARIS CEDEX 13.

Service Lectrices — Tél. : 01 45 82 47 47

www.harlequin.fr

ISBN 978-2-2803-3393-1 ISSN 2426-7945

A mes lectrices, mes proches et mes amis
qui m'ont accompagnée tout au long de ce voyage.
Merci à vous.
Les mots peinent à exprimer toute ma gratitude.
Puissiez-vous lire entre les lignes…

Chapitre 1

Bon sang. Il n'avait aucune envie de baiser ce soir.

Il le fallait, pourtant.

Carter Montgomery s'arrêta devant l'hôtel et prit quelques secondes pour évacuer son ressentiment. Se mettre en colère n'y changerait rien. Il inspira à fond et remua les épaules pour dénouer la tension de sa nuque. Ce n'était pas le moment d'avoir une migraine.

Une bourrasque glacée se rua dans l'habitacle dès qu'il ouvrit la portière.

— Bonsoir, monsieur, le salua le voiturier d'un ton poli, les joues rougies par le froid.

Carter lui tendit les clés, chassant d'un sourire les dernières traces de sa frustration.

— Merci.

Il enfonça son écharpe dans son manteau. L'auvent protégeait les clients des chutes de neige qui balayaient la ville depuis la fin d'après-midi, et les lampes chauffantes conjuraient le froid mordant. Janvier pouvait être un mois redoutable à Minneapolis mais depuis douze ans qu'il vivait dans la région des dix mille lacs, Carter s'était habitué. Se plaindre du froid était tout aussi inutile que se lamenter sur son boulot.

L'hôtel de haut standing lui était familier : c'était le préféré de l'un de ses clients réguliers. Suffisamment vaste pour y passer inaperçu et suffisamment classe pour que la discrétion soit de mise même si le personnel se doutait de quelque chose. Preuve que l'argent pouvait tout acheter, y compris le respect de la vie privée.

Il traversa le hall élégant en direction des ascenseurs, les mains dans les poches de son manteau. Un bref coup d'œil aux glaces qui tapissaient les murs l'informa qu'il était à son avantage, impression confirmée par les regards d'un groupe de jeunes femmes qui bavardaient un peu plus loin.

Il appela l'ascenseur et mit à profit l'attente pour envoyer un texto de confirmation d'arrivée à l'agence. Il fit dérouler ses messages, vérifia le numéro de la chambre, bascula la sonnerie en mode silencieux et glissa son portable dans la poche intérieure de sa veste tandis que les portes de l'ascenseur s'ouvraient devant lui.

Il y avait plus de trois ans qu'il ne s'était pas rendu à un rendez-vous à l'aveugle mais c'était loin d'être une première pour autant. Pourtant, l'anxiété lui nouait le ventre. Son client était un inconnu, ce qui signifiait que la soirée le serait aussi. Il avait créé une forme de complicité avec ses clients réguliers. Une clientèle qu'il avait fidélisée et étoffée durant sept années. Il savait très exactement à quoi s'attendre avec chacun d'entre eux.

Mais ce soir il était face à un écran noir qui pouvait s'éclairer sur n'importe quoi. Cela dit, le suspens n'était pas dépourvu d'excitation.

Il souffla profondément, ajusta son col et profita de ce dernier moment de répit pour se mettre dans l'humeur. En général, il réussissait à décrypter un client en quelques secondes. Tenue vestimentaire, nervosité, désordre dans la chambre, premiers mots échangés… C'était son job de s'adapter instantanément à chaque situation.

Peu de gens avaient conscience de la somme de travail et du défi que représentait son métier. Il ne s'était pas hissé au top de la profession en livrant des prestations standard. Tout l'art consistait à deviner ce que chaque client voulait qu'il soit : timide, arrogant, soumis, dominant, bavard, silencieux… et à se glisser dans le personnage. N'importe qui pouvait baiser. Lui, il était un fantasme devenu réalité.

Mais pour parvenir à ce résultat, il devait s'investir à cent pour cent dans son rôle. Il n'y avait pas de place pour les problèmes personnels — ni pour ses bisbilles avec l'agence. Il réglerait ça plus tard.

Le fait que le client ait insisté pour que ce soit lui et pas un autre laissait penser qu'il lui avait été recommandé par quelqu'un. Mais par qui ? Aucun de ses clients réguliers ne lui avait dit quoi que ce soit, et l'agence ne lui avait livré aucune info. A supposer qu'ils sachent quelque chose…

Le choix de l'hôtel indiquait que son client avait une certaine aisance financière mais ne révélait rien sur sa personnalité, son physique ou ses goûts.

Les portes de l'ascenseur s'ouvrirent sur un couloir tendu de moquette industrielle marron. Carter glissa une pastille de menthe dans sa bouche, jeta un coup d'œil aux numéros des chambres et marcha vers sa destination.

Ce foutu col était trop serré. Rock avait l'impression qu'un nœud coulant lui comprimait la trachée, le condamnant à une lente asphyxie. Etait-ce un signe ? Une façon de l'avertir que ce rendez-vous était une terrible erreur ?

Comme s'il ne le savait pas déjà. C'était une évidence

depuis la seconde où il avait décroché son téléphone pour appeler l'agence.

Rockford Fielding tira sur son col dans l'espoir de desserrer l'étau, en vain. La chemise n'était pas en cause, évidemment. Il avait payé ce costume et cette chemise sur mesure neuf cents dollars, il était impossible qu'elle soit trop juste. Le problème c'était qu'il n'avait pas porté un vêtement élégant depuis six ans, et encore c'était son uniforme militaire.

Il se détourna, passa la main dans ses cheveux coupés presque à ras et se figea en surprenant son geste dans le miroir de la chambre. Ce rendez-vous était une connerie monumentale.

Il s'approcha des grandes fenêtres qui s'ouvraient sur la nuit. D'instinct, il se mit en position de repos — celle qu'on lui avait inculquée depuis qu'il était en âge de marcher. Jambes écartées, bras dans le dos, sa main droite enserrant son poignet gauche. Son menton se redressa, ses abdominaux se contractèrent, son poids s'équilibra sur ses deux pieds écartés, et il put enfin se concentrer.

La lumière douce des deux lampes de bureau dessinait son reflet sur le rectangle noir de la fenêtre mais il regarda volontairement à travers, en direction de la nuit. Il ne voulait pas se voir.

Il ne voulait surtout pas que son image lui rappelle pourquoi cette nuit était une erreur.

La neige tombait en tourbillonnant, poussée par le vent. Il y avait encore une possibilité que son rendez-vous annule. Les rues n'étaient pas impraticables, pas selon les critères du Minnesota tout du moins, mais ce serait une excuse plausible pour décommander. Il en venait presque à l'espérer. Il pourrait alors rentrer chez lui et prétendre qu'il ne s'était rien passé.

D'ailleurs, il ne s'était rien passé — pour le moment. Et

rien ne disait qu'il se passerait quelque chose ce soir. Après tout, il ne s'agissait que d'un dîner.

Ce ne serait pas son premier dîner entre hommes. Ça lui était arrivé plus d'une fois en trente-quatre ans d'existence. Mais jamais en tête à tête avec un homme loué via une agence d'escorts gays.

Il déglutit péniblement, la gorge aussi aride qu'un désert. Le problème, ce n'était pas le dîner en lui-même mais l'intention derrière ce rendez-vous.

Heureusement, personne ne saurait. Jamais.

C'était moins dangereux que de retrouver un inconnu dans une ruelle derrière un bar. Cette pensée ramena son regard sur la longue cicatrice qui déchirait sa joue de haut en bas, du sourcil à la mâchoire. Elle était invisible dans le reflet de la vitre, et il pouvait presque imaginer qu'elle n'existait pas. Mais les souvenirs qui s'y rattachaient étaient indélébiles.

Une goutte de transpiration se faufila entre ses omoplates mais il ne rompit pas sa position pour autant. Le chauffage se déclencha — un ronronnement sourd suivi d'un halo d'air chaud sur sa nuque, sa joue et son crâne. Un frisson lui coula dans le dos mais il le maîtrisa sans bouger un cil. Il compta les pulsations de son cœur qui battait trop fort et inspira lentement, profondément.

Son esprit continua à dériver, le ramenant vers celui qui avait capté son attention la toute première fois qu'il était apparu sur l'un de ses multiples écrans de surveillance. Rock avait observé des milliers de personnes via les caméras dont le Red Room était truffé. Il avait assisté à toutes sortes de scénarios érotiques — domination, soumission, sadomasochisme, parties à deux, à trois ou en groupes… Mais il ne leur avait prêté qu'une attention purement professionnelle jusqu'à ce que Carter Montgomery pousse la porte du club.

Ce qu'il avait ressenti alors était inexplicable. Une attirance foudroyante, irrésistible, qui n'avait cessé de grandir au fil des mois tandis qu'il l'observait à travers le prisme distant et froid de la caméra.

Carter était venu au Red Room une fois par mois pendant un an, toujours avec le même membre du club et toujours vêtu avec une élégance décontractée — jamais de string, de cuir ni aucun accessoire SM. Toujours en phase avec son partenaire. Attentif. Tendre.

Mais il y avait aussi ces instants de vérité où il ne se savait pas observé et où la solitude hurlait dans ses yeux bleu clair. C'était fugitif, à peine le temps d'un battement de cils, et son sourire revenait sans même que son compagnon ait remarqué quoi que ce soit.

Rock, lui, voyait derrière la façade. Il connaissait cette angoisse. Leur parcours et leur passé étaient différents, mais ils avaient le même vide terrible au fond du cœur.

Carter n'était pas le seul gay à venir au club, loin de là. Mais depuis six ans que Rock assurait la surveillance de l'établissement, c'était la première fois qu'un client lui faisait cet effet.

Cette attirance était une malédiction. Il avait essayé de l'ignorer et de la chasser de son esprit. En vain. Le désir sombre, enfoui au plus profond de lui, avait fini par l'emporter.

Il n'avait pas encore déterminé si c'était une bonne ou une mauvaise chose que Carter connaisse Tyler, une amitié nouée à l'époque où ils travaillaient pour la même agence d'escorts. En tout cas, c'était ce qui l'avait décidé à prendre ce rendez-vous.

Carter était un escort gay. La réponse parfaite à son problème. Une solution pragmatique à défaut d'être romantique.

Si toutefois il allait au bout du processus. Mais en serait-il capable ?

On toqua à la porte. Trois petits coups qui le firent vaciller sur ses pieds et précipitèrent son rythme cardiaque. Il prit une grande respiration, se retourna mais ne fit pas un mouvement.

Les secondes s'égrenèrent comme autant de petites morsures d'incertitude. Ouvrir à son visiteur serait une décision réfléchie, pas un acte hasardeux inspiré par l'alcool et honteusement caché dans l'obscurité d'une ruelle. Il devait choisir s'il voulait… aller dîner avec un homme.

Juste dîner.

Son invité toqua de nouveau. Des coups rapides, fermes mais pas impatients.

Rock déglutit, serra et desserra les poings pour tenter de dénouer sa tension, et avança vers la porte.

Il n'avait pas toujours été à la hauteur dans sa vie, loin de là. Il avait été lâche plus d'une fois. Mais il pouvait affronter un dîner. Pour ce qui était de la suite, il aviserait le moment venu.

Chapitre 2

Carter allait vérifier le numéro de la chambre sur son portable quand la porte s'ouvrit brusquement sur un homme à peu près de sa taille, avec de larges épaules, une coupe de cheveux militaire et une expression sévère accentuée par une mâchoire carrée.

La lumière du couloir ne permettait pas de distinguer ses traits avec précision mais il était impossible de ne pas remarquer la fine cicatrice qui déchirait sa joue gauche de haut en bas. Un défaut qui loin de l'enlaidir ajoutait à la séduction de son visage et le rendait plus attirant, plus âpre. Un homme qui prenait la vie à bras-le-corps au lieu de la regarder passer.

Un homme dangereux. L'avertissement « ne me faites pas chier » semblait irradier de sa personne.

Super. Carter réprima le petit frisson d'excitation qui se faufilait jusqu'à son entrejambe. S'il y avait un cerveau sous cette enveloppe prometteuse, alors la nuit s'annonçait des plus intéressantes.

Evaluer quelqu'un en quelques secondes était une procédure classique dans sa profession, et il eut pleinement conscience que son vis-à-vis en faisait autant. La première réaction à chaud du client était toujours révélatrice — mais pas cette fois. Le self-control, la coupe de cheveux et le physique affûté le classaient dans la catégorie des militaires ou des hauts dirigeants.

Carter lui tendit la main. Le sourire qui lui vint aux lèvres était sincère. A ce stade, il n'y avait pas de raison de jouer la comédie.

— Bonsoir, dit-il d'un ton chaleureux et décontracté.

Il n'utilisait jamais de prénom dans un lieu public à moins que le client n'en prenne l'initiative. Même si le couloir de l'hôtel paraissait désert, on n'était jamais trop prudent. La discrétion était essentielle quand on payait pour avoir de la compagnie.

Comme l'homme ne faisait pas un geste pour lui serrer la main, Carter laissa retomber sa main sans insister.

Après un autre long silence d'observation mutuelle, il haussa les sourcils d'un air interrogateur.

— Puis-je entrer ou est-ce une fin de non-recevoir ?

Cela ne lui était encore jamais arrivé mais il y avait un début à tout. Bien sûr, l'agence ne serait pas ravie d'apprendre que le rendez-vous avait capoté. Mais il n'y était pour rien.

Il baissa la voix.

— Ce serait plus commode si on pouvait parler en privé.

Il jeta un coup d'œil en direction des ascenseurs avant de dévisager son client. Il était aussi hermétique qu'un mur. Carter enfonça les mains dans les poches de son manteau et s'adossa d'une épaule au chambranle.

— Mais on peut aussi bavarder ici.

Il sourit poliment.

— Astrologie ? Peinture ? Littérature ?

Les lèvres de son client frémirent, ébauchant ce qui aurait pu être le début d'un sourire si cela avait duré plus d'une fraction de seconde. Il recula sans un mot.

Carter sentit un petit frisson d'appréhension en franchissant la porte, mais rien d'inhabituel. Il avait toujours un moment d'anxiété face à une situation inconnue. Il avait appris à se défendre depuis longtemps et il ne baissait jamais complètement sa garde. Surtout face à un homme qu'il ne connaissait pas et qui avait les moyens physiques de lui faire mal s'il le décidait.

La semelle de ses chaussures résonna sur le sol en mélaminé. Les murs dans des tons brun, vert mousse et jaune pâle tranchaient avec les meubles en chêne clair aux lignes douces, rappelant qu'on était dans un hôtel haut de gamme.

Pas de gravure standard au-dessus du lit mais une série de panneaux de verre gravés d'un dessin géométrique. La couette blanche était lisse, sans l'ombre d'un pli. Rien n'indiquait que son client s'y soit étendu en l'attendant.

En fait, rien ne montrait qu'il ait fait quoi que ce soit depuis qu'il avait pris possession de la chambre. Il n'y avait pas le moindre désordre sur le bureau — pas de chargeur de téléphone, de monnaie ou de papiers. Pas de sac de voyage ni de valise sur le sol. Il était prêt à parier que la salle de bains était impeccable et qu'il n'y avait pas mis les pieds.

Ce n'était donc pas un homme d'affaires en déplacement. Peut-être un militaire basé à Little Falls ? Une heure et demie de route, ce n'était pas la mer à boire pour aller chercher un peu de distraction.

Il ne prit pas l'initiative de retirer son manteau. Il attendait toujours que le client donne le signal. Il avait payé pour trois heures, libre à lui d'utiliser son temps comme il le souhaitait.

L'homme avança vers lui mais s'arrêta à bonne distance.

— Merci d'être venu.

Il avait une voix profonde, vibrante, ses inflexions jouant leur partition séductrice. Carter n'avait pas besoin d'être séduit mais dans d'autres circonstances, le truc aurait pleinement fonctionné.

— C'est un plaisir.

Le haussement de sourcil qui lui répondit parut mettre en question cette affirmation.

— Nous verrons cela.

Le rire qui lui échappa n'était pas programmé. Décidément, la soirée s'annonçait plus intéressante que prévu. Casser une coque dure pour trouver l'amande était toujours plus gratifiant que d'en trouver une déjà ouverte.

— Je peux prendre votre… ton manteau ?

L'homme tendit la main, paume ouverte, dévoilant des doigts étonnamment fins, presque gracieux. Une main de pianiste aurait dit sa grand-mère. Une main qu'on s'attendait à voir chez un concertiste, pas chez un militaire aguerri.

Carter se força à détourner les yeux et ôta son long vêtement de laine. Tout ce qui avait de la valeur était dans les poches de sa veste, une façon de ne pas être pris au dépourvu si jamais il était obligé de partir précipitamment en abandonnant son manteau derrière lui. C'était déjà arrivé. Il laissa volontairement leurs mains se toucher en lui tendant le vêtement. L'homme ne montra aucune réaction mais Carter, lui, sentit une fine toison lui chatouiller la paume.

Il capta aussi l'odeur d'un après-rasage contenant des notes de cèdre et… de sauge. Un parfum discret qui lui allait de manière trop subtile pour qu'une femme l'ait choisi pour lui. Il ne portait pas d'alliance — un détail que Carter vérifiait toujours en premier.

Un gay qui ne s'assumait pas ? S'il était vraiment militaire, il ne serait pas le premier à se retrancher derrière la loi du silence. Il devait avoir dans les trente ou trente-cinq ans. S'il s'était engagé dans l'armée juste après le lycée, cela signifiait qu'il vivait dans le déni depuis une quinzaine d'années…

Mais, à moins qu'il souhaite lui en parler, cela ne le concernait pas. Moins il en savait, mieux c'était.

La veste de son client se tendit sur ses larges épaules quand il suspendit le manteau dans la penderie. Une attention assez révélatrice. Certains clients jetaient son vêtement sur le dossier d'une chaise, d'autres ne pensaient même pas à lui demander de l'enlever. C'était à des petits détails comme celui-là qu'on apprenait à connaître un individu.

Carter glissa les mains dans les poches de son pantalon et passa en revue les différents scénarios possibles pour la soirée. Les prochaines heures s'annonçaient au mieux. Mais il avait appris depuis longtemps à se méfier des apparences. Certains types chauds bouillants devenaient de vrais toquards au lit, et inversement. Néanmoins…

L'homme referma la penderie et marqua un temps avant de se retourner. Il observa Carter, croisa les mains dans le dos et s'humecta les lèvres. Un signe de nervosité, dépourvu de toute connotation sexuelle.

— J'ai réservé une table au restaurant de l'hôtel pour le dîner.

Il baissa les yeux une fraction de seconde puis redressa le menton.

— Mais je peux appeler le room service si tu préfères.

Le pauvre, il était tellement mal à l'aise. Comment l'aider à se détendre ?

— Le restaurant c'est une excellente idée mais l'autre option est bien aussi, si tu la trouves plus confortable.

— Ce n'est qu'un dîner.

Les mots marmonnés semblaient s'adresser davantage à lui-même qu'à Carter.

— Oui, acquiesça Carter en se rapprochant d'un pas. C'est juste un dîner.

Il fit un autre pas et lui tendit la main.

— Je m'appelle Carter. C'est un plaisir de te rencontrer.

L'espace d'un instant, il crut que l'homme allait l'ignorer

encore une fois : il regardait sa main comme si elle tenait une arme ou était enduite de poison. Mais il finit par la serrer.

Un geste ferme qui n'essayait ni de prendre le contrôle ni d'affirmer une quelconque domination. La poignée de main se prolongea plus longtemps que la normale mais après tout, ce rendez-vous n'avait rien de normal.

Carter sentit une onde de désir remonter le long de son bras et se répandre comme une vague de chaleur dans tout son corps. L'envie d'attirer brutalement cet homme à lui était plus forte de seconde en seconde. Nul doute que lorsque son client céderait enfin à ses pulsions, la passion qui jaillirait entre eux serait explosive. Le contact de son pouce sur le dos de sa main était à la fois doux et hésitant. Ce n'était ni un jeu ni un acte de séduction mais une réaction sincère.

— Rock.

La syllabe creva la petite bulle de silence qui les enveloppait. Carter chercha son regard. Ses yeux bleus étaient presque noirs maintenant, dévorés par le cercle de sa pupille.

— Je m'appelle Rock.

Le prénom lui allait à la perfection, bien mieux que celui de Rockford qu'il avait donné à l'agence. Beaucoup trop guindé.

— Rock, répéta-t-il en souriant. Ça me plaît.

Rock lâcha sa main et reprit sa position initiale, les mains croisées dans le dos.

— En réalité, Rockford est un nom de famille. Mon grand-père a pris la deuxième partie alors j'ai opté pour la première.

Carter s'était demandé si ce nom n'était pas un pseudonyme. Maintenant il connaissait la réponse — même si en réalité cela n'avait aucune importance.

— Moi c'est Carter. En une seule partie.

Un pli creusa le front de Rock puis s'effaça. Il jeta un coup d'œil à sa montre.

— Nous devrions descendre.

Il ouvrit la porte et s'effaça pour le laisser passer. Carter huma de nouveau ce parfum subtil de cèdre et de sauge. Il retint son souffle tandis que l'odeur se répandait dans tout son organisme. Cette nuit, il n'aurait pas besoin de s'aider de pilules pour que ça marche entre eux.

Ce rendez-vous était de loin la meilleure surprise qui lui soit arrivée depuis très longtemps !

Rock avait réservé une table à l'écart, abritée des regards. Il y avait peu de chances qu'il croise une connaissance dans un restaurant aussi élégant mais la prudence était une seconde nature chez lui. S'il avait eu un peu de courage, il aurait admis que ce n'était pas une question de prudence. En réalité il se cachait.

Il attendit que le serveur ait fini de noter les boissons et regarda son… son compagnon.

Non. Pas son compagnon. Son ami ? Son rendez-vous d'affaires ?

Merde, est-ce que cela comptait ? Non.

Carter Montgomery était encore plus magnifique vu de près. Les caméras de surveillance n'avaient pas rendu justice à ses yeux bleu frangés de cils sombres. Un bleu tellement incroyable qu'on ne pouvait pas s'empêcher de les regarder une deuxième fois pour essayer de voir si leur couleur était naturelle ou modifiée par des lentilles. Avec ses pommettes saillantes et ses sourcils bien dessinés, du même noir de jais que ses cheveux, il était juste incroyablement beau. Les hommes devaient se battre pour avoir une chance de coucher avec lui. Il n'avait pas besoin de payer pour faire l'amour. Alors pourquoi… ?

Aucune importance. Ses motivations ne le regardaient pas.

Le silence se prolongea, devenant plus inconfortable à chaque seconde. Carter ne semblait pourtant pas s'en formaliser. Il étudiait le décor, visiblement détendu.

Puis, il ramena son attention sur lui et sourit. Une légère incurvation des lèvres qui anima ses pommettes et vibra dans ses yeux, chassant l'oxygène des poumons de Rock.

— Très agréable, cet endroit.

Rock baissa la tête. C'était une simple conversation. Il pouvait y arriver… s'il parvenait à remuer les lèvres.

— Je n'ai encore jamais dîné ici.

Son commentaire abrupt n'appelait pas de réponse. Quel imbécile.

— Et toi ? reprit-il en essayant d'être autre chose qu'une bûche posée sur la banquette.

Carter inclina la tête sur le côté. Il essayait sans doute de deviner où allait le mener cette soirée.

— Une fois ou deux.

Naturellement. Il était déjà venu avec des clients. Des hommes qui lui avaient donné rendez-vous ici avant de monter avec lui dans leur chambre pour…

Non, il ne voulait pas y penser !

— Qu'est-ce que tu me conseilles, alors ? demanda-t-il en montrant les menus, sur la table.

— Tu as l'air d'un homme à steak. Je me trompe ?

— Qui n'aime pas une bonne viande ?

Carter leva les sourcils. Ses lèvres frémirent comme s'il réprimait un sourire. Rock sentit son visage s'enflammer quand il se rendit compte de ce qu'il venait de dire. *Ferme-la, crétin !* Il détourna les yeux, son embarras s'ajoutant à la montagne d'émotions qui faisaient de ce dîner un vrai cauchemar.

Carter laissa échapper un rire étouffé.

— D'accord avec toi. Dans ce cas, je te recommande le pavé de bœuf.

Rock secoua la tête et laissa échapper un son étranglé qui pouvait passer pour un rire.

— Désolé.

Levant les yeux, il vit un pétillement danser dans ceux de Carter.

— Je ne suis pas très doué pour la conversation.

C'était la vérité mais il n'avait pas prévu de faire cet aveu ce soir. Pas plus que cette petite confidence au sujet de son nom. Comme si cela présentait le moindre intérêt pour Carter. Comme s'il s'en souviendrait après cette soirée.

Il n'était qu'un client qui avait payé pour trois heures de son temps.

Il redressa les épaules et fit mine de se concentrer sur le menu. Un spasme lui tordait l'estomac, lui faisant redouter une nausée. Pourquoi s'infligeait-il cette torture ? Cela en valait-il vraiment la peine ?

— Hé.

Carter se pencha vers lui, la voix douce.

— Tout va bien.

Il attendit qu'il lève les yeux vers lui avant de reculer pour permettre à la serveuse de poser leurs thés glacés devant eux.

Il avait attendu de voir ce qu'il prenait pour commander la même chose, Rock l'avait remarqué. Ils optèrent tous les deux pour un pavé de bœuf. Saignant pour Carter, à point pour lui. Non qu'il soit capable d'avaler quoi que ce soit.

Le silence s'installa une nouvelle fois. Ce dîner était une mauvaise idée. Pourquoi s'était-il imaginé que ce serait une bonne façon d'apprendre à se connaître ? Et d'abord pour quelle raison Carter aurait-il envie de le connaître, lui ? De quoi était-il censé parler ? *Merde.*

— Je peux me tromper, commença Carter.

Il croisa les bras sur la table et se pencha en avant.

— Mais je crois deviner que c'est la première fois que tu... organises une soirée de ce genre. J'ai raison ?

Etait-ce à ce point évident ? Rock fut incapable de trouver une seule bonne raison de ne pas dire la vérité.

— Oui.

Carter hocha la tête.

— Je peux te faire une suggestion ?

— Oui.

Oh oui. Au point où il en était, toute aide serait la bienvenue !

— C'est juste un dîner. Ne pense à rien d'autre.

Il but une gorgée de son thé glacé avant de poursuivre :

— Si je te pose une question à laquelle tu ne veux pas répondre, dis-moi non tout simplement. Je ne serai pas vexé. Et garde à l'esprit que je suis comme un médecin : je ne répète ni ce qu'on me dit, ni ce que je vois, ni ce que je fais. A personne.

Rock le dévisagea. Carter attendait sereinement son jugement sans baisser les yeux. Il avait l'air sincère. D'un autre côté, on ne devenait pas escort professionnel en cancanant à droite et à gauche.

— Je suppose que ça fonctionne aussi dans l'autre sens ?

— Absolument.

Carter continua à sourire.

— Alors, armée ou politique ?

Rock sentit sa gorge se verrouiller par réflexe mais il n'avait aucune raison d'en faire un secret. Il relâcha son souffle.

— Ex-militaire.

— Récemment retraité ?

Il secoua la tête d'un mouvement imperceptible.

— Six ans déjà.

— La coupe de cheveux, c'est une revendication ou une simple commodité ?

Il se coupait les cheveux à la tondeuse depuis toujours. Il ne lui était jamais venu à l'idée d'essayer un autre style.

— Par commodité, je suppose.

Les cheveux de Carter ondulaient mais il les portait lui aussi courts, bien dégagés sur les oreilles et la nuque.

— Tu pratiques un sport ?

Cette fois, la réponse était facile.

— Surtout en spectateur. Je joue un peu aussi pour le plaisir et pour garder la forme.

— Ton équipe de foot préférée ?

— Les Cowboys.

Carter esquissa une grimace.

— Personne n'est parfait.

Rock ne s'en formalisa pas. D'après son expérience, on adorait ou on détestait les Cowboys. Il n'y avait jamais d'entre-deux.

— Tu es pour les Vikings, si je comprends bien ?

— Je suis un fan de la première heure de Packer.

Le sourire de Carter étincela.

— Mais je soutiens toutes les équipes locales.

Rock hocha la tête.

— Bien sûr. Encore que nos équipes de base-ball et de basket ne nous aient pas donné matière à applaudir dernièrement.

— Heureusement, les Vikings et les Glaciers ont fait une meilleure saison. Cela dit, je regarde surtout pour le plaisir, quel que soit le vainqueur.

La serveuse apporta leurs assiettes, et Rock se détendit

un peu. La viande était excellente, la conversation agréable. Carter faisait tout le travail mais cela ne semblait pas l'ennuyer. Après le sport, ils évoquèrent rapidement les lieux où ils avaient grandi — Rock sur des bases militaires aux quatre coins du monde, Carter à Green Bay — puis ils parlèrent de la météo, et le flot se tarit tandis qu'ils terminaient leurs steaks.

— Tu avais raison, dit Rock pressant sa serviette sur ses lèvres. Le pavé est excellent.

— Leur magret de canard est bien aussi.

La remarque était venue naturellement mais elle rappela à Rock qu'il ne s'agissait pas d'un dîner entre collègues ni même d'un vrai rendez-vous. En les voyant attablés dans un restaurant un soir de semaine, on devait les prendre pour deux hommes parlant affaires. Mais ce n'était pas le cas.

— Qu'est-ce que j'ai dit ?

La question arracha Rock à ses pensées.

— Pardon ?

— Ton visage s'est fermé comme avant le dîner.

— Je réfléchissais. Désolé.

La serveuse débarrassa la table, l'interruption arrivant à point nommé.

Carter appuya ses avant-bras sur la nappe. Rock devina ce qui venait et se crispa.

— Tu penses à ce qui va se passer maintenant. Exact ?

La franchise était une qualité qu'il avait toujours appréciée. Mais cela n'atténua pas sa gêne.

— Je suis si transparent ?

— Tu as un pli qui se creuse, ici, quand quelque chose te préoccupe.

Carter suivit du doigt une ligne entre ses sourcils.

Rock relâcha instantanément les muscles de son front. Etait-ce vrai ? On ne le lui avait jamais dit. C'était un avantage pour Carter de savoir déchiffrer l'humeur de son client. Il lui avait probablement envoyé une montagne de signaux sans même s'en rendre compte.

Carter s'esclaffa tout bas.

— Ne te formalise pas pour ça.

Facile à dire pour lui.

Il régla l'addition, et ils quittèrent le restaurant. Il jeta un coup d'œil à sa montre. Il restait encore quatre-vingt-dix minutes. Une heure et demie payée d'avance à occuper en faisant quoi ?

Il vérifia d'un coup d'œil qu'on ne prêtait pas attention à eux tandis qu'ils se dirigeaient vers les ascenseurs. C'était à lui de prendre la décision, il le savait. Mais les mots ne venaient pas.

— Je monte récupérer le dossier dans ta chambre avant de rentrer ?

Il laissa échapper un soupir de soulagement. Carter était plus subtil que lui. Plus expérimenté.

— Bonne idée.

Il était le seul à être gêné. Personne ne pouvait deviner qui était Carter ni ce qui pourrait se passer une fois qu'ils seraient seuls. Et puis il avait laissé son manteau dans la chambre. Il fallait bien qu'il retourne le chercher.

— Une menthe ?

Carter lui tendit un rouleau de bonbons en entrant dans l'ascenseur.

Rock en prit un, subitement inquiet. Etait-ce une façon de lui dire qu'il avait mauvaise haleine ? L'ascenseur avala les étages et avant même qu'il ne s'en rende compte ils se retrouvèrent dans sa chambre.

— Tu veux boire quelque chose ?

— Non, dit Carter derrière lui. Merci.

Rock traversa la pièce jusqu'à la fenêtre. Il ne pouvait

pas regarder Carter maintenant que le moment était arrivé. Son cœur battait à un rythme qui laissait présager une crise cardiaque ou, pire, une attaque de panique. Bon sang, qu'est-ce que c'était que ces conneries ? Il n'avait jamais fait d'attaque de panique de sa vie !

Il vit le reflet de Carter approcher sur l'écran noir de la vitre. Les talons de ses mocassins claquèrent sur le sol mélaminé avant de devenir silencieux lorsqu'il atteignit le tapis déployé dans la partie salon.

Même sans le voir, il sut que Carter s'était arrêté juste derrière lui : chaque muscle de son corps était tendu dans l'attente du contact. Les muscles de son ventre étaient si contractés qu'il ne parvenait à respirer que par saccades. Sa paume fourmillait encore de leur poignée de main, un geste banal mais qu'il avait prolongé au-delà de l'acceptable parce qu'il lui avait été impossible de le lâcher.

Une voix dans sa tête le traitait de lâche, et elle avait raison : il ne parvenait même pas à croiser le regard de cet homme dans la vitre. Pourtant, tous ses sens réagissaient à Carter. Avides. Désespérés.

Le parfum entêtant de son eau de Cologne l'enveloppa, répandant un long frisson dans tous ses membres. La chaleur du corps de Carter se communiquait à son dos, contrebalançant le froid de la fenêtre contre son visage. Le souffle imperceptible de sa respiration lui caressa la nuque.

Une présence invisible qui le questionnait en silence.

Il était incapable du moindre mouvement.

— Tu préfères qu'on ne parle pas ?

La voix de Carter était toute proche de son oreille. Paisible.

Il sentit un frisson le parcourir et ferma les yeux, mâchoires serrées, pour ne pas trahir sa réaction. Le désir tendit douloureusement son sexe dans son boxer, un inconfort qu'il endura comme une punition.

Il devrait répondre à Carter. C'était l'excuse la plus facile. Sans risque.

— Oui.

Ce petit mot suffit à le vider de toute son énergie.

Il sentit un doigt effleurer doucement son poignet gauche dans son dos, là où il l'enserrait de sa main droite. Le doigt suivit le contour de son pouce avant de suivre celui de son index puis de son majeur. Une caresse discrète aussi légère qu'un souffle et à laquelle il pouvait mettre un terme s'il en avait la volonté.

— On ne fait rien de mal.

Si. Il ne devrait pas être ici, dans cette chambre. Il ne devrait pas avoir envie d'un homme. Envie de céder à un désir qu'il refoulait depuis sept longues années.

Carter fit glisser son pouce pour caresser la peau si sensible à l'intérieur de son poignet. Rock essaya de ne pas trembler et resserra l'étau de sa main jusqu'à ce qu'il sente son pouls battre furieusement contre ses doigts. Son bras se couvrit d'une chair de poule qui gagna son torse.

— Est-ce que tu en as envie, Rock ?

Bonne question. Il n'avait aucune idée de ce qu'il voulait. Ou plutôt, si, il savait ce qu'il voulait mais il n'était pas certain de pouvoir aller au bout de son désir.

Il se rendit compte qu'il avait fermé les yeux. Il continuait à se cacher. Il s'obligea à les ouvrir. Il n'avait aucun moyen d'éviter le reflet du regard de Carter dans la fenêtre. Il le fixait par-dessus son épaule, interrogateur. Il attendait qu'il réponde.

Mais sa gorge était si serrée que même s'il l'avait voulu il n'aurait pas pu parler.

Sans le quitter des yeux, Carter avança d'un pas supplémentaire, comblant l'espace qui les séparait encore. Les mains de Rock étaient emprisonnées entre leurs deux corps, son poing pressé contre la preuve indiscutable de l'excitation de Carter.

Ce dernier posa les mains sur les bras de Rock et pencha légèrement la tête vers son oreille, sans le quitter des yeux.

— Qu'est-ce que tu veux que je fasse ?

Le souffle de Carter sur sa peau répandit un petit halo de chaleur sur l'oreille de Rock. Il ne put s'empêcher d'incliner la tête vers Carter. Mais il ne pouvait pas lui demander de continuer. Demander reviendrait à avouer qu'il aimait ça.

Dieu merci, Carter répondit à son invite silencieuse, suivant du bout de la langue le contour de son oreille. Un cheminement tout en délicatesse qui enflamma ses sens. Happant le lobe entre ses lèvres, il le suça doucement avant de le mordiller et de le tirer entre ses dents.

Rock respirait si fort que la vitre s'embua. Son poing était toujours serré entre eux, ses doigts pressés contre le sexe bandé de Carter. Il lui aurait suffi d'ouvrir la main pour le prendre dans sa paume.

Il ne le fit pas.

— J'ai envie de te toucher.

Carter avait prononcé ces mots contre la nuque de Rock, ses lèvres dessinant chaque syllabe.

Rock déglutit. Il se sentait toujours incapable de parler. Le silence était-il un consentement ? Il n'avait jamais eu besoin de demander dans les obscurs bouis-bouis où il allait chercher honteusement un plaisir rapide. Toujours après avoir bu pour ne pas penser. Pour avoir une bonne excuse. Toujours dans le noir.

Rien à voir avec ce soir.

Du bout de la langue, Carter traça des petits mouvements circulaires le long de sa nuque. Il n'avait répondu à aucune des questions de Carter mais il insistait doucement, lentement. Avec une prudence qui lui laissait la possibilité de dire stop à tout moment.

Carter fit glisser ses mains le long de ses bras avant de les refermer sur son torse avec juste assez de pression pour suivre chaque relief, chaque courbe de ses muscles. C'était comme un chemin de lave qui traversait ses vêtements pour le consumer. Quel effet ces mains auraient-elles sur sa peau nue ?

Torride, il en était certain.

Pétrifié, il ne pouvait que regarder leur reflet dans la vitre. Voir un homme l'enlacer était à la fois érotique et terrifiant. Il avait échangé des accolades avec des hommes mais cela n'avait rien à voir. C'était sa première véritable étreinte avec un homme depuis qu'il s'était fait prendre avec Nicholas quand il avait quatorze ans.

La seule et unique fois de sa vie qu'il avait embrassé un garçon sur la bouche.

Carter fit descendre ses mains le long de son torse et déboutonna habilement le bouton de sa veste. Ses abdominaux se contractèrent quand il posa les paumes sur son ventre, et il dut faire appel à toute sa volonté pour ne pas basculer la tête en arrière en gémissant.

— Tu as un corps sublime.

L'admiration dans la voix de Carter se reflétait dans sa façon d'explorer son torse avec ses mains.

— Je meurs d'envie de te voir.

Le voir ? Merde. L'idée de se retrouver nu dans un lit avec Carter fit battre son cœur à un rythme encore plus fou. Il n'essaya même pas d'analyser ses émotions. Elles étaient trop confuses, trop imbriquées les unes dans les autres.

Son sexe pulsa douloureusement, ses doigts repliés autour de son poignet continuaient à se presser contre le sexe bandé de Carter, et cependant il ne parvenait toujours pas à faire le moindre mouvement. Bouger d'une façon ou d'une autre équivaudrait à un consentement.

Ses nerfs étaient à fleur de peau. A chaque caresse de Carter, il était tiraillé entre le désir d'aller plus loin et celui de fuir. Il sentit ses ongles courts griffer doucement ses tétons durcis et retint un cri. Ses pectoraux se contractèrent douloureusement, avides de connaître d'autres sensations.

Aucune de ses partenaires féminines ne s'était intéressée à ses tétons. Aucune n'avait pensé à les exciter ainsi. Comment imaginer que c'était aussi bon ?

— Ton cœur bat à toute vitesse.

Chaque battement résonnait d'un bruit sourd contre la paume de Carter posée à plat sur son torse. Il lui était impossible de nier, il resta donc silencieux — encore une fois.

— Tu m'excites.

Les mots vibraient dans le silence. Intenses, lents, sensuels.

Il n'avait jamais rien connu de semblable. Il se sentait novice, perdu. Il n'aimait pas cette vulnérabilité mais il n'y avait pas d'issue. A part la fuite.

Carter sema des baisers humides sur son cou en même temps qu'il faisait glisser ses mains jusqu'à son ventre puis plus bas encore, vers son entrejambe. La tentation d'onduler des hanches pour se presser contre sa main faillit lui faire perdre son contrôle. Mais il conserva une immobilité de statue, et ce fut Carter qui ondula, frottant son sexe durci contre le poing serré de Rock dans un mouvement de va-et-vient. Complètement concentré sur cette sensation, Rock sursauta quand Carter referma enfin la main sur son sexe bandé. La pression ferme sur son sexe douloureux était un soulagement et en même temps une autre forme de torture.

Carter l'agrippa fermement. Le sang pulsa dans son sexe, et un cri étranglé resta bloqué au fond de sa gorge. Mais son reflet dans la vitre, bouche ouverte, parlait de lui-même. Sa souffrance et son plaisir étaient gravés entre ses sourcils. Il ne parvenait plus à respirer, encore moins à réfléchir.

C'était le paradis et l'enfer.

Aucun homme ne l'avait touché de cette façon depuis sept ans. D'autres l'avaient caressé, sucé, mais aucun n'avait tissé autour de lui cette toile de séduction enchanteresse.

Le soupir de Carter vibra contre son oreille.

— Tu es incroyable.

Il accompagna sa caresse d'une ondulation des hanches.

Rock était en sueur sous ses vêtements, sa chemise se collait à ses omoplates. Son corps et sa raison se livraient une bataille sans merci. Son souffle s'accéléra.

Le va-et-vient de Carter contre son poing fermé reproduisait exactement celui de sa main sur son sexe. Les deux mouvements synchronisés dans une danse érotique. S'ils avaient été nus, ils auraient été en train de baiser.

Baiser.

Avec un homme.

Merde.

Il fit un bond comme s'il s'était brûlé et se retrouva à cinq mètres de distance sans même de s'en rendre compte. Il ne pouvait pas faire ça. Impossible.

Il était un lâche.

— C'était une erreur, balbutia-t-il sans regarder la silhouette immobile à l'autre bout de la pièce.

— Hé. Rock, murmura Carter d'une voix apaisante. Tout va bien.

— Non.

Il secoua la tête. Non, tout n'allait pas bien, loin de là.

— C'est…

Il secoua de nouveau la tête, recula d'un pas, puis d'un autre.

— Je suis désolé.

Un brouhaha lui remplissait la tête. Un voile noir rétrécit sa vision, réduisant ce qui l'entourait à un jeu d'ombres.

— Rock…

« Tu me dégoûtes. » La voix cinglante de son père résonna dans ses oreilles et lui fit relever le menton. Carter avança vers lui, les bras le long du corps comme pour montrer qu'il ne représentait aucune menace.

— Tu n'as rien fait de mal. C'est ma faute, je t'ai mis trop de pression.

Possible. Mais il ne pouvait pas s'empêcher de penser que c'était mal. Sale. On n'effaçait pas comme ça des années de mépris envers soi-même. Il sortit quelques coupures de son portefeuille et les jeta sur le bureau.

— Je suis désolé. Tu n'y es pour rien.

Il se précipita dehors avant que Carter ait pu dire un mot et se rua dans l'escalier. Il ne pouvait pas attendre l'ascenseur, Carter risquait de le rattraper. Et il ne pourrait pas le supporter. Pas maintenant.

Le martèlement de ses souliers sur les marches en métal lui criait ce qu'il savait déjà. Il était un homme de trente-quatre ans qui se fuyait lui-même. Trop lâche pour reconnaître qu'il aimait les hommes. Un homosexuel qui refoulait sa vraie nature depuis si longtemps qu'il ne savait pas comment sortir du déni dans lequel il s'était enfermé.

Il voulait être enfin lui-même. Mais pas ce soir.

C'était une sinistre plaisanterie.

Le problème, c'était qu'il n'avait pas du tout envie de rire.

Chapitre 3

Un rai de lumière se faufila dans un minuscule jour entre les doubles rideaux et visa Carter en plein dans les yeux à la seconde où il souleva les paupières. Il roula en grognant de l'autre côté, un bras replié sur son visage.

Saleté de soleil. Il était resté planqué pendant des jours derrière d'épais nuages chargés de neige, et il avait fallu qu'il choisisse le seul matin où il n'avait pas bien fermé les rideaux pour faire son apparition ! Quel réveil pourri ! Mais ce n'était pas la vraie raison de sa mauvaise humeur.

La soirée de la veille s'était terminée par un fiasco total, le pire désastre qu'il ait vécu depuis qu'il était dans le business des escorts. Même avec le recul, il ne parvenait pas à comprendre à quel moment il avait commis une erreur.

La soirée s'était déroulée comme une danse lente et sensuelle, censée culminer dans un final spectaculaire… Au lieu de ça, son partenaire s'était enfui, le laissant pétrifié, couvert de honte de la tête aux pieds. Bon sang, qu'est-ce qui avait foiré ? Ce n'était pas la première fois qu'il avait affaire à un client qui n'assumait pas son homosexualité mais c'était le premier qui réagissait aussi violemment. Il ne parvenait pas à imaginer ce qui avait pu se passer dans sa vie pour qu'il se renie avec une telle virulence.

Repoussant les couvertures, il se leva et se dirigea vers la salle de bains. Il ne se loupait jamais. Après dix années dans le business, il était passé maître dans l'art de satisfaire ses clients. Tous ses clients.

Mais il avait fait une erreur la nuit dernière qui avait déclenché chez Rock une attaque de panique. Et il n'avait aucune idée du moment où il avait déconné.

Un coup d'œil à l'heure l'informa qu'il n'était pas 10 heures. Parfait. La salle de gym serait à moitié vide. S'il se dépêchait, il aurait le temps de terminer sa séance avant le rush de la pause déjeuner.

Il attrapa une banane, un petit carton de jus d'orange et sortit dans le froid mordant. La première respiration lui glaça les poumons mais ne les gela pas. C'était déjà un progrès par rapport au mois dernier.

La salle de sport était à moins d'un kilomètre de sa résidence. Le trajet dans le froid glacial lui permit d'échapper au souvenir du fiasco de la nuit passée, mais il lui fut impossible de tenir ses pensées à distance une fois sur le tapis de marche pour ses cinq kilomètres de course quotidienne. Une routine à laquelle il s'astreignait presque religieusement.

Son corps était son instrument de travail. Plus il l'entretenait, plus il avait de clients. C'était encore plus vrai depuis qu'il avait fêté ses trente ans. Il n'était plus le jeune loup sexy d'autrefois. Des dizaines de petits nouveaux aux dents longues rêvaient de débaucher ses clients. Mais il passerait la main le jour où il le déciderait, pas avant.

Même si l'échéance approchait à toute vitesse. Il attendait ce moment et le redoutait à la fois. Il lui restait quatre mois à tirer sur son deuxième contrat de cinq ans avec l'agence. Ensuite il raccrocherait. Il était plus que temps.

En attendant, il devait se tenir à carreaux et accepter tous les rendez-vous qu'on lui proposait sans faire de vagues.

Pourvu que Rock n'ait pas appelé Hank pour se plaindre. Il n'avait commis aucune faute, mais… Bon sang, ce mec lui avait balancé à la figure un pourboire de trois cents dollars juste pour se débarrasser de lui. Comme s'il était subitement devenu lépreux !

Carter accéléra le rythme, monta le volume de son iPod et essaya de courir plus vite que ses pensées. Il y parvenait rarement mais il essaya quand même.

Cinq kilomètres plus tard, les muscles de ses cuisses étaient en feu, et son T-shirt trempé de sueur lui collait à la peau. Il appuya sur le bouton pour réduire la vitesse et laissa son organisme récupérer à petites foulées. Une goutte de sueur glissa de son sourcil. Il attrapa sa serviette pour s'éponger le visage. Le tempo de la musique de son iPod pulsait au même rythme que les battements de son cœur mais il n'était pas d'humeur à danser.

Une jolie brune passa devant les tapis de course en lui lançant une œillade admirative. Il resta imperturbable. Si jamais leurs regards se croisaient, elle engagerait la conversation et lui proposerait de venir boire un café ou une boisson protéinée à la petite buvette. Il fit mine de se concentrer sur le tableau de contrôle du tapis et ralentit encore la vitesse jusqu'à la position « marche ».

La majorité des hétéros ne captaient pas les signaux, contrairement à la population gay. Par exemple, le monsieur muscle, à l'autre bout de la salle, n'arrêtait pas de l'observer depuis son arrivée. Il aurait suffi d'un simple regard pour qu'ils partent ensemble tirer un coup rapide à l'hôtel ou ailleurs.

Mais non merci.

Il était guéri des coups rapides pour le restant de ses jours.

Une femme s'arrêta près de sa machine, et il s'employa à changer la musique de son lecteur digital pour ne pas avoir à la regarder. Il n'aurait pas dû choisir un tapis de course à proximité des bancs de musculation. Il gagna le plus de temps possible mais au bout d'un moment il fut bien obligé de lever les yeux.

La blonde lui adressa un signe de la main accompagné d'un grand sourire. Son petit haut était trempé de sueur, une chaînette en or, incongrue avec cette tenue, pendait autour de son cou.

— Salut, Carter.

A cause de la musique, il lut les mots sur ses lèvres plus qu'il ne les entendit. Otant ses écouteurs, il sourit.

— Salut, Cali.

Il stoppa le tapis et descendit. Il y avait un moment qu'ils ne s'étaient pas parlé. Elle habitait la même résidence que lui, un peu plus bas dans l'allée.

— Comment tu vas ?

— Bien.

Elle repoussa une mèche de cheveux échappée de sa queue-de-cheval.

— J'attends l'été avec impatience.

— Comme tout le monde, non ?

— Je suppose, oui, acquiesça-t-elle avec un soupir. Je crois que je deviens trop vieille pour toute cette neige.

Difficile de croire qu'elle avait quatorze ans de plus que lui. Ses efforts pour s'entretenir et garder la ligne payaient.

— Heureusement, on a un petit avant-goût du printemps aujourd'hui.

Il regarda les grandes fenêtres et fit la moue. Dehors, la lumière du soleil faisait étinceler la neige couvrant le sol et les buissons.

— Tout petit.

Cali éclata d'un rire léger.

— Je me contente de peu. Depuis la tempête de l'année dernière en plein mois de mai, je suis prudente.

— Tu n'as pas tort.

Il s'essuya le visage et la nuque avec sa serviette.

— Comment ça se passe avec Jake ?

Il savait qu'elle avait emménagé avec son copain à l'automne dernier, mais les infos circulaient mal en hiver. Il faudrait attendre le retour de l'été et les pauses confidences au soleil autour de la piscine privée de la résidence pour que les bonnes habitudes reviennent.

— Bien.

Le bonheur fit pétiller les yeux verts de Cali.

— Il a fallu procéder à quelques ajustements mais ça se passe bien.

— Et les gamins ?

Ses deux enfants étaient à l'université. Ou alors l'un des deux avait terminé ses études. Il ne se souvenait plus.

— Je crois que Steph s'est fixé pour mission de me faire vieillir avant l'heure.

Elle pouffa et roula des yeux.

— Quant à Logan, il vient d'entrer dans la vie active. Mais il n'apprécie pas du tout d'être en bas de la chaîne alimentaire.

Carter éclata de rire.

— On en est tous passés par là.

— C'est vrai.

Elle porta sa bouteille d'eau à ses lèvres et but une gorgée.

— Et toi, comment vont les affaires ?

— Bien. Mais il se pourrait que je change d'activité.

Il avait raconté à tout le monde qu'il était consultant indépendant en informatique. Il avait besoin d'une façade respectable — et de justifier ses horaires inhabituels.

— Ah bon ? Pour faire quoi ?

Il regarda le sol, se maudissant de s'être laissé aller à cette confidence. Mais après tout, s'il en parlait à quelqu'un, son projet deviendrait peut-être plus réel dans son esprit ?

— J'aimerais essayer de vivre de mes photos.

Le sourire de Cali s'élargit.

— Hé, c'est une super idée ! Tes photos sont magnifiques !

Il passa d'un pied sur l'autre, mal à l'aise. Il avait l'habitude qu'on lui dise qu'il avait un corps magnifique mais qu'on emploie ce mot pour parler de son art le déstabilisait.

— Merci.

— Tu penses te spécialiser dans les photos de soirées et de mariages, ou dans l'artistique ?

— Honnêtement, je n'ai pas encore réfléchi aussi loin.

Ce n'était encore qu'un projet, seulement une idée qui lui trottait dans la tête.

— Je peux peut-être te trouver un job pour cet été !

— D'accord, acquiesça-t-il sans y croire.

— Il faut que tu imprimes une affichette avec tes tarifs pour qu'on puisse la distribuer dans la résidence.

Elle prenait les opérations à bras-le-corps avec un enthousiasme qui lui noua l'estomac.

— Et je suis prête à parier qu'Evan a un tas de contacts intéressants grâce à sa boîte d'événementiel !

— Cali, l'interrompit-il. Du calme. Ce n'est qu'une idée.

Elle se mordit la lèvre.

— Pardon. Je me suis laissé emporter.

Il ne put s'empêcher de sourire. C'était sans doute son instinct maternel qui la poussait à se porter volontaire dès que quelqu'un avait besoin d'aide. A moins que ce soit son bon cœur, tout simplement.

— Merci pour ton soutien, dit-il en se dirigeant vers les bancs de musculation.

— Pas de problème. Contente de t'avoir vu.

— Moi aussi.

Un petit signe de la main et elle regagna le vestiaire. Carter laissa échapper un soupir de soulagement. Il avait toujours peur qu'on découvre sa véritable activité. Jouer la comédie était pesant mais il ne voulait pas compromettre les relations amicales qu'il avait nouées avec les habitants de la résidence. C'était cette petite frange de normalité qui équilibrait sa vie.

Il n'avait pas honte de ce qu'il faisait mais la plupart des gens n'avaient aucune indulgence pour les types comme lui, même s'ils s'adonnaient dans l'intimité à des pratiques souvent inavouables.

Il serra les lèvres et choisit un appareil de musculation. Il avait découvert récemment qu'un bon nombre des locataires de sa résidence connaissait au moins une personne qui fréquentait le Red Room. A commencer par Cali et son copain Jake…

Carter se rendait au club SM avec un client une fois par mois depuis un an. La soumission n'était pas du tout son truc mais le type payait bien, et il avait même droit à un bonus pour sa peine.

Il s'assit sur le banc, installa les poids, attrapa la barre au-dessus de sa tête et commença ses exercices. La brûlure augmenta quand il attaqua la deuxième série. Il recherchait de la fermeté et de la tonicité, pas les muscles hypertrophiés d'un culturiste. L'expérience lui avait montré que la plupart des clients préféraient un corps affûté plutôt que de la masse musculaire.

Ses pensées le ramenèrent vers Rock. Il avait eu envie d'explorer son corps. Il n'avait pas si souvent un partenaire aussi beau et musclé. Mais il était également plus jeune que ses clients habituels. Ses tarifs horaires s'adressaient davantage une clientèle mûre, voire plus âgée — des hommes qui avaient les moyens de satisfaire leurs désirs en privé.

C'est stupide. Il secoua la tête avec agacement avant de se diriger vers la machine à pectoraux. Il ne reverrait sans doute jamais Rock. Revenir sur le fiasco de la veille ne servirait à rien. Cet homme avait des problèmes personnels sans rapport avec lui.

Mais il regrettait de ne pas avoir pu l'aider. Il avait l'impression de l'avoir abandonné. Et le pourboire hors norme qu'il avait jeté sur le bureau avant de s'enfuir lui laissait un goût amer dans la bouche.

Mais il ne voulait plus y penser. Cette soirée maudite était à oublier. Il avait appris depuis bien longtemps à ne pas se laisser atteindre par les échecs. Sinon on se retrouvait enseveli sous toute cette boue qu'on appelait la vie.

Il en avait trop bavé pour s'en sortir. Pas question de retomber là d'où il venait.

Chapitre 4

Rock scruta les écrans vidéo. Son regard glissa de haut en bas selon une technique de balayage infaillible. Toutes les pièces du Red Room étaient sous contrôle, et il était devenu expert dans l'art de repérer les problèmes avant même qu'ils se produisent.

Heureusement, Seth, Jake et Deklan avaient établi des règles très strictes quand ils avaient ouvert le club, cela réduisait les risques. Les caméras de sécurité, la vigilance des Maîtres du Donjon et le public présent dans les salons des voyeurs, tout contribuait à faire du Red Room le club SM le plus sûr et le plus recherché de la région.

Un club dont il possédait désormais des parts. Son sergent-chef de père s'épanouirait s'il savait qu'il était copropriétaire d'un club libertin. Il en conclurait que son fils baisait des femmes à longueur de nuits. Comme un homme, un vrai. *Merde !* Il se frotta les paupières avec une rage mêlée de lassitude. Pourquoi laissait-il les idées de son père l'atteindre encore après toutes ces années ? A croire que certaines blessures ne guérissaient jamais.

C'était même une évidence depuis l'épouvantable gâchis qu'il avait fait de son rendez-vous trois semaines plus tôt. Il toucha la cicatrice près de son œil et retira sa main comme s'il venait de se brûler. C'était fini. Terminé. A oublier.

La porte s'ouvrit, laissant passer la musique sourde qui émanait du dancefloor. Rock vida son visage de toute expression et tourna la tête vers son patron.

— Salut Rock, dit Deklan en fermant la porte. Ça va ?

Il mit son iPod en pause et retira ses écouteurs.

— Ça va.

Deklan posa une pile de fiches sur la table qui faisait office de bureau.

— Voilà les dernières demandes d'inscription. Seth les a classées par priorité et il a mis les codes couleur, comme d'habitude.

Vérifier les antécédents des futurs membres faisait partie de son job.

— Tu les veux pour quand ?

Deklan haussa les épaules.

— La semaine prochaine ?

— C'est faisable.

Il fit rouler sa chaise jusqu'à l'un des cinq ordinateurs et entra son mot de passe. Avec un peu de chance, ça lui permettrait de ne pas penser à ses problèmes personnels.

— Rien à signaler ?

— Non. La routine.

Deklan passa près de lui pour étudier les écrans de contrôle. Il portait sa tenue de dom — noir sur noir. Ce soir, c'était pantalon de cuir, T-shirt et rangers. Il ne mettait jamais de harnais, de vêtements cloutés ni aucun de ces accessoires pseudos virils dont la plupart des doms aimaient s'affubler.

Comme tous les samedis soirs, le club marchait à plein régime. Il y avait beaucoup de monde sur le dancefloor et au bar. La plupart des salles privées étaient occupées ou réservées.

— Wes sera là dans trente minutes pour te remplacer, dit Deklan, les yeux fixés sur les écrans. Ryan surveille le parking, Tom filtre l'entrée, Kevin supervise le troisième étage et le Donjon, et les jumeaux s'occupent du premier.

Rock savait déjà tout cela, mais il garda le silence. Tous les hommes chargés de la sécurité du club avaient servi dans l'armée sous les ordres de Deklan et ils étaient tous au Red Room parce qu'il leur avait prouvé ses qualités de chef et de soldat. La loyauté forgée au feu du combat et dans la souffrance était indestructible.

Deklan lui lança un regard inquisiteur mais Rock croisa les bras sans un mot. Il ne comptait pas s'appesantir sur les raisons de sa mauvaise humeur.

Son patron secoua la tête avec exaspération et sortit. La musique s'engouffra dans la pièce quand il ouvrit la porte puis s'arrêta net quand il la claqua.

Pas grave. Rock vérifia l'heure et réprima un gémissement. Bon sang, ce n'était que le milieu de la nuit ! La porte se rouvrit derrière lui. Quoi encore ?

— Salut.

La voix de Tyler vibrait de cette énergie qui ne le quittait plus depuis qu'il travaillait au Red Room. Mais la vraie raison de son optimisme, c'était ce ménage à trois qu'il formait avec Seth et Allie.

— Ça boume ?

Rock fixa les écrans d'un air renfrogné.

— Ouais.

— Cool.

Tyler se hissa sur la longue table, derrière lui, entre deux ordinateurs. Rock entendit le meuble grincer sous son poids et lui jeta un regard noir.

— Les chaises ont été créées pour s'asseoir.

Tyler ferma les yeux et appuya sa tête contre le mur, derrière lui.

— Et les tables pour manger. Mais tu ne manges pas ici alors ça n'a pas d'importance.

Petit merdeux.

— Tu veux quelque chose ?

Tyler fit rouler sa tête de droite à gauche.

— Non.

Rock réprima un soupir. Beaucoup trop de monde dans ce foutu club prenait cette pièce pour une salle de repos. Tyler racontait que c'était pour que Rock ne se sente pas trop seul. Foutaises, oui !

Pourtant, il ne le flanquait pas dehors. Pas plus que les autres, d'ailleurs. Pas la peine. La plupart finissaient par partir d'eux-mêmes, découragés par son mutisme ou ses ricanements sarcastiques.

Tyler était le seul que son silence ne rebutait pas.

Il fit pivoter sa chaise vers les écrans et vérifia une nouvelle fois les séances en cours. Il ne prêtait plus attention aux actes eux-mêmes. Ce qu'il regardait, c'était l'expression des visages, le langage des corps et surtout les yeux. Il était capable d'y déceler la panique, la peur ou la colère en une fraction de seconde. C'était ce qui lui avait permis de repérer la situation critique dans laquelle Tyler s'était retrouvé, il y avait de cela bien longtemps.

Ce gamin avait une force intérieure que Rock lui enviait. Se faire fracasser et trouver malgré tout en lui-même le courage d'aimer encore, cela méritait le respect.

— Tiens, Carter est là ce soir.

Rock releva la tête dans un sursaut et suivit la direction du regard de Tyler. Ecran numéro douze. L'homme qu'il essayait en vain d'oublier depuis trois longues semaines traversait le bar, juste derrière le client qu'il accompagnait à chaque visite.

— Lequel est-ce ? demanda-t-il pour faire bonne figure.

En toute logique, il n'avait aucune raison de le reconnaître. Le club accueillait trop de monde pour qu'il mémorise chaque visage.

Tyler pointa un doigt vers l'écran en haut à droite.

— Le grand type avec les cheveux noirs. Il me ressemble un peu.

Rock regarda Tyler avec des yeux ronds. Il ne voyait pas la ressemblance. Carter avait une beauté classique, très raffinée, alors que Tyler avait l'allure d'un jeune voyou.

Tyler haussa les épaules.

— En tout cas, il y a des gens qui le disent.

Rock fit pivoter sa chaise vers son ordinateur et sortit la fiche de Carter. Pas la fiche personnelle qu'il s'était constituée, celle qu'il avait créée pour le Red Room avant qu'il soit admis sous le statut d'invité. Il fit mine de la parcourir avant de se tourner vers Tyler.

— Tu l'as connu à l'agence ?

— Bon sang, d'où tu tiens ça ? Tu as mis des micros chez moi ou quoi ?

Il tendit le cou pour essayer de voir l'écran de l'ordinateur mais Rock l'avait déjà remis en mode veille.

— Tu n'as pas besoin de le savoir.

— Exact. Oublie ma question.

— C'est déjà fait.

Tyler se frotta les yeux avec un rire étouffé.

— Gros malade.

— Petit merdeux.

— Bouffon.

Rock haussa un sourcil.

— C'est tout ?

Tyler leva les mains en signe de reddition.

— Je suis trop fatigué pour boxer avec toi ce soir.

— Tu dormirais mieux s'il n'y avait pas deux personnes dans ton lit.

— Ha ! ricana Tyler. On voit bien que tu n'y connais rien !

Rock pivota vers les écrans en dissimulant un sourire. Toujours aucun problème à signaler. Il se concentra sur la partie bar et trouva rapidement Carter. Il était assis dans un box, un bras autour des épaules de son compagnon, la tête inclinée vers lui comme s'ils discutaient de choses intimes.

Une boule d'acide lui brûla le ventre. Il ne voulait pas regarder mais c'était plus fort que lui. Pourquoi ne parvenait-il pas à se comporter ainsi ? Ouvert. Sincère. Lui-même ?

— C'est Carter qui m'a fait entrer dans l'agence, dit Tyler dans son dos.

Rock le dévisagea. Il avait trouvé un certain nombre de renseignements sur eux deux mais uniquement via internet. Rien de personnel. Ce genre d'info apportait un éclairage différent, beaucoup plus intime.

— J'ai eu de la chance. Il m'a arraché au trottoir en m'offrant un moyen de gagner plus avec des clients plus sûrs.

Tyler esquissa un sourire teinté de mélancolie, les yeux fixés sur l'écran de contrôle.

— Sans lui, je serais peut-être mort aujourd'hui.

— Il t'a demandé quelque chose en retour ?

— Non !

Le mot fusa, et Tyler rejeta la tête en arrière comme si Rock l'avait frappé. Il le fusilla du regard tout en sautant de la table.

— On baise pour du fric mais ça ne fait pas de nous des moins que rien.

Il avait lâché la prostitution mais apparemment le sujet restait sensible.

Rock détourna les yeux en marmonnant une excuse.

— Désolé.

Il n'avait pas envie de se demander pourquoi il était aussi soulagé d'entendre Tyler prendre la défense de Carter.

— Ça va.

Tyler haussa les épaules et se dirigea vers la porte.

— Il faut que je retourne au bar.

Rock déglutit et se jeta à l'eau avant que la peur l'en empêche.

— Je peux te poser une question ?

Tyler se retourna, croisa les bras sur sa poitrine et fixa Rock avec défi.

— Vas-y.

— Je ne te juge pas. Mais comment en es-tu arrivé là ?

Un pli se creusa entre les sourcils de Tyler.

— Comment je suis devenu escort, tu veux dire ?

— Oui.

— Tu es au courant de la dette que mon père m'a laissée.

— Bien sûr. Mais il y a d'autre façon de gagner de l'argent.

Tyler sourit avec ironie.

— Je n'avais même pas mon bac et aucune expérience professionnelle en dehors de quelques petits boulots payés des clopinettes. J'ai utilisé le seul bagage que j'avais pour survivre.

C'était la réponse à laquelle Rock s'attendait.

— Et lui ?

Il montra l'écran.

— Carter ? Je ne sais pas.

Tyler pivota vers la porte.

— Je ne lui ai pas posé la question. Au final, c'est toujours le même résultat, alors quelle importance ?

Il sortit sans un regard en arrière.

Rock soupira. Qu'est-ce qui lui avait pris d'humilier Tyler

avec son interrogatoire ? Il fallait vraiment qu'il apprenne à fermer sa grande gueule.

Il ramena son attention sur les écrans vidéo et regarda l'autre raison de sa colère. Il avait été lamentable avec Carter. Il avait soufflé le chaud et le froid pendant toute la soirée avant de paniquer comme un minable au moment où les choses devenaient trop concrètes pour lui.

Carter l'avait probablement oublié à la seconde où il avait fui la chambre d'hôtel, mais peu importe : il lui devait des excuses et il n'avait aucun moyen de faire amende honorable.

Pivotant vers l'ordinateur, il tapa quelques mots-clés pour activer une autre caméra dans la partie bar. Quelques clics de souris et la caméra zooma sur Carter et son client. Rock s'assura sur les autres écrans que tout allait bien avant de se concentrer sur l'homme qui le rendait fou.

Carter riait d'une réflexion de son compagnon. Rock se souvenait de la richesse de son rire, du timbre chaud et profond de sa voix. Le désir lui noua le ventre. Carter était magnifique. Sa chemise bleu roi mettait en valeur son large torse et faisait paraître ses yeux plus sombres.

Etait-ce de la comédie cette bonne humeur ? Un rôle qu'il récitait par cœur ? Il avait eu l'air sincère et honnête avec lui, mais comment être sûr ? Ce n'était pas comme s'il avait d'autres partenaires avec qui comparer. Huit ans d'armée lui avaient fourni un parfait alibi pour éviter toute forme de rendez-vous.

Sa gorge se noua quand Carter et son client se levèrent et se dirigèrent vers l'arrière du bar. Rock entra les codes sur son clavier pour que les caméras les suivent de l'autre côté des portes rouges qui menaient aux salons des voyeurs, aux Donjons et aux chambres privées du troisième étage.

Il connaissait le scénario. C'était toujours le même depuis que les deux hommes venaient ensemble au club. Trente minutes de conversation au bar en buvant un verre. Puis quarante-cinq minutes de préliminaires, toujours dans la même chambre, avec bondage et accessoires. Puis une séance de baise âpre et violente suivie de dix minutes de récupération avant la douche prise séparément. Deux heures tout compris. Le client de Carter n'était pas un imaginatif.

La caméra les montra de dos alors qu'ils longeaient le couloir, passant devant les salons des voyeurs. Le jean de Carter soulignait sa taille bien dessinée et moulait ses fesses. Rock serra la souris de son ordinateur en imaginant les fesses rondes de Carter sous ses paumes. Il aurait pu les toucher, les caresser, les sentir vivre sous ses doigts. Il aurait pu…

Il détourna les yeux en jurant. Impossible de contrôler le battement affolé de son pouls et la tension de son sexe. Il se détourna et se força à regarder un autre écran, à faire son boulot. Il ne pouvait pas laisser cet homme l'obséder à ce point. Méthodiquement, il étudia chacune des vingt-huit séquences pour s'assurer que tout allait bien.

Impossible néanmoins d'empêcher ses yeux de revenir constamment se poser sur l'écran 22. La porte de la chambre s'ouvrit brusquement, et Carter entra avec son rendez-vous. Rock connaissait la profession du client, ses revenus et ses antécédents judiciaires, jusqu'à ses infractions au code de la route. Son dossier mentionnait qu'il avait un pavillon dans la proche banlieue avec une femme et trois gosses.

Mais il ne voulait pas mettre un nom sur le visage de cet homme, sinon sa colère deviendrait trop concrète. Et il refusait d'admettre que l'étau qui lui broyait la poitrine était de la jalousie. Il martela le sol du bout de son soulier, le rythme saccadé trahissant son impatience, sa frustration et aussi une bonne dose de dégoût.

Il ne s'embarrassait pas de faire son autocritique parce

qu'il n'y avait rien qu'il ne se soit déjà dit cent fois. C'était comme se repasser le même CD en boucle pendant des années : ennuyeux et monotone. A force, on ne l'écoutait même plus.

Carter déboutonna sa chemise pendant que son client se dirigeait vers le cabinet de toilette de l'autre côté de la pièce. Les muscles de ses épaules jouèrent quand il retira le vêtement et le suspendit au dossier de la chaise près de la porte. Il avait un corps magnifique. Tonique, élancé, sculpté. Rock l'admirait chaque fois qu'il venait au club.

Il déglutit et écarta les jambes pour soulager son sexe en érection comprimé par son pantalon. Il avait rêvé si souvent de cette peau souple et lisse qu'il lui semblait presque sentir sa douceur sous ses paumes. Il n'y avait pas le moindre poil sur le corps de Carter. Il n'avait jamais imaginé qu'un corps totalement imberbe puisse le séduire — avant de voir Carter.

Il inspira profondément, l'odeur de son eau de Cologne assaillant sa mémoire. *Je suis un putain de pervers.* Saliver en regardant Carter alors qu'il s'apprêtait à coucher avec un autre homme, c'était juste répugnant. Carter se pencha pour retirer son jean, et Rock se détourna brusquement.

Il pressa ses poings serrés sur ses paupières pendant que le désir montait en lui. L'envie de regarder et de se boucher les yeux se livraient furieusement bataille, mais Rock n'était pas dupe : quel que soit le cas de figure, il ne pouvait pas gagner.

Il avait pu espionner Carter quand il n'était encore qu'un fantasme inaccessible. Un visage et un corps sur un écran de surveillance. Mais aujourd'hui ce n'était plus possible. Carter n'était plus un inconnu. Il l'avait touché, il lui avait parlé, il l'avait désiré comme il ne s'était jamais autorisé à désirer personne.

Soudain, la porte s'ouvrit derrière lui. Rock propulsa sa

chaise devant l'ordinateur et tapa son mot de passe. Il était rongé par la culpabilité mais trop expérimenté pour laisser paraître la moindre émotion sur son visage.

Wes entra d'un pas décontracté.

— Salut, Rock.

Le grand blond lui tapa sur l'épaule avant de s'installer sur le siège devant les moniteurs.

— Quelque chose à signaler ?

— Rien.

Sa voix était peu amène, mais rien d'anormal.

— Quelqu'un ou une séance en particulier que je devrais surveiller ?

— Non.

Il mit ses écouteurs et attrapa la fiche en haut de la pile que Deklan lui avait apportée. Il avait mieux à faire que ressasser une obsession pour un homme qui ne serait jamais à lui.

Même s'il trouvait le courage de le revoir un jour.

Chapitre 5

— Tu es sûr ?

Carter ne put dissimuler son incrédulité.

— Evidemment, répondit son interlocuteur d'un ton agacé. Il te veut toi et personne d'autre.

Rock voulait un deuxième rendez-vous avec lui ! Jamais il n'aurait imaginé que ce soit possible. Le fiasco de leur première rencontre ne lui avait pas suffi ?

— Il n'a pas donné de précision ?

— Seulement la date et le lieu.

Il entendit le cliquetis d'un clavier d'ordinateur.

— Tu es libre mardi ?

Il pouvait décliner. Hank venait de lui fournir un prétexte tout trouvé.

— Tu es sûr qu'il s'agit de Rockford ? Le même type qu'il y a un mois ?

— C'est quoi ton problème, coco ?

Carter grimaça. Chaque fois qu'il l'entendait dire coco, il avait l'impression qu'on lui enfonçait un pic à glace dans l'oreille.

— Ce type veut te revoir alors ramène tes fesses là-bas à l'heure dite et fais ce qu'il veut. Compris ?

Il faillit riposter mais se mordit la langue et garda sa

réplique cinglante pour lui. Il fallait qu'il tienne encore trois mois. Quatre-vingt-neuf jours — et basta.

— Pas de soucis. Autre chose ?

Sa voix posée ne laissait passer aucune émotion.

— Tu as un client vendredi.

— Je sais.

— Donne-moi plus d'infos sur ce Rockford.

Carter ne répondit pas. Hors de question de livrer à l'agence le moindre renseignement sur ses clients. Ces méthodes d'inquisition avaient commencé quand Hank avait repris l'affaire, il y avait de cela trois ans.

Depuis qu'il était le patron, le climat s'était dégradé. L'agence était devenue une usine où les employés devaient faire du chiffre et se taire. Hank n'était rien d'autre qu'un proxénète qui engageait des malabars pour se protéger et mettre les récalcitrants au pas.

Raison de plus pour ne pas faire de vagues jusqu'à la fin de son contrat.

— Tu lui as demandé combien ?

Il touchait la moitié de la somme, plus le pourboire si le client lui en laissait un.

Hank ricana.

— Pour quatre heures ? Trois mille. Je lui ai dit que pour mille de plus il aurait droit à la nuit complète mais il a refusé.

Pas vraiment une surprise.

Carter nota le lieu de rendez-vous et l'heure puis raccrocha. Ainsi, Rock voulait le revoir ? Il entoura le nom du bar où ils devaient se retrouver et chercha l'adresse sur sa tablette. Un bar de supporters à St. Paul, près de la patinoire où jouait l'équipe des Glaciers. Un lieu populaire, généralement bondé.

Rien à voir avec leur premier rendez-vous, ce qui piquait encore plus sa curiosité. Il finit sa boisson protéinée, rassembla les journaux du dimanche éparpillés sur la table, les jeta dans la poubelle de recyclage et posa son verre dans le lave-vaisselle. Puis il prit sa tablette et s'allongea sur le canapé.

Une douleur vive lui rappela que son client au club devenait plus violent et sadique qu'il n'était prêt à le tolérer. Il avait eu recours au fouet pour la première fois la nuit dernière. Rien d'insoutenable mais il faudrait qu'il redéfinisse les règles avant de se prêter de nouveau à ce petit jeu.

Il s'adossa aux coussins et appuya ses pieds sur la table basse en évitant de trop bouger. Les marques avaient intérêt à disparaître avant son rendez-vous avec Rock. Les clients n'aimaient pas qu'on leur rappelle qu'ils avaient affaire à un professionnel du sexe, même s'ils payaient ses services. Une toile vierge leur donnait l'illusion qu'il était leur propriété exclusive et permettait à leur relation d'échapper au sordide. Le temps de la rencontre, tout au moins.

Il parcourut les journaux nationaux sur internet puis passa aux nouvelles régionales avant d'effectuer une lecture rapide des principales informations politiques. Il termina sa revue de presse quotidienne par les résultats sportifs. Il devait être capable de tenir une conversation sur à peu près n'importe quel sujet d'actualité. Les clients ne voulaient pas d'un imbécile dans un beau corps. Ils payaient cher pour s'offrir du haut de gamme, et il veillait à ne pas les décevoir.

Sa lecture terminée, il jeta un coup d'œil à sa galerie de photos. Depuis qu'il en avait parlé à Cali, il avait sérieusement réfléchi à l'éventualité de faire un métier de ce qui n'était jusqu'ici qu'un hobby. Cela lui semblait toujours un rêve inaccessible mais le moment était peut-être venu de sauter le pas. Peut-être.

S'il n'avait pas signé avec l'agence une clause de non-concurrence pendant une durée d'un an, il se serait mis à son compte sans hésiter. Mais il ne doutait pas que Hank l'obligerait à respecter les termes du contrat, au besoin par la force en lui envoyant ses deux gorilles.

Ce ne serait pas facile de renoncer à la sécurité matérielle que lui offrait sa profession. Mais la seule idée de travailler cinq ans de plus pour Hank le rendait malade.

Il tourna son regard vers les photos en noir et blanc suspendues en guirlande dans le couloir. Elles étaient parmi ses préférées. Les rares personnes à les avoir vues les avaient trouvées très réussies. Enfin, c'était ce qu'ils avaient dit, mais ils avaient peut-être simplement voulu se montrer polis ?

Eteignant sa tablette, il se leva, l'esprit occupé par son prochain rendez-vous avec Rock. Peut-être pourrait-il l'aider à admettre son homosexualité ? Reconnaître qu'il était attiré par les hommes serait déjà un énorme pas en avant.

Non qu'il veuille se mêler de ce qui ne le regardait pas. Mais certains de ses clients aimaient se confesser à lui et il n'y avait rien de mal à leur redonner confiance en leur disant ce qu'ils avaient envie d'entendre.

Il leur offrait tout ce qu'ils voulaient parce que, finalement, il n'était rien d'autre que l'illusion de ce qu'ils voulaient qu'il soit.

Chapitre 6

Le vent balayait la rue, giflant son visage comme une main de glace. Rock enfonça son menton dans le col de son manteau et voûta les épaules pour résister au froid. Il gardait ses poings serrés au fond de ses poches, mais c'était davantage pour empêcher ses mains de trembler que pour se réchauffer. Il aurait mieux fait d'attendre à l'intérieur du bar. Mais surtout il aurait mieux fait de ne pas organiser ce rendez-vous.

— Rock.

Merde. Il se retourna d'un bloc en entendant les inflexions chaudes de la voix de Carter derrière lui. Il lui avait été impossible de chasser cette voix de son esprit.

— Salut, réussit-il à articuler.

Carter lui tendit la main.

— Je suis content de te revoir.

Son sourire était franc et chaleureux. Ses cheveux noirs ébouriffés par le vent. Ses pommettes rougies par le froid. Il était d'une beauté spectaculaire.

Une fois de plus, Rock fut incapable de prononcer le moindre mot. Mais il accepta la poignée de main. La paume de Carter était glacée dans la sienne, sa peau douce.

Une onde de chaleur se propagea en longs frissons

brûlants le long de son bras, et Rock sentit un nœud se former dans son ventre, si contracté qu'il avait du mal à respirer. Il aurait dû dire quelque chose, n'importe quoi, mais il avait la gorge désespérément sèche.

Il entendit Carter s'éclaircir la gorge et sortit brusquement de sa stupeur. Reculant d'un pas, il retira sa main et l'enfouit dans sa poche. Il sentait ses joues le brûler. Pourvu que Carter pense que c'était à cause du froid !

— On entre ? demanda Carter comme il ne parvenait toujours pas à sortir de son mutisme. Ou tu as d'autres projets ?

Rock jeta un coup d'œil au bar pris d'assaut par des supporters des Glaciers. La salle vivement éclairée — où on voyait les serveurs aller et venir, les bras chargés de plateaux — tranchait avec l'obscurité de la rue.

Ça lui avait paru une bonne idée quand il avait organisé la soirée, mais il n'en était plus sûr. Carter attendait sa décision sans manifester d'impatience. Il portait un blouson d'aviateur en cuir patiné brun foncé. La fermeture Eclair ouverte au col laissait entrevoir un sweater noir qui faisait ressortir le bleu de ses yeux. Il aurait pu faire une carrière de mannequin. Il était beaucoup trop classe pour un type comme lui. Mais en même temps il était là uniquement parce qu'il le payait pour ça.

Ce brusque retour dans la réalité fit à Rock l'effet d'une claque. Secouant la tête, il se moqua de sa stupidité.

— J'ai des billets pour le match de hockey.

Il montra la patinoire illuminée, trois blocs plus loin.

— Ça te dit ?

— Génial !

Ils se mirent en route. Carter enfonça les mains dans les poches de son blouson, lui lança un regard en coin et lui donna un petit coup d'épaule.

— Relax. On est juste deux copains qui vont assister à un match de hockey. C'est tout.

— Comme l'autre jour, pour le dîner, marmonna Rock.

Il suivait Carter presque mécaniquement, ses pieds avançant au même rythme que les siens comme s'il était incapable d'imposer sa propre allure.

— Exactement. Rien ne nous différencie de ces deux types, là.

Il montra du menton des supporters aux couleurs des Glaciers qui discutaient en se dirigeant vers la patinoire.

— Ou de ceux-là.

Rock observa les hommes qui marchaient à moins de deux mètres d'eux. Ils étaient habillés à peu près comme eux, tête baissée pour résister aux assauts du vent. Des anonymes.

Comme Carter et lui.

Il était allé voir des dizaines de matchs de hockey avec Deklan et il ne s'était jamais soucié de ce qu'on pensait d'eux.

— Est-ce qu'on peut lire la honte sur un visage ?

Carter se figea, et Rock s'arrêta, les joues en feu.

— J'ai pensé tout haut ?

— Oui.

Carter se rapprocha de lui pour laisser passer un groupe de personnes. Son sourire s'était envolé.

— C'est ce que tu ressens ? De la honte ?

Merde. Je suis en train de tout foutre en l'air une deuxième fois

— Ça n'a rien à voir avec toi, assura-t-il.

Il jeta un regard furtif autour d'eux mais personne ne leur prêtait attention. Ce n'était ni le moment ni le lieu d'avoir cette discussion mais il devait au moins une explication à Carter.

— C'est moi. Bon sang, c'est lamentable…

Il laissa échapper un rire sans joie, plein du mépris que sa propre conduite lui inspirait.

— Je n'ai pas l'habitude.

— De quoi ?

Carter se rapprocha un peu plus.

— D'aller voir un match de hockey ? Je ne vais pas te sauter dessus, te violer, ni même te toucher à moins que tu le souhaites.

Sa voix avait baissé d'un cran, ses intonations sourdes laissant percer sa contrariété.

— Ma profession ne fait pas de moi un crétin prêt à passer outre les réticences d'un homme qui n'est même pas capable de s'avouer à lui-même qui il est !

Aïe. Rock baissa la tête et laissa l'implacable vérité des mots résonner en lui. La pression augmenta dans sa poitrine, lui coupant la respiration. Etait-il transparent au point que même un étranger pouvait deviner son secret ? Combien d'autres avant lui avaient compris mais ne lui avaient rien dit par gentillesse ou par crainte ? Qui abusait-il, en dehors de lui-même ?

— Excuse-moi, murmura Carter. C'était méchant et déplacé.

Rock secoua la tête.

— Non, tu as raison.

Les mots lui brûlaient la gorge, mais il se força à poursuivre.

— Je te l'ai dit, ça n'a rien à voir avec toi.

— Je n'avais pas le droit de te parler comme je l'ai fait.

Carter lui donna un petit coup d'épaule mais il ne répondit pas. Ce simple contact à travers le cuir de son blouson suffisait à le troubler. Peu importait ce que les autres voyaient — lui, il savait à quoi s'en tenir. Et Carter aussi.

Et ils méritaient mieux que ça tous les deux.

Il releva la tête.

— Il n'y a rien de mal à dire la vérité.

Une vérité qu'il se cachait à lui-même et aux autres depuis l'adolescence.

— Rock…

La douceur de son prénom sur ses lèvres lui retourna le ventre et enflamma son désir. Il dut faire appel à toute sa volonté pour rester impassible quand Carter poursuivit :

— Je ne te forcerai à rien, promis. Je suis désolé pour la dernière fois. Je ne voulais pas…

— Non, le coupa Rock. Ne t'excuse pas pour mes problèmes !

Carter n'avait rien fait de mal. Il avait même tout fait à la perfection, et c'était pour cette raison qu'il avait fui. Mais maintenant il était de nouveau là, avec cet homme qui le troublait tant, et il avait l'opportunité de se racheter.

Un groupe de supporters passa bruyamment à côté d'eux, certains visiblement bien alcoolisés. La foule des spectateurs grandissait.

— On devrait y aller.

Il montra le stade d'un signe du menton.

— Si ça te tente toujours, bien sûr.

Carter le regarda, impénétrable.

— D'accord. Mais uniquement si toi, tu en as envie.

Il posa la main sur son bras.

— Si tu préfères qu'on arrête là, je demanderai à l'agence de te rembourser. Ça n'est pas plus compliqué que ça.

Rock se figea, les yeux rivés sur la main de Carter sur son bras. Une vague de chaleur l'inonda de nouveau, répandant dans ses veines un désir presque douloureux. Il leva lentement les yeux, laissant son regard s'attarder sur le large torse de Carter, sa pomme d'Adam, la ligne ferme de sa mâchoire imberbe, le petit sourire qui relevait le coin de ses lèvres, jusqu'à ces prunelles d'un bleu incroyable.

Allait-il fuir ? Non. Pas cette fois.

— J'ai des places géniales. Ce serait dommage de les perdre.

Il essaya de sourire. Une piètre tentative mais il ne pouvait pas faire mieux.

La foule rugissait sur les gradins. Le crissement des lames des patins écorchant la glace se mêlait au cliquetis sec des crosses frappant le palet. L'air froid se mélangeait au halo de vapeur dégagé par les joueurs assis sur le banc, trois rangs plus bas.

— Ce sont des places incroyables ! cria Carter en se penchant vers Rock.

Le vacarme rendait toute conversation quasiment impossible, et il n'y avait pas d'autre moyen pour se faire entendre que de se rapprocher de son voisin.

Il en profita pour presser sa cuisse contre celle de Rock. Le contact dur du muscle le fit frissonner à travers son jean, une réaction étonnante. Il avait ressenti la même chose quand Rock lui avait serré la main tout à l'heure.

— Oui, acquiesça Rock avec un sourire.

Il tourna la tête vers lui, et son visage se retrouva à quelques centimètres seulement du sien. Aussitôt, le sourire de Rock s'effaça tandis qu'il fixait sa bouche avec avidité, puis il détourna les yeux en s'humectant les lèvres.

— Je connais l'attachée de presse de deux des joueurs. Et elle me devait un service.

L'envie de se pencher et de goûter ces lèvres délicieusement attirantes était si forte que Carter oublia presque où — et surtout qui — il était. Il refréna son désir juste à temps et recula.

— Tu la remercieras de ma part.

Le choc dur de deux corps frappant violemment la barrière en Plexiglas ramena leur attention sur le match. Carter laissa échapper un soupir de soulagement. Qu'est-ce qui lui prenait ? Un professionnel ne se laissait pas troubler par un client, c'était contraire à toutes les règles.

Mais cet homme taciturne et fermé était d'une telle complexité, il y avait tant de fragilité et de timidité sous ses allures assurées que chaque révélation à son sujet, même minime, le captivait.

Il porta son gobelet de bière à ses lèvres et but une gorgée du liquide devenu tiède. Il buvait la même depuis le début du match. Une bière, c'était tout ce qu'il s'autorisait pendant un rendez-vous. Rock s'était arrêté à la deuxième. Ce serait dommage de le perdre. C'était le genre de détails qu'il avait vite appris à repérer. Il ne s'engageait jamais dans un tête-à-tête privé avec un client qui avait bu. Il lui était arrivé de se retrouver dans des situations très délicates. Heureusement, l'expérience lui avait toujours permis de se sortir d'affaire.

Il posa le gobelet devant lui et se concentra sur le jeu. Les actions étaient rapides, le combat âpre. Il avait accompagné des clients à des soirées huppées, à l'opéra ou à des dîners d'affaires, mais ce match de hockey resterait sans aucun doute l'un de ses meilleurs souvenirs. C'était presque comme si Rock essayait de l'impressionner, comme s'il s'agissait d'un vrai rendez-vous.

Une première pour lui.

La patinoire bourdonnait d'énergie. Des supporters arborant la tenue bleu roi, noir et or des Glaciers provoquaient les supporters de l'équipe adverse tout en scandant le nom de leurs joueurs favoris. La musique résonnait dans les haut-parleurs entre chaque période, accompagnée par la voix tonitruante du speaker.

— Bouge-toi, Hauke ! cria soudain Rock, ses mains en porte-voix.

Il avait descendu la fermeture de son blouson et son T-shirt épousait son torse, dévoilant l'amorce d'une toison sombre à la base du col en V.

— Ah merde.

Il jura tout bas quand l'équipe adverse s'empara du palet et fonça vers le but.

Carter se pencha vers lui.

— Hauke est complètement à côté de la plaque aujourd'hui.

Les Glaciers avaient un point de retard, et il ne restait plus que dix minutes à jouer dans la troisième période.

Rock secoua la tête.

— Ça ne date pas d'aujourd'hui.

— Au moins, il joue mieux que Walters.

Carter observa le joueur qui venait de se faire voler le palet par le défenseur de Detroit.

— Toute l'équipe est à côté de ses pompes.

Rock tendit la main vers son gobelet et se ravisa en constatant qu'il était vide.

— On ne passera jamais en finale s'ils ne réveillent pas.

— Buuuut !

L'annonce du speaker vibra dans les haut-parleurs, suivie par un coup de trompe assourdissant.

Toute la patinoire se leva d'un bond pour célébrer le but tant espéré. Carter se dressa, le poing levé en signe de victoire. *Yes !*

Il se tourna vers son voisin et lui tapa dans la main. Le visage de Rock rayonnait, sa nervosité oubliée dans la passion du jeu. Ses longs doigts se mêlèrent aux siens avec force. Il l'attira à lui pour frapper son torse avec le sien, un réflexe, rapide, joyeux. De nombreux supporters en faisaient autant sur les gradins — mais au lieu de reculer, Rock se figea.

Leurs torses plaqués l'un contre l'autre, leurs visages à quelques centimètres, leurs bouches toutes proches…

Le souffle chaud de Rock lui effleura la joue, il sentit l'odeur douce et légère de la bière contre son visage et vit sa bouche s'entrouvrir.

Oh Dieu. Carter sentit son cerveau cesser de fonctionner, court-circuité par le désir. Il mourait d'envie de prendre ces lèvres dans un baiser langoureux. Le sang pulsait douloureusement dans son sexe. Il devait se reprendre.

Il retint son souffle. Détachant sa main de celle de Rock, il recula et pivota vers la patinoire pour acclamer les joueurs avec l'ensemble du public. Son cœur battait au rythme assourdissant de la musique qui résonnait sous le dôme de la patinoire. Il tourna la tête vers Rock et s'aperçut qu'il le dévisageait toujours, le regard intense.

Vite, trouver quelque chose à dire pour empêcher la gêne de s'installer.

— Super tir ! cria-t-il dans le vacarme.

Rock hocha la tête et se pencha vers son oreille.

— Tu es incroyablement sexy.

Le petit frisson qui glissa le long de sa nuque et de son dos ne l'aida pas à recouvrer ses esprits, tout au contraire.

Il tourna la tête, mais Rock avait déjà repris sa place pendant que le tumulte se calmait. Il s'assit à son tour, un sourire au coin des lèvres. C'était ridicule. Ce n'était pas la première fois qu'on lui faisait ce genre de compliment. Mais l'entendre de la bouche de cet ex-militaire timide et taciturne lui donnait envie de rêver à des choses impossibles.

Le match reprit, les joueurs de deux équipes donnant tout ce qu'ils avaient pendant que les minutes tournaient. C'était fort, intense, mais Carter avait perdu tout intérêt pour le jeu. Il enfonça ses doigts dans les muscles de ses cuisses jusqu'à en avoir mal pour forcer ses mains à se tenir tranquilles. Parce qu'il n'avait qu'une envie : toucher l'homme assis à côté de lui.

Il pressa sa cuisse contre celle de Rock et laissa le petit frisson familier remonter le long de sa jambe et se répandre dans tout son corps. Ils n'avaient probablement aucun avenir ensemble, mais il pouvait offrir à Rock une nuit fantastique et peut-être même l'amener à s'accepter lui-même.

Pour la première fois depuis le début de la soirée, il jeta un coup d'œil à l'horloge géante. Encore une heure et vingt minutes. Il s'était tellement laissé prendre au jeu qu'il avait oublié de comptabiliser le temps facturable. Cela ne lui arrivait jamais.

Comme deux joueurs passaient devant le banc, épaule contre épaule, leurs crosses bataillant pour s'emparer du palet, il se pencha vers Rock. Approchant son visage de son oreille, il respira son parfum de cèdre et de sauge avant de murmurer :

— Merci.

Rock se contenta de hocher la tête. L'ombre d'un sourire joua au coin de ses lèvres, comme une promesse pour la suite de la soirée.

Une promesse que Carter rêvait de voir se réaliser.

Chapitre 7

Ils sortirent de la patinoire au milieu d'une masse de supporters ; l'atmosphère était plombée par le but de dernière minute qui ravissait la victoire aux Glaciers.

Rock essaya de prononcer les mots qu'il avait préparés pendant tout le match. En vain. Quel bouffon ! Et qu'est-ce qui lui avait pris tout à l'heure ? Il n'avait jamais dit à un homme qu'il le trouvait sexy. Jamais !

— C'était un super match, dit Carter. Dommage qu'ils aient perdu.

— Merci d'être venu.

Evidemment, il était venu : il était payé pour ça. Cette pensée annihila le faible espoir qu'il avait vu grandir en lui pendant le match. Il vérifia l'heure à sa montre et réfléchit à la façon dont ils pourraient occuper la dernière heure de leur temps.

— Tu as prévu quelque chose d'autre ? demanda Carter.

A quoi pensait-il ? A aller boire un verre dans un bar ? A un baiser ? A coucher avec lui ? Il adorerait faire toutes ces choses avec Carter mais à laquelle pensait-il ? A la troisième, probablement. Ce n'était sûrement pas sa conversation qu'il recherchait.

Il enfonça un peu plus profondément ses mains dans

ses poches et regarda de l'autre côté du trottoir, sans rien fixer en particulier.

— J'ai retenu une chambre dans l'hôtel au bout de la rue, avoua-t-il très vite.

Son pouls n'avait aucune raison de s'affoler. Ce n'était pas comme s'il risquait d'essuyer un refus. Et pourtant son cœur battait aussi fort qu'après une course de dix kilomètres, une charge de vingt kilos sur les épaules.

— Ma voiture est garée de ce côté.

Carter montra le bar devant lequel ils s'étaient rencontrés au début de la soirée.

— Je peux te retrouver là-bas.

Rock grommela le nom de la chaîne d'hôtel.

— Ce n'est pas le même standing que la dernière fois. Chambre 331.

— Hé.

Carter se rapprocha, et pour une fois Rock ne s'inquiéta pas de ce qu'on pourrait penser. Il laissa sa présence l'envelopper.

— Le match était génial. J'ai passé une excellente soirée. Du moment qu'il n'y a pas de punaises ou de cafards dans la chambre, ça me va.

Rock plongea son regard dans ces yeux incroyablement bleus. Soudain, il avait envie de croire tout ce que lui disait cet homme.

— Tu as quelque chose contre les punaises ?

— Un gros quelque chose, acquiesça Carter. Et je n'ai pas peur de l'avouer.

Le rire qui monta de la poitrine de Rock desserra l'étau qui le comprimait depuis la fin du match.

— Je te protégerai des petites bêtes.

— Mmm.

Carter l'évalua du regard, faisant glisser ses yeux sur lui avec une lenteur infinie.

— Je n'en doute pas.

Oh ! bon sang. Rock baissa la tête et passa d'un pied sur l'autre. En vain. La tension de son entrejambe était toujours bien là. Il montra du doigt le parking, un peu plus loin.

— Je suis garé de ce côté-là, moi aussi. On y va ?

Ils marchèrent en silence. Rock ne parvenait pas à penser à autre chose qu'à ce qui allait se passer maintenant, et aucun sujet de conversation ne lui venait à l'esprit. Qu'était-il censé faire ? Expliquer à Carter ce qu'il attendait de lui ?

Il était perdu. Et il n'avait pas de fiches ni d'infos pour lui venir en aide.

— Arrête de stresser, dit Carter comme ils arrivaient près du parking.

— Facile à dire pour toi.

La réponse lui était venue spontanément, et il la regretta à la seconde où elle franchit ses lèvres.

— Possible. Mais toi tu contrôles la situation.

Carter s'arrêta et attendit qu'il en fasse autant.

— Moi je vais me retrouver dans une chambre avec un inconnu qui pèse vingt kilos de plus que moi et qui a reçu un entraînement militaire. Je suis tout aussi vulnérable que toi, pour des raisons différentes.

Rock le dévisagea tandis que les mots pénétraient lentement son esprit.

— Alors pourquoi fais-tu ce métier ?

Il avait posé la même question à Tyler, mais la réponse de Carter lui semblait plus importante. Vitale, même.

L'homme secoua la tête avec un rire moqueur.

— Quelle importance ? Tu as ce pour quoi tu as payé, c'est la seule chose qui compte.

Il se remit à marcher d'un pas brusque.

Merde. Rock s'élança derrière lui et l'arrêta, une main sur son épaule.

— Désolé. Je ne sais pas pourquoi j'ai dit ça, ça ne me regarde pas.

Il sentit la tension des muscles de Carter sous sa main mais ne put se résoudre à le lâcher. Et s'il partait ? S'il disparaissait de sa vie pour toujours ? La peur le poussa à bafouiller :

— Tu n'es pas obligé de… ça n'a pas d'importance. Je… bon sang.

Il laissa retomber sa main, le dégoût lui nouant le ventre. Il avait encore tout gâché. Il fallait qu'il soit complètement irrécupérable pour arriver à faire fuir un homme payé pour passer la soirée avec lui.

La coquille protectrice à l'intérieur de laquelle il se retranchait depuis toujours se referma. Bien en place. Redressant les épaules, il se prépara à affronter le mépris dans les yeux de Carter — si toutefois il prenait la peine de le regarder avant de s'en aller.

Des voitures sortirent en file du parking, phares allumés, éclairant leur silhouette d'une lumière dure, impersonnelle. Comme un rappel de la réalité. Pour Carter, il n'était qu'un client parmi d'autres. Il avait tendance à l'oublier.

Il ne pourrait vraiment pas lui en vouloir s'il le plantait là.

Il sentit son ventre se nouer d'appréhension quand Carter pivota lentement vers lui. Il l'observa, les mains dans les poches de son blouson. Ses yeux étaient dans l'ombre mais le sourire très doux qui flottait sur ses lèvres permit à Rock de retrouver sa respiration.

— C'est tout nouveau pour toi, n'est-ce pas ?

Il n'était pas sûr de savoir à quoi se référait Carter mais cela n'avait pas vraiment d'importance : la réponse serait la même dans tous les cas.

— Oui.

— Tu es sûr de ce que tu veux ?

— C'est-à-dire ?

— Toi, moi. Là où nous allons.

— Dieu, non !

La réponse jaillit toute seule de ses lèvres, et il prit une inspiration avant de reprendre :

— Je veux dire… oui. Je crois.

Un désastre. Il devait avoir l'air d'un attardé.

Il était sûr de ce qu'il voulait, oui. Mais s'il réfléchissait trop ou trop longtemps à ce qu'ils allaient faire, la peur se jetait sur lui et sapait toute sa volonté. Il ne voulait pas y penser. C'était juste censé arriver et cela avait failli se produire l'autre soir, jusqu'à ce qu'il panique complètement.

Carter l'attira dans l'ombre. Le flot des voitures s'était tari, leur offrant un semblant d'intimité. Il se rapprocha jusqu'à ce que leurs deux corps se frôlent. Rock était certain que, s'il inspirait à fond, leurs torses se toucheraient. Il en mourait d'envie, mais il n'en avait pas la force. Il pouvait à peine respirer.

Il lut de la perplexité sur le visage grave de Carter.

— Qu'est-ce qui t'est arrivé ?

— Aucune importance, répondit-il en secouant la tête.

Il voulut reculer mais Carter resserra l'étau de sa main sur son bras et le poussa doucement jusqu'à ce qu'il soit acculé contre le mur en ciment du parking.

Carter le dévisagea, comme s'il lisait en lui tous ses secrets. Il avança plus près encore, ses lèvres effleurant sa joue tandis qu'il parlait.

— Peut-être que si.

Le frisson qui traversa tout le corps de Rock réveilla chaque désir enfoui au fond de lui. Il sentit sous sa paume le contact lisse et froid du blouson en cuir de Carter. Allait-il l'embrasser s'il tournait la tête vers lui ?

Il sentait si bon — un parfum riche et musqué. Quelle saveur aurait sa peau sous sa langue ?

Il s'obligea à se concentrer sur ce que Carter venait de dire.

— Pourquoi ?

Il sentit un long souffle d'air chaud le long de sa nuque et bascula la tête en arrière pour offrir son cou à Carter.

— A cause de ça…

Carter mordilla la peau sensible de son cou et un plaisir aigu lui coupa la respiration.

— Ce qui se passe entre nous, ce n'est pas seulement une envie de baise.

Une envie de baise.

— Allez faire vos saloperies à l'hôtel, les tantouzes !

La voix avinée traversa le froid de la nuit, déchirant le brouillard dans lequel Rock dérivait.

— Les pédés devraient être éradiqués de la surface de la Terre !

— T'as un flingue ? lança une autre voix pâteuse. On pourrait commencer le boulot tout de suite.

Rock poussa Carter sur le côté et avança, poings serrés, prêt à en découdre. Ces ivrognes ne toucheraient pas à Carter. Le sang battait dans ses tempes tandis que sa vue s'ajustait à l'obscurité.

Trois types s'éloignaient d'un pas vacillant. Leurs rires d'ivrognes résonnèrent dans l'obscurité. L'un d'eux regarda par-dessus son épaule et lui fit un doigt d'honneur. Une autre bordée d'insultes monta dans le noir. Sans même en avoir conscience, Rock se rua vers eux.

— Arrête !

Une poigne ferme sur son bras le stoppa net. Il se retourna d'un bloc. Carter soutint son regard sans flancher tandis qu'il respirait fort dans un effort pour contrôler sa colère. Avec douceur, Carter lui lâcha le bras et lissa son front crispé, la caresse de ses doigts effaçant la tension.

— Ce ne sont que des mots, dit-il d'une voix apaisante. Ils ne peuvent pas nous faire mal.

Rock desserra les mâchoires. En lui, le flot d'adrénaline refluait lentement. Il essaya de se concentrer sur la douceur des doigts de Carter sur son front.

— Les mots non, mais les poings, oui.

Carter fit glisser ses doigts de son front à la longue balafre qui lui déchirait la joue. Rock recula la tête dans un sursaut.

Carter se figea mais ne retira pas sa main. Sans le quitter du regard, il posa de nouveau les doigts sur la cicatrice.

— C'est arrivé comment ?

Son visage était dissimulé par l'ombre mais Rock n'avait pas besoin de le voir pour entendre une compassion sincère dans sa voix.

Il ferma les yeux et essaya de bloquer l'image d'une ruelle sombre et sale à l'arrière d'un boui-boui d'une ville d'Europe de l'Est. Un endroit où il n'aurait jamais dû aller. Une odeur d'épices et d'immondices envahit ses narines, et il avala la bile qui lui brûlait la gorge.

— Ce n'est pas à l'armée, n'est-ce pas ?

Des mots calmes qui énonçaient une vérité que personne avant lui n'avait cherché à connaître. Seuls quelques camarades de son unité avaient su que cela ne s'était pas produit pendant un assaut mais ils étaient loin aujourd'hui, et aucun n'avait cherché à connaître les circonstances exactes dans lesquelles il avait récolté ce cadeau. La loi du silence était une seconde nature dans l'armée.

Il secoua la tête. De toute façon, il était incapable de parler quand Carter faisait glisser très lentement ses doigts le long de sa joue. Il sentait un picotement plus bas, au niveau de la mâchoire. La blessure avait guéri depuis longtemps mais les nerfs étaient morts à cet endroit.

— Châtiment de gay.

Malgré la douceur de la voix de Carter, les mots lui transpercèrent la poitrine comme un coup de poignard. Tendant la main, il agrippa la hanche de Carter et sentit le tissu rugueux de son jean sous sa paume. Carter était solide. Réel. Fiable.

— C'est pour cette raison que tu caches ce que tu es ?

Rock se sentait complètement perdu. Il était incapable d'ouvrir les yeux et l'obscurité décuplait chacune de ses sensations. La caresse de la main de Carter sur sa joue. Son souffle sur son visage. L'odeur de son eau de toilette…

Il réussit à esquisser un haussement d'épaules.

— Entre autres, chuchota-t-il d'une voix rauque.

Cet aveu lui coûta un tel effort, que les derniers vestiges de sa résistance s'effondrèrent. Il avança, et Carter enlaça ses épaules. Le tourbillon de sensations qui l'envahit le fit vaciller. La chaleur de Carter traversait ses vêtements et tissait autour de lui un cocon de douceur et de bien-être qu'il n'avait encore jamais ressenti. Inclinant la tête, il appuya sa joue contre celle de Carter. Ce simple contact suffit à allumer en lui un feu brûlant. Pourquoi cet homme, un quasi inconnu, le troublait-il aussi profondément ?

— Je suis une vraie midinette, dit-il d'une voix rauque.

Le rire étouffé de Carter résonna contre son oreille.

— Ce n'est pas le terme que j'utiliserais.

— Non ?

Carter secoua la tête, sa joue lisse se frottant doucement contre le début de barbe de Rock. Il n'était pas beaucoup plus grand que lui, un centimètre tout au plus, mais cela suffisait à lui donner l'impression d'être protégé.

— Lequel utiliserais-tu, alors ?

Carter recula juste assez pour le regarder, ses bras toujours autour de ses épaules.

— Je n'ai pas assez de temps devant moi pour les énumérer tous. Et puis il y a encore beaucoup de choses sur toi que je ne sais pas.

Avait-il envie d'en apprendre davantage ?

Rock ne put se résoudre à lui poser la question. Il ne supporterait pas une réponse négative. Pas ce soir.

Il fixa les lèvres fermes de Carter, si proches des siennes. L'air glacé de la nuit tourbillonnait autour d'eux, rafraîchissant agréablement ses pommettes brûlantes.

Ce fut presque imperceptible. Quelques millimètres à peine et les lèvres de Carter touchèrent les siennes. Rock ferma les yeux pour mieux savourer leur douceur soyeuse. Ce fut très bref, très chaste et bouleversant.

Quand les lèvres de Carter quittèrent les siennes, il recula et pressa son front contre celui de Carter, sa respiration saccadée trahissant le combat qui se livrait en lui entre le désir et la timidité. La bouche merveilleuse de Carter était, à un cheveu de la sienne, mais il ne pouvait se résoudre à la goûter de nouveau. La première fois avait été trop parfaite pour risquer de la gâcher.

Un long moment s'écoula avant que Carter ne se détache de lui. Rock le laissa faire malgré une envie torturante de le ramener vers lui.

Le silence se prolongea encore. Carter l'observait en se mordillant la lèvre. Puis, il plongea la main dans la poche intérieure de son blouson et sortit son téléphone.

— Quel est ton numéro ?

— Quoi ?

Rock secoua la tête, perdu.

— Ton numéro de portable.

Il le lui donna mécaniquement, l'esprit trop embué pour

chercher à comprendre. Son téléphone sonna dans sa poche, et le sourire de Carter lui indiqua qui venait de lui envoyer un texto avant même qu'il regarde l'écran.

Rendez-vous demain à 10 h 00 au café Chez Shirley.

Il leva les yeux.

— Pourquoi ?

— Parce que tu n'es pas prêt à aller plus loin ce soir. Et il y a encore beaucoup de choses que je veux apprendre sur toi.

— Ah ?

Super Rock. Toujours ce sens inouï de la repartie. Il avala sa salive.

— Uniquement si ça t'intéresse, évidemment. Si tu n'as pas envie…

Bien sûr qu'il en avait envie ! Mais il n'était pas sûr de comprendre. S'agissait-il d'un rendez-vous payant ? Il avait des économies. Son talent en informatique lui assurait un bonus confortable en plus de son salaire, et ses missions contractuelles pour le gouvernement gonflaient son compte en banque. Mais il ne pourrait pas s'offrir Carter régulièrement.

— Ça m'intéresse.

Le sourire de Carter s'élargit.

— Bien.

Il l'embrassa brièvement sur les lèvres avant de reculer.

— A demain, alors.

Rock resta pétrifié pendant que Carter s'éloignait sur le parking. La lumière blanche des réverbères se refléta dans ses cheveux sombres et découpa sa silhouette avant que l'ombre ne l'engloutisse.

Avaient-ils un vrai rendez-vous ensemble le lendemain ?

Il plongea la main dans sa poche et toucha la petite liasse de billets à l'intérieur. Il avait oublié de lui donner son pourboire. Mais cela semblait déplacé maintenant. Rien dans cette soirée ne s'était déroulé comme prévu.

Une fois de plus.

Et il venait d'accepter de le revoir en public et en plein jour pour un tête-à-tête qui n'était peut-être pas payant. Il essaya de rassembler ses pensées, en vain. Il ne savait plus du tout où il en était.

Et il n'y avait personne pour l'aider. Il était seul face à lui-même à moins d'accepter de révéler le plus gardé de ses secrets, et cela n'arriverait pas.

Personne ne saurait jamais. A part Carter.

Chapitre 8

Carter vérifia ses e-mails sur son smartphone. Il l'avait déjà fait avant de partir mais c'était une façon de meubler l'attente.

— Encore du café ?

La serveuse se tenait debout devant sa table, sa cafetière fumante à la main. Elle avait une traînée de confiture rouge sur son tablier, une mèche de cheveux gris s'échappait de son chignon et son rouge à lèvres s'était effacé mais elle affichait un sourire imperturbable.

— Volontiers, merci.

Carter poussa sa tasse vers elle.

Elle montra la banquette vide, face à lui.

— Vous attendez toujours pour commander ?

— Oui. Il ne devrait plus tarder.

Le box se trouvait dans un coin de la salle, loin des fenêtres et du passage. Il était arrivé tôt exprès pour avoir cette table. Le carillon de la porte tinta. Il leva les yeux puis les ramena sur son téléphone en voyant entrer deux femmes chargées de sacs de courses. Il était 9 h 55, Rock n'était donc pas encore en retard. Mais cela ne signifiait pas pour autant qu'il allait venir.

Serait-ce si grave s'il ne venait pas ?

Probablement pas. Ce rendez-vous allait à l'encontre de toutes ses règles de toute façon. Ce n'était pas une simple incursion dans le domaine du privé, c'était carrément un obus tiré dans un territoire où il ne pénétrait jamais avec un client — ni avec qui que ce soit d'ailleurs.

Il versa une dosette de lait dans le café cent fois réchauffé de la cafétéria. Le liquide, toujours trop chaud, lui ébouillanta la langue. Il reposa précipitamment sa tasse pour boire une gorgée d'eau.

— Salut.

Il s'étouffa et renversa le verre sur la table. Il recracha et tâtonna pour attraper une serviette en papier, une main devant le visage, les yeux pleins de larmes.

— Merde.

Rock lui tapa dans le dos et tira maladroitement plusieurs serviettes du distributeur en métal fixé au mur.

— Tiens, dit-il tout en continuant à lui tapoter le dos.

Carter réussit enfin à respirer, toussa, inspira et toussa de nouveau avant de prendre une grande goulée d'air.

— Désolé, croassa-t-il.

Un désastre. S'il s'était agi d'un rendez-vous payant, le client aurait déjà appelé l'agence pour demander qu'on le rembourse.

Il sentait la grande main de Rock dans son dos. Sa chaleur traversait son sweat-shirt et son T-shirt jusqu'à sa peau. Il leva les yeux. Le visage inquiet de Rock était si proche du sien qu'il faillit se tendre vers lui et l'embrasser sur les lèvres en signe de bienvenue. Comme des amoureux. Ou pour lui dire merci. Mais Rock sauterait probablement au plafond s'il faisait une chose pareille.

Il s'éclaircit la gorge et sourit.

— Ça va, maintenant. Merci.

— Ah.

Rock cessa de lui tapoter le dos et se redressa. Il regarda autour de lui puis se glissa sur la banquette, face à lui, cramoisi.

— Tout va bien ?

La serveuse lâcha un torchon sur la table et essuya rapidement les dégâts.

— Cette eau mord si on ne fait pas attention, dit-elle pour le mettre à l'aise.

Carter rit et hocha la tête.

— Je m'en souviendrai la prochaine fois.

Elle lui sourit avant de se tourner vers Rock.

— Café ?

Il secoua la tête.

— Non merci, madame. Juste un verre d'eau, s'il vous plaît.

— Je reviens dans quelques minutes pour prendre vos commandes.

Elle se détourna pour s'occuper d'une autre table, ses mains prestes rattrapant au vol un pot de crayons de couleur avant qu'il ne tombe de la table occupée par trois gamins et deux mamans en tenue de jogging.

Carter ramena son attention sur Rock qui était en train d'enlever son blouson. Il était magnifique mais ce n'était pas une surprise. Son sweat à capuche vert mousse faisait paraître ses yeux plus sombres encore, presque changeants.

Rock sourit avec nervosité.

— J'ai quelque chose sur le visage ?

Carter secoua la tête en riant.

— Désolé, j'étais juste…

Il s'arrêta juste à temps. Inutile d'avouer la vérité et de l'embarrasser encore plus.

— Je suis content que tu sois là.

— Je t'avais dit que je viendrais.

— Oui mais je n'en étais pas sûr quand même.

— Pourquoi ?

Il haussa les épaules.

— Rien ne t'y obligeait.

Rien, sauf s'il voulait la séance de baise à laquelle il n'avait pas eu droit les deux premières fois.

Rock s'adossa à la banquette et remercia d'un signe de tête la serveuse qui venait de poser une carafe d'eau devant lui.

— Vous avez choisi, les garçons ?

Elle les dévisagea tout en tournant les pages de son petit calepin.

Ils passèrent leur commande, et elle s'éloigna avec la promesse que ce ne serait pas long. Carter n'était pas pressé. Il avait l'estomac tellement noué qu'il doutait d'être capable d'avaler l'omelette qu'il venait de demander.

— Je suis venu parce que j'avais envie de te revoir.

Cet aveu paisible répandit en lui une douce chaleur.

— Bien.

Rock remplit son verre d'eau, ses longs doigts étaient terminés par des ongles courts, soignés.

— Je peux te poser une question ?

— Bien sûr.

Rock leva brièvement les yeux avant de se concentrer sur son verre d'eau.

— Est-ce que ce rendez-vous est… euh… hors contexte ?

Carter mit quelques secondes à comprendre le sens de sa question puis il fut saisi d'une colère âpre, dévastatrice. Donc, il n'était là que pour la baise. Il faillit attraper son manteau, lâcher un « salut, connard » et se casser.

Au prix d'un énorme effort sur lui-même, il réussit à se contrôler jusqu'à ce que Rock lève enfin les yeux. Il lut dans son regard une interrogation et beaucoup de confusion.

— Je… ce que je veux dire, c'est… commença Rock.

Il s'interrompit, s'adossa à la banquette avec un soupir découragé.

— Je suis encore en train de tout foutre en l'air.

Il secoua la tête.

— Pas de problème. Je n'ai pas d'objection à te payer.

Carter s'obligea à respirer lentement. Il ne s'était pas senti aussi humilié depuis des années. Mais il savait que ce n'était pas la faute de Rock. Leurs précédentes rencontres avaient toutes été payantes, il n'avait aucun moyen de savoir s'il s'agissait ou non d'une sortie tarifée. La situation était inhabituelle pour lui aussi, alors pourquoi sa question le mettait-elle dans une telle rage ? Parce qu'elle lui rappelait ce qu'il était, voilà pourquoi.

— Je n'ai pas honte de ce que je fais, Rock. Mais si ça te dérange, il vaut mieux que tu partes.

— Non, ce n'est pas ça.

Rock se pencha, le regard grave.

— Je veux seulement savoir ce que tu attends de moi. C'est juste un petit déjeuner ? Ou le moyen de récupérer le pourboire que j'ai oublié de te donner hier soir ?

Il serra les lèvres.

— Ou alors tu cherches à remonter le moral d'un pauvre type assez désespéré pour payer ce genre de service ?

Si n'importe qui d'autre lui avait posé ces questions, Carter serait parti dans la seconde. Mais il s'agissait de Rock. Et malgré sa maladresse, il avait le mérite de parler avec franchise.

Il prit sur lui pour répondre calmement.

— Les gens ne font pas appel à moi parce qu'ils sont désespérés.

Rock hocha la tête et se massa la nuque.

— Bien sûr. Je suppose qu'ils savent ce qu'ils veulent quand ils t'engagent.

La couleur vermillon qui enflammait le visage de Rock fit fondre son ressentiment. Il but prudemment une gorgée de café et leur laissa à tous les deux un petit moment pour se ressaisir.

— C'est un petit déjeuner entre deux types qui veulent décider s'ils ont envie d'aller plus loin. Je n'attends rien d'autre de toi qu'une agréable conversation. C'est tout.

— Alors c'est un rendez-vous ?

Ce besoin tout militaire d'obtenir une définition bien carrée lui arracha un bref sourire.

— Tu peux appeler ça comme tu veux.

— Oh.

Rock le dévisagea sans rien laisser paraître de ses pensées.

— Un rendez-vous ça me plaît.

Carter fut presque choqué par l'intensité de son soulagement. La tension s'envola de ses épaules, et il s'adossa à la banquette.

— Bien. Je suis content.

— Pourquoi ?

— Tu es toujours aussi soupçonneux ?

— Désolé.

Rock serra les poings sur la table.

— C'est un des effets secondaires de mon boulot.

— Et voilà, les garçons !

La serveuse posa en souriant les assiettes devant eux.

— Besoin d'autre chose ?

Ils refusèrent tous les deux et attaquèrent leur repas dès qu'elle s'éloigna. L'odeur de l'omelette blanche végétarienne ne lui souleva pas le cœur. Il avait retrouvé son appétit.

Il laissa Rock avaler une bonne portion de ses œufs au bacon avant de reprendre le fil de la conversation.

— Alors qu'est-ce que tu fais comme boulot ? En te

donnant rendez-vous, je n'ai même pas pensé que tu serais probablement au travail à cette heure-ci.

Rock but une gorgée d'eau avant de répondre.

— Je m'occupe de la sécurité dans un club. Je travaille essentiellement la nuit.

Il l'imaginait sans peine en videur.

— Quel genre de club ?

— Un établissement en ville.

Rock regarda autour de lui.

— Tu viens souvent ici ?

— Pas trop, répondit Carter, acceptant sans sourciller le changement de sujet. Je ne peux pas me le permettre à cause de ma ligne.

Rock fronça les sourcils.

— Tu plaisantes ? Tu es splendide.

Carter sentit son cœur s'emballer. Il choisit de répondre avec franchise.

— Je dois surveiller mon poids. C'est un des effets secondaires de mon boulot.

Rock serra les lèvres et détourna les yeux.

Bon. Il s'était trompé, ça ne pouvait pas fonctionner entre eux. Il y avait trop d'obstacles. Il l'avait pressenti quand il lui avait demandé son numéro de portable mais il avait quand même voulu tenter le coup.

— Ecoute, c'est mon travail, je n'en fais pas un secret. C'est ainsi et ça ne changera pas. Si ça te pose problème, il vaut mieux qu'on arrête maintenant.

Voilà pourquoi il ne parlait jamais de sa profession. Le regard des gens changeait instantanément. Il jeta quelques billets sur la table. Il avait été stupide de penser que ça pourrait coller. Il le savait et pourtant il avait laissé cet homme l'atteindre.

— Attends.

Rock lui attrapa fermement la main.

— Je ne veux pas que tu partes.

Il baissa les yeux sur leurs deux mains nouées et frôla du pouce sa peau sensible à l'endroit du pouls.

— Je comprends, d'accord ? Mais je suis nul dans l'échange, et ce truc me dépasse.

Carter inspira profondément. La chaleur des doigts de Rock sur son poignet, associée à la douceur et la tendresse de son pouce éveillait en lui un trouble qu'il ne se rappelait pas avoir ressenti depuis qu'il avait commencé à se prostituer.

— Qu'est-ce que tu entends par ce truc ? Sortir avec quelqu'un ? Parler ? Fréquenter des hommes ? Le sexe ? Visiblement il y a un tas de domaines qui te dépassent.

Il se montrait dur. Rock avait fait de gros efforts en l'espace de deux rendez-vous et au lieu de l'encourager, il l'enfonçait. Mais ses remarques humiliantes restaient plantées dans sa poitrine comme des flèches empoisonnées.

Rock resserra l'étau de ses doigts sur son poignet. Le coup avait porté.

— Tout ça à la fois, reconnut-il enfin d'une voix froide.

Aussi froide que son regard. La maîtrise qu'il avait acquise à l'armée prenait le dessus.

— Je suis comme ça. Je n'en fais pas un secret. J'essaie de changer mais si ça te pose problème, il vaut mieux qu'on arrête maintenant.

Carter esquissa un sourire. Il ne s'était pas attendu à l'entendre lui jeter ses propres mots à la figure. Cet homme était plus subtil que ne le laissaient supposer ses airs bourrus.

— Tu n'es pas facile à cerner, Rock.

La première impression qu'il avait eue de lui : une coque dure qu'il fallait réussir à casser pour découvrir l'amande, se révélait encore plus juste qu'il ne l'avait pensé.

Rock laissa échapper un rire teinté de dérision et lâcha son poignet.

— Je ne fais pas exprès.

Carter poussa son verre pour s'accouder à la table.

— Vraiment ? Alors ces allures de militaire dur à cuire ne sont pas une cuirasse destinée à tenir les gens à distance ?

Le regard que Rock lui lança reflétait un fascinant mélange d'étonnement et d'embarras.

— C'est si facile à voir ?

— Pas immédiatement.

La carapace était si solide et opaque qu'il était facile de s'arrêter aux apparences.

— Mais je suppose que nous ne sommes pas très nombreux à connaître ton secret.

La pomme d'Adam de Rock tressauta quand il déglutit.

— Tu es le seul, avoua-t-il dans un souffle.

Carter le dévisagea, stupéfait.

— Je me doute qu'il était difficile de parler quand tu servais dans l'armée, mais il doit bien y avoir quelqu'un avant ou après à qui tu l'as dit ou qui a deviné ?

Rock lui lança ce regard impassible qui le transperça.

— Non. Personne.

Personne. Ce petit mot définitif rendait la vérité sinistre, presque menaçante. Carter imaginait combien un secret comme celui-là pouvait ronger un homme de l'intérieur.

— Tu as quel âge ?

— Trente-quatre ans.

Ça devait être terrible d'avoir vécu aussi longtemps avec un tel poids sur les épaules. Il s'éclaircit la gorge. Il avançait en terrain miné et il n'était pas sûr de la réaction de Rock.

— Depuis combien de temps le sais-tu ?

— Depuis combien de temps je sais quoi ?

Rock tira sur la fermeture Eclair de son sweat à capuche, le regard fuyant.

Carter avança doucement la jambe sous la table jusqu'à ce que son pied touche celui de Rock. L'homme se figea et ferma les yeux. Carter pressa son mollet contre le sien. C'était un geste presque anodin mais un hétéro n'aurait jamais cette attitude avec un autre homme. Il s'écoula quelques secondes avant que Rock déplace lentement son pied — pas pour le retirer mais pour accentuer le contact.

Carter observa le frémissement de ses cils puis le relâchement de ses lèvres serrées quand il reprit son souffle. Il attendit qu'il ouvre les yeux pour demander doucement :

— Depuis combien de temps sais-tu que tu es gay ?

Les émotions se succédèrent sur le visage de Rock. Le déni contracta sa mâchoire et son front. Cela dura deux, trois, puis quatre secondes, au point que Carter faillit renoncer et faire machine arrière. Puis la peur serra ses lèvres, accélérant sa respiration. Dieu, il aurait tellement voulu le prendre dans ses bras pour lui communiquer sa force !

— Ça va aller, chuchota-t-il en regrettant de ne pas pouvoir l'aider.

Rock enfouit son visage dans ses mains pendant que la dernière vague, celle de l'acceptation, déferlait sur lui. Le tremblement de ses épaules reflétait le combat qui se livrait au plus profond de lui.

Carter accentua la pression de sa jambe contre la sienne dans un soutien silencieux. Bon sang, pourquoi avaient-ils cette discussion dans un lieu public où il ne pouvait même pas le toucher ? Mais il était trop tard pour reculer maintenant, ils devaient aller au bout du processus même si c'était douloureux.

— Est-ce que tu te sens capable de le dire, Rock ?

Sa voix était si faible qu'elle faillit se briser. Il souffrait avec lui, il lui était impossible de l'abandonner.

Sans même le vouloir, Rock avait traversé le mur invisible qu'il avait dressé depuis des années entre lui et le reste du monde. Dix longues années pendant lesquelles il n'avait laissé personne s'approcher assez près pour voir qui il était réellement. A quoi bon ? Personne ne s'intéressait à Carter Montgomery. Ce qu'ils voulaient tous, c'était un fantasme sexuel qu'ils s'achetaient pour quelques heures.

Mais Rock était différent et il se pourrait qu'ils parviennent à construire quelque chose ensemble — s'il acceptait d'être sincère avec lui-même.

Se sentait-il capable de le dire ? Bon Dieu, Rock n'en avait pas la moindre idée ! Il n'avait jamais essayé parce qu'il savait qu'après il n'y aurait plus de retour en arrière possible. Il sentit une nausée lui tordre l'estomac et une sueur glacée mouiller son front.

Il enfonça sa tête dans ses mains. En vain. Impossible, de chasser les trois petits mots de son esprit. Ils étaient là, au bord de ses lèvres. L'aveu.

Même à quatorze ans quand il s'était fait surprendre en train d'embrasser Nicholas, même quand il s'était soûlé dans un bar minable au point de laisser un inconnu le sucer dans une ruelle, même quand il avait payé pour acheter les services d'un escort gay, il n'avait jamais formulé la vérité. Même pas pour lui-même.

Il n'y avait aucun moyen de revenir en arrière après avoir prononcé les mots. Etait-il prêt ?

Il ferma les poings et les pressa sur ses paupières fermées pour maîtriser le tremblement de ses mains, mais elles continuèrent à trembler contre ses sourcils. Il sentit alors la jambe de Carter s'appuyer contre la sienne, un soutien silencieux, une caresse discrète.

Il voulait ce contact. Il le voulait plus que tout au monde. Et il le voulait avec cet homme, avec Carter.

Je suis gay.

Les mots s'imposèrent à lui avant qu'il puisse les refouler. *Je suis gay.* Ils continuèrent à tourner dans sa tête. *Je suis gay.* Ils ne voulaient pas s'en aller. *Je suis gay.* Ils prenaient de la force à chaque seconde, jusqu'à occuper son esprit tout entier. Jusqu'à ce qu'il n'entende plus qu'eux.

— Je suis gay.

C'était à peine un murmure et, pourtant, les mots s'étranglèrent dans sa gorge. Il aspira une grande goulée d'air. L'obscurité derrière ses paupières closes consumait tout son être, le trou noir de la honte se refermait sur lui, l'engloutissant dans un abîme sans fond.

— Respire, Rock.

Il sentit une main sur son bras. La voix de Carter le ramena sur la terre ferme.

— Dis-le encore.

Il ne réfléchit pas. Il obéit.

— Je suis gay.

Sa voix était plus ferme cette fois, les mots plus intelligibles.

— Encore une fois.

Il dut s'y prendre à trois reprises pour y arriver. Pour accepter la vérité qu'il avait enfouie en lui si longtemps et si profondément qu'il ne parvenait même pas à se l'avouer à lui-même. Carter l'avait compris et pourtant il n'était pas parti, il était resté en dépit de l'effroyable gâchis qu'il avait fait de chacune de leurs rencontres. Y compris celle-ci.

Il était tellement fatigué de fuir, de se cacher. Pourtant ce n'était pas faute d'avoir maudit cet aspect de sa personnalité et essayé de le faire disparaître à tout prix.

Il s'obligea à ouvrir les yeux. Tout ce qu'il vit, ce fut le visage de Carter. Ses cheveux noirs, ses yeux bleu clair remplis de compassion, ses lèvres qu'il rêvait d'embrasser, de dévorer. Carter l'attendait, calmement. Il lui offrait une chance que personne avant lui ne lui avait jamais accordée : celle d'être enfin honnête avec lui-même.

Il posa les mains à plat sur la table. La respiration plus calme, il s'éclaircit la gorge, brisant le silence qui semblait les enfermer dans une bulle où eux seuls existaient.

— Je suis gay.

La vérité était là, dans la sonorité claire des mots qui résonnèrent entre eux et firent naître sur les lèvres de Carter le plus fabuleux des sourires. Il l'avait fait ! Il gonfla ses poumons d'air et pour la première fois de sa vie, il prit une respiration qui sembla le libérer jusqu'à l'âme.

C'était incroyable.

Carter lui tendit la main avec un large sourire.

— Salut, Rockford. Je m'appelle Carter Montgomery. Enchanté de faire ta connaissance. Je suis gay.

Il prit la main de Carter et s'obligea à ne pas la serrer trop fort. La connexion entre eux allait bien au-delà d'une simple envie de baiser. Ce contact, cette chaleur, c'était la liberté.

— Salut, Carter. Je m'appelle Rockford Fielding.

Il s'humecta les lèvres.

— Je n'arrive pas à croire que tu sois resté avec moi. Et tu sais quoi ?

Il laissa la question en suspens, savourant les mots avant qu'ils glissent de sa bouche comme une merveilleuse mélodie.

— Je suis gay, moi aussi.

Chapitre 9

Rock leva la tête et respira l'air glacé. D'ordinaire, il détestait ce froid coupant mais aujourd'hui, il le trouvait sec et vivifiant. Le sol gelé craqua sous leurs pas comme du verre brisé quand ils traversèrent le petit parking derrière la cafétéria.

Il regarda l'homme qui marchait près de lui et se surprit à sourire. Cela lui ressemblait si peu qu'il resta abasourdi par les changements qui s'étaient opérés en lui.

Quelqu'un connaissait son secret. Pas n'importe qui : Carter. Carter savait qu'il était gay. Il avait fini par le dire tout haut et il n'avait aucune envie de revenir en arrière.

— Merci, dit-il comme ils s'arrêtaient devant une Sedan bleu nuit qui devait appartenir à Carter.

— Merci pour quoi ?

Carter se tourna vers lui. Ses mains étaient enfouies dans les poches de son blouson d'aviateur, et un sourire interrogateur flottait sur ses lèvres. Avec ses cheveux ébouriffés par le vent qui tombaient en désordre sur son front, il était d'une beauté à couper le souffle.

Rock baissa brièvement les yeux.

— Ça fait guimauve si je dis « d'exister » ?

Carter rit tout bas avant de secouer la tête.

— C'est toi qui as tout fait.

— Non, ce n'est pas vrai. Tu m'as aidé comme personne.

— Vraiment ? Alors je suis heureux d'avoir été là.

Rock lança un bref regard autour de lui. Le petit parking était encastré entre des immeubles en brique de trois étages qui masquaient le soleil. Le lieu était isolé, et il n'y avait personne. A part eux.

Il se rapprocha d'un pas, puis d'un autre, jusqu'à ce que la respiration de Carter lui caresse le visage. La petite note de menthe des bonbons qu'ils avaient piochés dans un saladier en sortant de la cafétéria flotta jusqu'à lui, et il prit une deuxième respiration pour essayer de retrouver cette odeur unique qui était celle de Carter. Le désir pulsa dans son entrejambe quand il la trouva, et il dut s'empêcher de gémir.

Carter l'observait sans bouger, et Rock comprit qu'il lui laissait l'initiative. Il y avait toujours une partie de lui-même qui doutait des motivations de Carter mais ce n'était pas le moment d'y penser.

Pour l'instant, il voulait juste l'embrasser. Un vrai baiser cette fois.

Le froid se referma presque instantanément sur ses mains quand il les sortit de ses poches mais il n'y prêta pas attention. Il toucha du bout des doigts la joue de Carter, elle était glacée.

— Tu as la peau incroyablement douce, dit-il sans réfléchir.

Un sourire releva le coin des lèvres de Carter.

— Même si je voulais, je ne pourrais pas avoir une barbe fournie. Elle ne pousse pas.

Le cœur battant, Rock prit son visage en coupe dans sa main.

Carter inclina la tête, se frottant contre sa paume. Rock

le vit retenir son souffle quand il suivit du bout des doigts le dessin de sa lèvre supérieure.

— J'ai envie de t'embrasser, dit Rock d'une voix si rauque qu'il ne la reconnut pas. Je peux ?

Il n'avait sûrement pas besoin de demander la permission — ses clients ne prenaient probablement pas cette peine. Mais il ne voulait pas le blesser de nouveau. Il voulait tout faire dans les règles — même s'il ne savait pas au juste ce que cela signifiait.

Le grondement de la circulation s'estompa, remplacé par les battements effrénés de son cœur. Fasciné, il vit Carter passer le bout rose de sa langue sur ses lèvres. Dieu, il voulait jouer avec cette langue, sentir sa chaleur humide !

Soudain, Carter l'attrapa par les hanches et l'attira à lui d'un mouvement brusque. Cette fois, Rock ne put retenir le gémissement rauque qui montait de sa gorge. Il y avait trop de vêtements entre eux pour qu'il puisse sentir le corps de Carter contre le sien mais cela n'avait pas d'importance : tout était gravé dans sa mémoire — chaque relief, chaque muscle.

— Tu peux, oui.

Ces quelques mots attisèrent le feu qui brûlait en lui. Les yeux plongés dans le regard d'un bleu lumineux de Carter, comme hypnotisé, il enfouit ses doigts dans ses cheveux soyeux.

Le moment était arrivé, il n'avait plus qu'à presser ses lèvres sur celles de Carter, les goûter, succomber au désir que cet homme éveillait en lui depuis plus d'un an.

— Merci, souffla-t-il avant de franchir le dernier millimètre qui séparait encore leurs deux bouches.

Le premier contact fut bouleversant. Les lèvres douces de Carter cédèrent sous la pression des siennes. Le désir monta en lui tandis qu'il les mordillait, les effleurait, les butinait. Il parvenait à peine à respirer mais quelle importance ? Seules comptaient les sensations extraordinaires que chaque découverte faisait naître en lui.

Il suivit du bout de la langue le sillon de ses lèvres, et elles s'ouvrirent docilement pour l'accueillir. Ils s'étreignirent plus étroitement, pressant leurs sexes bandés l'un contre l'autre, et un gémissement étouffé résonna dans l'air glacé sans qu'il sache qui, de lui ou de Carter, l'avait poussé.

Il ne parvenait pas à se rassasier de sa bouche. Ses doigts s'emmêlèrent dans ses cheveux, les agrippant avec plus de force pour l'attirer toujours plus près.

Carter répondait à ses baisers avec une fièvre identique à la sienne, enserrant sa taille de ses bras pour guider les ondulations de leurs hanches à un rythme qui le rendait fou. Il n'avait jamais rien ressenti de tel pour un homme, ni pour qui que ce soit. Ses émotions étaient comme libérées.

Ils devaient arrêter. Maintenant. Il n'en avait pas envie mais il le fallait. Dans une minute il en serait incapable.

Il desserra l'étreinte de ses doigts et ralentit le rythme de ses baisers. La spirale folle de la passion céda peu à peu la place à de doux effleurements jusqu'à ce que Carter mette un terme à leur baiser.

Ils restèrent face à face, haletants, tempe contre tempe. Rock tenta de reprendre ses esprits malgré le désir brut, dévorant, qui avaient enflammé chaque parcelle de son corps.

Carter le lâcha et s'éclaircit la gorge. Ramené à la réalité, Rock ouvrit les yeux et s'aperçut que Carter était plaqué contre la portière de sa voiture sans aucune possibilité de s'échapper. Il dut faire un effort de volonté pour le lâcher et reculer.

Sans oser croiser son regard, il plongea ses mains dans poches. Et maintenant ? C'était fini ? Il déglutit en espérant de toutes ses forces que la réponse était non.

— Rock.

Il y avait une émotion dans la voix de Carter qui résonna au plus profond de lui. Levant les yeux, il plongea son regard dans celui de Carter.

— C'était très agréable.

Agréable ? Un rire amer jaillit de sa gorge. Ce mot ne traduisait même pas le dixième de ce qu'il avait ressenti !

— Bien plus que ça, en fait, rectifia Carter avant qu'il ait pu dire quoi que ce soit. Je…

Carter baissa les yeux, trahissant pour la première fois, comme un manque d'assurance pendant qu'il cherchait ses mots.

— Est-ce que j'ai une chance de te revoir ?

La question et le ton se voulaient manifestement détachés mais une tension sourde vibrait dans l'air glacé, comme une corde prête à se casser. Etait-il possible qu'il redoute sa réponse ?

Rock ignora l'instinct de conservation qui l'avait toujours guidé dans la vie et fit un nouveau saut dans ce territoire inconnu qu'il avait toujours espéré découvrir un jour sans y croire vraiment.

— Oui. Ça me plairait beaucoup.

Carter lui sourit.

— Bon.

Son sourire s'effaça tandis qu'il sortait ses clés de la poche de son jean.

— Ce n'est pas pour l'argent, tu sais.

Ces quelques mots marmonnés tout bas insufflèrent une force nouvelle en Rock. Il lui saisit la main, presque brutalement, la clé que Carter tenait à la main s'incrustant dans la chair de sa paume. Carter leva les yeux, et la lueur d'incertitude qui s'y était allumée disparut, remplacée par cette assurance que Rock lui avait toujours connue.

Et pourtant, maintenant qu'il le connaissait un peu mieux, il devinait la part de comédie dans l'arc insolent de ses sourcils. Même s'il les cachait bien, Carter avait lui aussi des peurs et des doutes, et Rock voulait les effacer.

— Je viderais mon compte en banque sans hésiter pour te revoir. Mais tu vaux mieux que ça.

Il attendit l'éclat de rire qui allait saluer ces mots un peu pompeux et ridicules, mais néanmoins sincères.

Carter ne rit pas mais sa bouche frémit comme s'il résistait à la tentation, et un sourire éclaira son visage.

— Je t'appelle. On pourrait sortir ensemble un soir de la semaine prochaine ?

— D'accord.

Carter se pencha et effleura ses lèvres d'un baiser léger qui donna à Rock l'envie de le plaquer contre lui et de l'embrasser comme un fou. Au lieu de ça, il se détourna et se dirigea vers son pick-up, un peu perdu.

— Hé, Rock.

Carter l'observait depuis sa voiture, portière ouverte.

— Merci de m'avoir fait confiance. J'espère que je t'ai aidé.

Sa gorge serrée l'empêchait de répondre, alors il hocha la tête même si c'était loin de refléter l'étendue de sa gratitude. Quelle que soit leur relation future, Carter avait libéré une partie de lui-même.

Il était gay. Il l'avait admis, il venait d'échanger un baiser passionné avec un homme et il ne ressentait pas une once de honte ou de culpabilité.

La Sedan de Carter quitta le parking alors qu'il s'asseyait au volant de son pick-up et tentait d'analyser le séisme qui venait de chambouler sa vie. Impossible. La seule chose qui lui apparaissait clairement, c'était cet incroyable halo de bonheur qui le faisait sourire malgré lui et répandait une lumière magique tout autour de lui.

Merde alors ! Il rit de sa stupidité et tourna la clé de contact. Tout ça pour un baiser. C'était pathétique et embarrassant. Heureusement que le ridicule ne tuait pas. Mais ça ne l'empêcha pas de sourire jusqu'à chez lui en repensant aux lèvres de Carter sur les siennes.

Chapitre 10

Carter regarda la façade impersonnelle de l'hôtel devant lequel il était garé, à travers la vitre embuée de la voiture. Il connaissait cet hôtel par cœur, depuis le parfum d'ambiance au lilas qui inondait les couloirs jusqu'aux draps rugueux qui finissaient toujours par s'entortiller autour de ses chevilles. Il était venu ici des dizaines de fois mais jamais avec ce poids qui lui écrasait la poitrine.

Il n'y avait rien à faire, cependant. Il envoya son texto d'arrivée à l'agence. Son client de ce soir était un homme d'affaires qui louait ses services chaque fois qu'il venait en ville depuis deux ans. Il repartirait le lendemain matin à la première heure et reprendrait le fil normal de sa vie — sans séances de baise secrète avec un escort gay.

Carter vérifia le numéro de la chambre, mit son téléphone en mode silencieux et le glissa dans sa poche. Puis il ouvrit la boîte à gants et en sortit sa petite trousse de toilette. Elle contenait tous les objets indispensables à son travail, y compris un flacon de pilules bleues, fournies par Hank. Ce soir, il savait qu'il en aurait besoin.

Il ne parvenait pas à se mettre dans l'humeur. La dissociation qu'il opérait toujours entre son corps et son esprit avant d'aller rejoindre un client ne se déclenchait pas. Même l'idée d'apporter à cet homme un plaisir qu'il ne trouvait pas ailleurs ne parvenait pas à le débloquer.

Il avala la pilule avant de prendre une pastille à la menthe. Les préservatifs et le lubrifiant étaient déjà dans sa poche, mais il s'accorda quelques secondes pour passer un peu de baume sur ses lèvres avant de ranger le kit dans la boîte à gants.

Sucer un homme pendant une heure n'était pas la fin du monde, et son client était quelqu'un de correct. Le poids de la cinquantaine s'était stocké au niveau de son estomac, son front était dégarni et des rides marquaient le contour de ses yeux. Il n'avait pas d'exigences tordues et aucune envie de discuter, ni avant, ni pendant, ni après l'acte.

Le client idéal, d'une certaine façon.

Le froid extérieur s'infiltrait dans la voiture. Il lui restait encore dix minutes avant de monter. Il n'y avait pas de voiturier ici, pas de hall élégant ni de commerces chic aux alentours. Juste un parking sombre et impersonnel. La bretelle d'accès à l'autoroute se trouvait à un bloc de là. Carter entendait le grondement sourd du trafic au loin.

Dans son métier, c'était souvent ces dernières minutes les pires. Il avait choisi ce travail librement et, la majeure partie du temps, ça lui convenait. Contrairement à beaucoup d'idées reçues, il n'éprouvait ni honte ni déshonneur. Le sexe était un acte naturel et positif aussi longtemps qu'il était consenti. Monnayer son corps n'était pas avilissant à ses yeux.

Bien sûr, il imaginait aisément le dégoût sur le visage de ses parents s'ils venaient à découvrir comment leur fils gagnait sa vie. Cela les conforterait dans l'idée qu'il était devenu une pute parce qu'il était gay. Mais c'était parce qu'ils l'avaient abandonné qu'il avait dû chercher un moyen pour survivre.

Qu'ils aillent se faire foutre !

La tête appuyée sur l'appui-tête, il ferma les yeux. C'était une erreur car son problème se matérialisa instantanément derrière ses paupières closes. Rockford Fielding. Cet homme s'était ouvert à lui et lui avait offert quelque chose d'inestimable : sa confiance. Certains clients lui avouaient leurs fantasmes secrets et parfois même leurs problèmes personnels. Mais aucun n'avait jamais remis sa vie entre ses mains, avec une foi aussi bouleversante.

De tous les hommes qu'il avait connus, Rock était le seul à le considérer comme une personne, un ami et pas seulement comme un type qu'on baise pour du fric. Il lui avait demandé la permission de l'embrasser. La permission. La plupart de ses clients prenaient ce dont ils avaient envie sans lui poser de question. Ils aimaient baiser avec lui mais rares étaient ceux qui accepteraient qu'on les voie ensemble.

Mais il n'avait plus très longtemps à tenir. Encore quatre-vingt-quatre jours. Ensuite il retrouverait sa liberté. Il avait sacrifié tellement de choses à son travail pendant si longtemps qu'il ne pouvait pas tout lâcher maintenant. Quoi qu'il lui en coûte.

Secoue-toi !

Il ouvrit la portière d'un geste brusque. Le vent lui cingla le visage, le rappelant à l'ordre. Il avait un client à satisfaire et une réputation à défendre. Le fantôme de Rock n'avait pas sa place ici.

Bien sûr, ça ne l'empêcha pas de penser à lui quand son client lui enfonça son sexe dans la bouche, ni d'imaginer que c'était ses mains qui le clouaient sur le matelas et lui écartaient les fesses. Ce fut pour Rock qu'il gémit. Pour Rock qu'il banda.

Pour Rock qu'il jouit.

***

La symphonie de Brahms remplit les écouteurs de Rock sans lui apporter la sérénité à laquelle il aspirait. Il avait aussi essayé le heavy metal, mais il avait eu l'impression qu'on lui frottait les tympans avec du papier de verre.

Ce soir, il avait beau absorber des litres de caféine, il ne parvenait pas à se concentrer sur son écran d'ordinateur. Il était incapable de travailler parce qu'il se demandait à chaque seconde ce que Carter était en train de faire en ce moment. Et avec qui.

C'était samedi soir. La nuit parfaite pour faire des rencontres.

Baiser.

Merde. Cette fixation était ridicule. Il n'avait aucun droit de vouloir contrôler les faits et gestes de Carter. Comment pourrait-il le juger, alors qu'il n'avait même pas eu le courage de s'avouer à lui-même qui il était pendant plus de trente ans ? Carter était libre de mener sa vie comme il l'entendait.

Et pourtant il ne pouvait s'empêcher de penser à lui. De l'imaginer avec un autre homme. Ça le minait.

Il jeta un coup d'œil par-dessus son épaule. Wes surveillait les écrans de contrôle — une bonne chose vu son propre état de concentration ce soir. Chercher des infos sur les aspirants membres était moins contraignant — du moins en théorie parce que même ça c'était mission impossible aujourd'hui.

Il ôta rageusement ses écouteurs et se leva. Inutile d'insister, il n'arriverait à rien.

— Ça va ?

Wes l'observa d'un air surpris.

— Ouais.

Il prit sa Thermos vide et se dirigea vers la porte.

— Je serai de retour à 22 heures.

Il sortit sans attendre la réponse.

La musique qui résonnait dans le couloir monta en puissance quand il entra dans le bar. Il sentit des regards le suivre quand il traversa la salle mais fit mine de les ignorer. Qu'ils aillent tous se faire…

Non, ça leur ferait trop plaisir…

Il posa brutalement la Thermos sur le comptoir tout en se hissant sur un tabouret libre, dans l'angle. Tyler releva la tête en entendant le choc du métal sur le bois et lui sourit avec chaleur.

— Hé, salut à toi étranger ! Qu'est-ce qui t'amène ?

— Il me faut du café.

Tyler fixa Rock, la Thermos et vice versa avant de tendre la main.

— Bon.

Il dévissa le bouchon et se dirigea vers la cafetière.

Rock sentit des regards brûlants dans son dos et faillit se retourner d'un air mauvais. Bon sang, qu'on lui foute la paix, il n'était pas un putain de dom ! Voilà pourquoi il allait toujours chercher son café dans la cuisine.

Tyler posa la Thermos sur le bar, vissa le couvercle et repoussa sa frange qui lui tombait dans les yeux.

— Et la vraie raison de ta présence, c'est… ?

Rock le toisa hargneusement.

— Je veux juste du café.

— Bien sûr.

Le petit crétin se pencha vers lui.

— Allez, raconte : tu es venu faire du repérage ? Tu envisages de quitter ton cagibi pour venir jouer avec les grands ?

Nom de Dieu. Rock se leva d'un bond. Plusieurs personnes reculèrent devant lui tandis qu'il regagnait son cagibi. Petit connard !

— Rock ?

Il entendit Tyler l'appeler mais l'ignora. Qu'il aille se faire foutre.

— Rock !

Tyler courut derrière lui et posa la main sur son épaule pour le retenir.

— Je blaguais.

Rock se dégagea. Pourquoi était-il allé voir ce gosse ? Comme s'il pouvait l'aider en quoi que ce soit.

— Je m'excuse, d'accord ?

Tyler se jeta devant lui et lui barra le passage, bras croisés. Avec ses sourcils froncés et ses cheveux en bataille il avait l'air encore plus jeune — si c'était possible.

— Je plaisantais. Il n'y a pas de quoi te mettre dans cet état.

Rock secoua la tête. Ce petit imbécile n'avait aucun instinct de survie. N'importe qui se serait tenu à distance avant de s'en prendre une, pas lui.

— Dégage.

— Non.

— Non ?

Bordel. Il l'écarta d'un coup d'épaule et n'en crut pas ses yeux quand Tyler contre-attaqua et le repoussa en arrière.

— Tu n'as pas encore compris que tes airs de grosse brute ne m'impressionnaient pas ? Je sais que tu pourrais m'écraser comme un moustique mais je sais aussi que tu ne le feras pas.

— Ah non ?

Rock plissa les yeux, les deux mains crispées sur le métal chaud de la Thermos.

— Tu paries ?

— Il y a un problème ?

Marcus, un des copropriétaires du club, se dressa entre eux

et les empoigna chacun par une épaule, avec suffisamment de force pour leur faire comprendre qu'il ne plaisantait pas.

— Aucun problème, grinça Rock en serrant les dents.

— Vraiment ? On ne le dirait pas.

Marcus était plus grand qu'eux, et son regard sévère rappelait douloureusement à Rock celui de son père — mélange de déception et d'écœurement.

— Lâche-moi, je pars, dit-il, la mâchoire contractée par l'effort qu'il s'imposait pour s'exprimer d'une voix égale.

Marcus le lâcha. Cinq secondes plus tard, Rock claquait la porte du poste de sécurité derrière lui. Wes fit un bond, esquissa un geste pour dégainer son arme et s'arrêta net. Il toisa Rock, hocha la tête, et se rassit sans un mot.

Voilà le genre de type qu'il aimait côtoyer. Il ne jacassait pas, il ne posait pas des questions et il ne se mêlait pas des affaires des autres sans y être invité. *Merde, merde, merde !* Il posa violemment la Thermos sur la table. Tyler avait-il découvert son secret ? Carter lui avait-il fait des confidences sans savoir qu'ils se connaissaient ? Il ne parlait jamais de ses clients, oui, mais de ses rencards ?

L'angoisse lui noua soudain le ventre. Il se laissa tomber sur sa chaise et serra les poings. Fracasser l'écran d'ordinateur ne servirait qu'à attirer l'attention et à déclencher une autre salve de questions déplacées.

Ce n'était pas la première fois qu'il maudissait le sort qui avait conduit Carter au Red Room. Si son regard ne s'était jamais posé sur cet homme, rien de tout cela ne serait arrivé. Sa vie aurait continué comme avant, morne, terne. Sans relief. Pas d'idées folles. Pas de désirs incontrôlés.

Rien d'autre que la solitude.

La voilà la vérité. La seule.

Il avait rêvé toute sa vie d'être aimé, caressé, compris. Supporterait-il de découvrir ce bonheur avec Carter et de le perdre ensuite ? Car c'était ce qui allait se passer. Pourquoi un homme comme Carter perdrait-il son temps avec un type comme lui, qui passait son temps à tout foirer ?

Le texto que Carter lui avait envoyé quelques heures plus tôt pour lui fixer rendez-vous était purement informatif, presque sec. Et mercredi lui semblait terriblement loin, à des années-lumière. Il allait devenir fou s'il ne parvenait pas d'ici là à apaiser ses doutes et ses angoisses.

Il avait un travail à faire, des gens comptaient sur lui. Ça ne devrait pas être si difficile, si ? Ici, pour tout le monde, il était simplement Rock. Une façade. Personne n'avait besoin de voir plus loin. Et il n'avait aucune envie de leur en montrer davantage. Après tout, il avait l'habitude de se taire. Il avait fait ça toute sa vie.

Il mit ses écouteurs, chercha sa playlist de heavy metal sur son MP3, monta le son et prit une fiche sur la pile. Aujourd'hui ressemblerait à hier. Et à demain. Et à après-demain.

Jusqu'à mercredi.

Chapitre 11

Rock aurait dû savoir que Tyler n'aurait pas le bon sens de le laisser seul. Il était presque 4 heures du matin quand le petit crétin entra dans le poste de sécurité.

— Salut, dit-il en allant se percher à sa place habituelle, sur la table, entre les ordinateurs.

Rock ne lui adressa même pas un regard. Il avait éteint la musique quand il était devenu évident que rien ne pourrait calmer sa mauvaise humeur mais le silence était encore plus dissonant que le heavy metal.

Tyler donna un petit coup de pied dans le dossier de sa chaise.

— Tu vas me parler ?

Non. Le club disposait de six chambres, réservées aux clients qui payaient pour la nuit entière. Deux d'entre elles étaient toujours occupées mais la séance touchait à sa fin. Le club s'était vidé vers 3 heures, il n'avait donc plus rien à surveiller à part l'équipe de nettoyage. Mais ça ne l'empêcha pas de fixer les vingt-huit écrans comme si sa survie en dépendait.

— Non ?

Tyler poussa un soupir.

— Pas grave. Je peux attendre.

Ce mec en était bien capable.

— Tu n'as pas quelqu'un à sucer ?

— Laisse tomber, riposta Tyler d'un ton agacé. Tu ne réussiras pas à me faire fuir.

Trente minutes s'écoulèrent, chaque seconde martelée par le choc de la botte de Tyler contre le dossier de sa chaise. Les petites horloges numériques, en haut de chaque écran, avançaient avec une lenteur désespérante. Il ne se passait plus rien dans les deux dernières chambres : il n'avait plus rien à surveiller. Tyler le voyait, il n'était pas aveugle.

C'était ridicule. Il se comportait comme un adolescent attardé.

— Seth et Allie ne t'attendent pas ?

Le bruit de botte s'arrêta.

— Si. Je leur ai dit que je monterais dès que j'aurais fini.

Très pratique d'avoir un petit ami qui habitait l'un des lofts du dernier étage.

— Je peux partir et te laisser poireauter tout seul, marmonna Rock.

— Va-t'en. Je reviendrai demain, ou après-demain, ou après-après-demain.

— Têtu, hein ?

— Ouais.

— Pourquoi ?

— Quand on a vécu aussi longtemps que moi sans avoir un seul ami, on chérit ceux qu'on a.

Sa franchise désarmante toucha Rock au cœur. Tyler ne trichait pas sur son passé. Ni sur ce qu'il était.

Il pivota sur son siège et consentit à le regarder. Son T-shirt noir avec le logo du Red Room moulait son torse mince et son ventre plat. Rock avait remarqué la plastique irréprochable de Tyler avant ce soir, tout comme il remarquait un bel homme quand il en croisait un. Mais il s'était entraîné à ne laisser paraître aucune réaction — ni même à admettre qu'il aimait regarder les garçons.

Pour la première fois, il s'autorisa à reconnaître que Tyler était séduisant. C'était un progrès, non ?

Tyler avait appuyé la tête contre le mur derrière lui, les yeux fermés, bras croisés. Il ouvrit les yeux et haussa un sourcil dans une mimique qui en disait aussi long que le silence hargneux de Rock.

Il chercha ses mots sans savoir par où commencer. La patience dont faisait preuve Tyler l'encouragea à aller directement au cœur du sujet.

— Comment fais-tu ?

— Comment je fais quoi ? demanda Tyler en fronçant les sourcils. Tu parles encore de sexe ?

Rock secoua la tête.

— Non. Pas exactement.

Il marqua une pause, le temps de rassembler ses idées.

— Comment fais-tu pour être aussi à l'aise après tout ce que tu as traversé ?

— Je ne comprends toujours pas.

Rock se résigna à une approche plus directe.

— Tu es gay, exact ?

Tyler se redressa.

— Je suis bi.

La réponse était sèche, presque sur la défensive.

— Et tu as travaillé comme escort.

— Tu veux en venir où ?

Il y avait une colère sourde dans la voix de Tyler, mais aussi une légère hésitation. Comme s'il lui accordait le bénéfice du doute mais qu'il avait intérêt à aller droit au but, et vite, parce que ça n'allait pas durer longtemps.

Rock se concentra. Il était en train de merder, une fois

de plus. Il prit une respiration en rêvant d'une bière et d'un traducteur.

— Je trouve…

Il se pencha en avant, les yeux rivés sur ses mains crispées avant de se forcer à croiser le regard de Tyler.

— Je trouve génial que tu sois aussi ouvert à tout. Que tu n'aies honte de rien.

Tyler s'adossa de nouveau au mur, la tension qui l'habitait était palpable.

— Ça ne sert à rien d'avoir honte de quelque chose qu'on ne peut pas changer.

— Tu as toujours raisonné de cette façon ?

Tyler haussa les épaules.

— J'ai appris à m'accepter comme je suis. Sinon ils auraient gagné, et je ne voulais pas.

— Qui, ils ?

— Tous.

Il écarta les bras, un sourire amer aux lèvres.

— Mon père. La société. Les foutus tenants de la morale. Soit tu meurs sous les coups, soit tu apprends à les rendre. Je suis peut-être une raclure de caniveau mais j'ai le droit de gagner ma vie comme tout le monde et d'aimer qui je veux. Alors oui, je suis bien dans ma vie.

Il serra les lèvres sur cette déclaration finale, et Rock eut envie de se lever pour applaudir. Au lieu de ça, il réussit seulement à marmonner :

— C'est cool.

Tyler le dévisagea avant de laisser échapper un rire étouffé.

— Tu es le roi du commentaire minimaliste, mon vieux.

Puis, il lui sourit avec lassitude.

— Bon, c'est quoi la vraie question ?

La vraie question ?

Rock ferma brièvement les yeux. Il y avait un rocher de

la taille de Gibraltar dans son ventre et il avait peut-être la chance d'en faire sauter un minuscule morceau ce soir. Peut-être. Il prit une respiration et se jeta à l'eau.

— Est-ce qu'ils signifiaient quelque chose pour toi ? Tes clients, quand tu… quand tu baisais avec eux pour de l'argent. Est-ce que tu avais des sentiments pour eux ?

— Bien sûr que non !

La réponse avait fusé avec une telle rapidité qu'il était impossible de douter de sa sincérité.

— Alors comment faisais-tu ?

Tyler le fusilla du regard.

— Je me mettais à distance, d'accord ? C'est Carter qui m'a dit de penser à chaque passe comme à un jeu de rôle. Tu ne peux pas t'impliquer sinon ça finit par te détruire. C'est juste du sexe.

Le rocher à l'intérieur du ventre de Rockford devint une montagne. Un jeu de rôle. Carter jouait un rôle avec lui ?

— Il t'est arrivé de sortir avec un de tes clients en dehors de… du boulot ?

— Tu veux dire pour le plaisir ?

Rock hocha la tête.

— Bordel, non ! J'aurais préféré ne pas les connaître du tout, alors pas question de faire des heures sup !

— C'était si horrible que ça ?

Tyler poussa un soupir. Il ferma les yeux et s'affaissa contre le mur.

— Non. Il y avait des types sympas dans le lot. Mais ce n'était pas mes amis, seulement des hommes qui payaient pour baiser avec moi. J'avais quelques clients réguliers avec qui j'avais une relation un peu plus personnelle, mais ça n'allait jamais plus loin qu'une heure ou deux de conversation et de baise. C'était un peu comme le sucre dans le café : ça rendait le breuvage moins amer.

Rock soupira. Cette conversation ne l'aidait pas du tout. Il était toujours aussi mal à l'aise mais maintenant, en plus, le doute le minait. Y avait-il réellement une relation spéciale entre Carter et lui ou bien était-ce seulement de la comédie pour obtenir quelque chose de lui ? Davantage d'argent ? Un moyen de pression ? Les hypothèses se mélangeaient dans sa tête. Il ne savait plus ce qu'il devait croire.

— Tu n'as jamais pensé à leur jouer la comédie pour obtenir plus d'argent ou à les faire chanter ?

Il avait voulu s'exprimer de manière désinvolte mais sa voix était rauque, tranchante. Il venait de se trahir mais il n'y avait plus aucun moyen de revenir en arrière.

Le silence se prolongea, et il eut l'impression de voir les rouages du cerveau de Tyler chercher ce qui se cachait derrière ces questions. Il résista à l'envie de se ronger les ongles mais fut incapable de croiser le regard de Tyler. Sa tête était subitement devenue trop lourde pour supporter son propre poids.

Le doute sapait sa liberté toute neuve. Ses maudites incertitudes qu'il avait enfouies des années durant sous sa cuirasse austère et ses talents de hacker commençaient à percer la carapace.

Il n'était pas intéressant, il décevait tout le monde. On lui tournerait le dos si on découvrait qui il était réellement. Pire encore : il se détesterait lui-même.

— Non, répondit enfin Tyler, une hésitation dans la voix. Ça ne m'a jamais traversé l'esprit. Je ne suis pas un voyou, même si la loi interdit de monnayer des relations sexuelles. Peut-être que certains le font, mais pas moi.

— Est-ce que Carter pourrait ?

Il ne savait pas comment la question était sortie mais elle resta suspendue dans le silence comme une grenade dégoupillée. Il ferma les yeux avant de se détourner brusquement pour regarder les écrans. Qu'est-ce qu'il venait de faire ?

Le silence dura une éternité cette fois, ou du moins c'est l'impression qu'il eut. Les battements erratiques de son cœur devaient s'entendre à deux mètres. Il aurait pu se produire un massacre dans l'une des chambres, il ne l'aurait pas vu. Il déglutit pour essayer de réguler sa respiration. Penser à déglutir, rien qu'à ça, pour freiner sa panique.

Tyler n'avait sans doute pas entendu. Sinon, il aurait déjà réagi.

— Rock.

Il y avait une question dans cette petite syllabe. Une question à laquelle il ne savait pas comment répondre alors il ne dit rien. Il était incapable de prononcer un mot de toute façon.

— Il n'y a pas de souci. J'avais déjà deviné, tu sais.

Il se retourna d'un mouvement brutal qui fit grincer sa chaise et agrippa les accoudoirs, prêt à fuir. A jaillir. A bondir hors de cette pièce devenue trop petite. Trop exiguë. Elle l'étouffait.

Tyler avait deviné. Comment ? Qu'avait-il dit pour se trahir ? Mais peut-être ne parlait-il pas du fait que… qu'il était… gay. Il s'agrippa à cette pensée comme à une bouée pour ne pas sombrer complètement.

— Qu'est-ce que tu as deviné ? gronda-t-il.

Le combat qu'il livrait pour garder sa terreur enfouie au fond de lui transforma sa voix en un grondement rocailleux.

Le regard de Tyler était limpide. Il savait.

— Les mots ne tuent pas, tu sais. Tu devrais apprendre à les prononcer.

C'était si proche de ce que Carter lui avait dit qu'il faillit péter les plombs. Il ne savait pas si le chaos qui faisait rage en lui allait se libérer dans une vague destructrice ou dans un flot de larmes. Aucune des deux options n'était envisageable alors il l'enfouit encore plus profondément jusqu'à ce qu'il soit réduit au silence. Comme toujours.

Il serrait si fort les accoudoirs de son siège que ses doigts lui faisaient mal et pourtant il ne parvenait pas à relâcher la pression. Il ignorait si son désespoir se reflétait sur son visage mais à cet instant cela lui était égal. Rien n'avait d'importance, hormis deux choses.

— Tu vas le répéter ?

Tyler lui lança un regard excédé.

— Bien sûr que non ! Ça ne regarde personne d'autre que toi.

La question numéro deux, maintenant.

— Est-ce Carter ferait ça ? Jouer avec les sentiments d'un client pour de l'argent ?

Il ne s'inquiétait plus de ce qu'il pouvait penser de lui. La réponse était plus importante que sa fierté — ou ce qu'il en restait.

Tyler ne répondit pas tout de suite, et chaque seconde de silence était comme un couteau qui s'enfonçait dans sa peau. Avait-il été un pauvre idiot trop naïf ? Un pigeon que Carter avait manipulé à sa guise ?

Quand Tyler parla, ce fut avec prudence comme s'il traversait un champ de mines sans savoir où il allait poser le pied au pas suivant.

— Ce n'est pas du tout son style. Carter est un type bien. Il m'a tendu la main alors que rien ne l'y obligeait. Je ne connais pas son passé, ni son histoire, mais c'est un ami, et il n'a jamais rien fait qui puisse m'amener à douter de la sincérité de cette amitié.

Il ne répondait pas à sa question. Il avait laissé entendre tout à l'heure que Carter était un bon acteur. Son amitié était peut-être une comédie qui trompait tout le monde — y compris lui.

— J'imagine que tu as rencontré Carter, poursuivit Tyler. Plus d'une fois. Vous avez bien accroché ensemble, presque trop bien, et maintenant tu te poses un tas de questions sur la sincérité de votre relation. Je suppose aussi que tu l'as revu en dehors d'un rendez-vous tarifé.

Il attendit mais Rock garda le silence. Tyler était si proche de la vérité qu'il avait l'impression d'être cloué au mur, le souffle coupé.

Tyler hocha la tête, juste un petit signe du menton indiquant qu'il prenait son silence pour une confirmation.

— Je ne suis pas dans la tête de Carter. Tout ce que je peux te dire, c'est que je ne serais jamais sorti avec un client à moins d'éprouver des sentiments pour lui. Dans ce métier, tu dois apprendre à jauger un type en l'espace de quelques minutes. C'est une question de survie.

Il poussa un long soupir.

— Il y a quelque chose d'important que tu dois comprendre.

Son regard dur transperça Rock. Incapable de prononcer le moindre mot, il se contenta d'un petit hochement de tête pour montrer qu'il écoutait toujours.

— Le boulot d'escort t'isole. Tu ne peux en parler à personne. Tu dois faire attention à tout ce que tu dis, aux endroits où tu vas. Tu as toujours la crainte de te faire surprendre par quelqu'un que tu connais ou, pire, de tomber sur un taré. Chaque rendez-vous est un saut dans l'inconnu. Tu croises les doigts pour que le client soit sain d'esprit, qu'il ne pète pas un plomb et que tu repartes comme tu es venu, sur tes deux jambes.

Rock n'avait jamais réfléchi à cet aspect des choses. Carter avait mentionné les problèmes de sécurité mais il n'y avait pas prêté vraiment attention.

— Comment tu faisais ?

— Il y a pire. Le plus difficile c'est d'arriver à dépasser le regard que la société pose sur toi. Pour le reste, ce n'était pas différent d'une baise sans lendemain ou d'un coup rapide dans une ruelle sombre — sauf que tu es payé à la fin.

Rock connaissait ces coups rapides dans une ruelle sombre. C'était il y avait des années de cela, mais il se souvenait encore de ce terrible sentiment de vide. Aucune émotion, aucune sincérité. Juste une froide mécanique.

Rien à voir avec Carter. Entre eux, c'était tout le contraire, il y avait un trop-plein d'émotions.

— Alors Carter est sorti avec toi juste pour le fun ?

Rock cilla.

— Le fun ?

Tyler s'esclaffa.

— Tu n'as pas eu besoin de le payer.

Aucun moyen de stopper le flot de honte qui lui brûla la nuque et les oreilles. Présenté comme ça, c'était pathétique. Il baissa la tête mais il n'avait plus rien à cacher à Tyler. Maintenant, deux personnes connaissaient son secret le plus inavouable. Semaine de merde.

— Ouais, grommela-t-il.

Le sourire que lui décocha Tyler le prit par surprise.

— C'est génial.

Il grogna. Il ne pouvait pas acquiescer. C'était encore trop tôt.

— Sans rire, c'est cool !

Tyler leva les mains au-dessus de sa tête et s'étira, le mouvement dévoilant les muscles plats de son ventre.

— Même le fait que j'ai payé avant ?

Il posa la question très vite pendant que Tyler avait l'esprit ailleurs. Tant mieux s'il n'entendait pas.

Le gamin laissa retomber ses bras et inclina la tête sur les côtés pour détendre sa nuque.

— Cesse de t'inquiéter autant de l'opinion des autres. La plupart des gens ne comprennent que dalle de toute façon, et tes vrais amis s'en foutent.

Plus facile à dire qu'à faire.

— Tu vas le revoir ?

Il sentit son visage s'enflammer de nouveau. Quand il était adolescent, son frère aîné n'arrêtait pas de le chambrer avec ça. « Les vrais mecs ne rougissent pas. » Il aurait pu ajouter : « Et les vrais mecs ne baisent pas avec des hommes. »

Rock se força à croiser le regard de Tyler et hocha la tête.

— On a rendez-vous mercredi.

Dieu, il avait prononcé ces mots tout haut, et l'univers ne s'était pas désintégré autour de lui !

— Un rendez-vous en amoureux ?

Il se mit à sourire tandis que la tension qui maintenait cet énorme rocher dans son ventre se desserrait enfin.

— Ouais.

— C'est chaud bouillant !

Tyler sauta de la table en souriant.

— Amuse-toi bien. Carter est un type bien.

Tyler réprima un bâillement tout en se dirigeant vers la porte d'un pas alourdi par la fatigue.

— Euh… Tyler. Merci.

Le gamin se retourna, un sourire paresseux aux lèvres.

— De quoi ?

— Eh bien de… d'être un insupportable connard et de…

Il passa la main sur sa nuque redevenue brûlante.

— De ne pas t'être fichu de moi.

— Et pourquoi je me ficherais de toi ?

Maintenant il se sentait vraiment stupide. Il haussa les épaules en marmonnant :

— Aucune importance. Merci.

— Eclate-toi le jour de ton rendez-vous. Promis, je ne chercherai pas à connaître les détails. Enfin, peut-être pas, plaisanta-t-il avec un clin d'œil.

Il était à peine parti que Rock bondit.

— Hé, Tyler !

Il sortit dans le couloir et le rattrapa au moment où il entrait dans l'ascenseur.

— Ne lui dis rien.

Tyler lui lança un regard indigné.

— Evidemment. Arrête de psychoter.

Les portes de l'ascenseur se refermèrent.

Le bourdonnement lointain d'un aspirateur monta jusqu'à Rock, lui rappelant combien il était tard. Bientôt, son remplaçant viendrait prendre la relève. Les occupants des chambres devaient avoir libéré les lieux à 9 heures mais aussi longtemps qu'il restait quelqu'un, on maintenait la surveillance. La tranche de 3 à 9 heures était mortelle mais il trouvait toujours une occupation : codes à casser, infos à pirater. C'était sa passion. Il excellait dans ce domaine.

Pas dans celui des relations humaines. Enfin, il avait fait des progrès avec Carter. Ils avaient peut-être même quelque chose à vivre s'il cessait de stresser et de se faire des films à tout bout de champ. Il voulait retrouver cet état d'apesanteur dans lequel il avait flotté après leur baiser dans le parking de la cafétéria.

Ça valait la peine de tenter le coup.

Chapitre 12

Cette fois, c'était à Carter d'attendre dans le froid. Le thermomètre commençait à remonter lentement mais la nuit était tombée depuis plus de deux heures, et le soleil n'était plus là pour réchauffer l'air glacé. Cet hiver interminable lui donnait des envies de vacances dans les Caraïbes. Une folie inenvisageable dans les circonstances actuelles, bien sûr. Il aurait besoin de chaque centime économisé après avoir quitté l'agence.

Encore soixante-dix-neuf jours. Chaque fois qu'il descendait d'une dizaine était une nouvelle victoire.

Il scruta le parking et sentit son cœur s'emballer à la vue de la silhouette familière qui traversait le parking. Ils avaient échangé plusieurs textos pour fixer le lieu et l'heure du rendez-vous mais jusqu'à la dernière seconde il n'avait pas été certain que Rock viendrait.

Sa haute taille semblait défier la nuit. Avec son pas assuré, ses épaules droites et son menton levé, il avait l'allure fière d'un soldat. Carter frissonna de pur plaisir et prit une grande inspiration. L'air glacé lui déchira les poumons, le faisant tousser. *Zut.*

— Salut !

Rock lui adressa un sourire hésitant.

— Tu attends depuis longtemps ?

Carter secoua la tête et se tourna pour pousser la porte du cinéma.

— Pas trop. On a largement le temps de s'acheter quelque chose à grignoter avant le début du film.

— Bon.

La chaleur du hall l'enveloppa dans un cocon douillet, et il laissa échapper un soupir de bien-être. Voir Rock lui faisait toujours le même effet, c'était même comme si ses sentiments devenaient plus brûlants de jour en jour. Plus il le découvrait plus il avait envie de le connaître.

— Tu habites loin d'ici ?

— Environ cinq minutes. Et toi ?

Il hésita, pris de court.

— Un quart d'heure, répondit-il enfin. Mais en grande partie à cause de la circulation.

Rock n'était pas un client. S'il n'arrêtait pas de contrôler chacune de ses réponses, il n'y aurait aucune relation possible entre eux. Pas même de l'amitié.

— C'est pour moi, dit-il en arrivant devant le guichet.

Il prit deux places pour le film d'action et se tourna pour tendre un ticket à Rock. Il était pétrifié, cramoisi. Carter se retint de rire.

— Tu achèteras le pop-corn.

Rock prit le ticket d'un geste brusque et se détourna en marmonnant quelque chose d'incompréhensible. Cette fois, Carter n'essaya pas de réprimer son rire. Il suivit Rock jusqu'au comptoir du bar et lui donna un petit coup de coude en s'arrêtant près de lui. Rock tressaillit et lui lança un regard d'excuse avant de lever les yeux vers le panneau affichant les menus.

Carter prit une grande inspiration pour tenter de contrôler ses émotions. Dieu, la seule présence de cet homme suffisait à le troubler. Il avait les bras couverts de chair de poule. Il s'écarta d'un pas pour ne pas céder à la tentation de le toucher. Il ne devait pas aller trop vite. Rock n'avait admis son homosexualité que depuis une semaine. Il lui faudrait du temps avant de l'assumer, et encore ce n'était même pas certain qu'il y arrive un jour.

Il attendit qu'ils soient installés dans la salle avec un pot géant de pop-corn et deux petites bouteilles d'eau avant d'oser se pencher vers lui.

— Détends-toi. Tout le monde va au cinéma entre copains.

Rock s'éclaircit la gorge.

— Oui.

Il bougea dans son fauteuil.

— Mais moi je sais que nous ne sommes pas juste des copains. C'est comme au match de hockey, je ne peux pas m'empêcher de penser que tout le monde voit clair en nous.

— Alors comme ça, on n'est pas juste des copains ? le titilla Carter.

Il n'aurait pas dû le taquiner mais c'était trop attendrissant de voir sa nuque s'empourprer. Il mourait d'envie de toucher sa peau écarlate pour voir si elle était aussi brûlante qu'elle en avait l'air.

— Je... je ne sais pas trop.

Ils étaient assis à l'avant-dernier rang, et il n'y avait que trois autres couples dans la salle disposée en gradins. Carter se moquait de ce que les autres penseraient, mais il savait que ce n'était pas le cas de Rock.

Il pressa sa jambe contre la sienne d'un mouvement désormais familier. Rock se figea, une poignée de pop-corn dans la main, avant de laisser aller sa jambe contre la sienne. Voilà.

— Je plaisantais, Rock.

Il observa son profil puissant. Sa cicatrice était invisible de ce côté mais il se rendit compte qu'il n'y faisait plus attention, de toute façon.

— Ah.

Il avait l'air horriblement mal à l'aise. C'était pire que lors de leur premier dîner.

— Qu'est-ce qui ne va pas ?

Rock haussa les épaules.

— Tu devrais le savoir maintenant.

— Tu ne regrettes pas d'être venu, si ?

Il s'obligea à mettre une note d'humour dans sa voix mais il n'avait pas envie de rire.

— Non.

Rock tourna la tête vers lui d'un mouvement vif.

— Et toi ?

— Je plaisantais, répéta Carter parce qu'il ne savait pas que dire d'autre.

Il plongea la main dans le pot de pop-corn moins par faim que pour avoir un prétexte de se rapprocher de Rock.

— Relax. Pas de contraintes, tu te souviens ? Je ne te mordrai pas… à moins que tu me le demandes.

Rock lui attrapa la main au moment où il allait la ressortir du pot, ses longs doigts l'immobilisant avec douceur. Ce simple contact le fit basculer. Le désir qu'il essayait de contrôler depuis qu'il l'avait vu traverser le parking le submergea.

— Promis ?

— Juré, articula-t-il d'une voix rauque, le cœur battant.

Carter sentit le regard de Rock se poser sur ses lèvres.

— Bien.

L'envie de se pencher et de sceller leur marché d'un baiser était si forte qu'il esquissa un mouvement avant de se ressaisir. Le désir qui flamba dans les yeux de Rock le transperça.

— Tu es sûr de vouloir voir ce film ? demanda-t-il sur le ton de la plaisanterie.

C'était de l'humour mais il n'aurait pas fait d'objection si Rock avait quitté la salle en l'entraînant avec lui.

Le rire de Rock fit glisser une cascade de frissons le long de sa colonne vertébrale.

— Sûr. Il n'y a rien de plus romantique que de regarder des hommes s'entre-tuer.

Carter leva un sourcil.

— Romantique ?

— J'ai une chance que tu te jettes dans mes bras pendant les scènes de carnage ?

— Aucune. Ça te ferait trop plaisir.

Rock lui caressa la main de son pouce.

— A un point que tu n'imagines même pas.

Les lumières s'éteignirent, épargnant à Carter de répondre. Il posa son bras sur l'accoudoir et sourit quand Rock en fit autant. Leurs épaules se touchèrent. Des petits pas. C'était agréable. Tendre. Une danse très douce, tellement différente de ce qu'il vivait depuis une éternité. Il avait l'impression de voir s'exaucer un souhait qu'il s'était interdit ne serait-ce que de formuler pendant des années.

Il aurait voulu que le film se termine tout de suite… et, en même temps, il avait envie de savourer le moment présent, le plaisir subtil de l'attente. Etre assis tout près de Rock, sentir sa chaleur, respirer son odeur, trouver mille prétextes pour lui effleurer le pied, la cuisse ou le bras. Oui, c'était délicieux.

Ce fut plus exquis encore quand Rock chercha sa main dans le noir et mêla ses doigts aux siens. Personne ne leur prêtait attention, ils étaient seuls au monde. Les émotions qui lui nouaient le ventre étaient celles d'un adolescent, pas d'un adulte. Et pourtant…

Il regarda l'écran sans parvenir à s'arrêter de sourire. Il y avait des morts, des fusillades et une femme à sauver. C'était tout ce qu'il retint du film parce qu'il passa la projection entière à penser à Rock.

Chapitre 13

C'était ridicule mais Rock avait la sensation que sa main brûlait encore d'avoir serré celle de Carter pendant tout le film. Restait à espérer qu'il ne lui poserait pas de questions sur l'intrigue : il n'en avait aucun souvenir. En revanche, il aurait pu décrire toutes les nuances de son eau de toilette et la douceur soyeuse de sa paume contre la sienne.

Ils quittèrent le cinéma sans se dire grand-chose. En vérité, une seule question lui importait : « Et maintenant ? »

— Je suis garé là-bas.

Carter montra une rue un peu plus loin à droite.

Rock enfonça les mains dans les poches de son manteau, pas à cause du froid mais pour s'empêcher de serrer de nouveau la main de Carter dans la sienne. Son cœur battait trop vite, et plus il pensait à ce qui allait se passer maintenant, moins il le maîtrisait.

— Tu veux venir ?

— Chez toi ?

La surprise qu'il lut sur le visage de Carter lui fit faire immédiatement marche arrière.

— Mais on peut aller boire un café quelque part si tu préfères.

— Tu as du café chez toi ? demanda Carter avec un sourire.

— Oui. Et aussi des biscuits faits maison.

— Non ? Tu veux dire que c'est toi qui les as faits ?

Il n'y avait pas la moindre ironie dans la voix de Carter, et ce fut ce qui le décida à répondre franchement.

— Cet après-midi, oui. Des tuiles au chocolat.

— Emmène-moi tout de suite chez toi ! Je n'ai pas mangé de biscuits maison depuis un siècle !

— Tu ne fais jamais de pâtisserie ?

— Jamais. Mais je n'en achète pas non plus.

Carter sortit son téléphone.

— File-moi ton adresse.

Rock la lui donna et ajouta quelques précisions pendant que Carter l'enregistrait dans son GPS.

— C'est bon. Je te retrouve là-bas. On peut se garer ?

— Il y a des places visiteurs, sur le parking juste devant.

Le trajet permit à Rock de se détendre. Il avait passé une bonne partie de l'après-midi à briquer son appartement pour le cas où Carter accepterait son invitation, mais d'un autre côté il n'y avait jamais vraiment de désordre chez lui. La discipline qu'on lui avait imposée depuis qu'il était en âge de marcher n'avait pas disparu sous prétexte qu'il vivait seul.

Il gara son pick-up dans le parking souterrain puis ressortit pour accueillir Carter. Il entrait déjà dans le petit parking quand il le rejoignit. Quand il sortit de voiture, le halo des réverbères éclaira son visage magnifique, et Rock sentit sa nervosité revenir. Carter avait tout pour lui — la classe, l'élégance, la beauté. Il méritait bien mieux qu'un ex-militaire introverti et maladroit. Il pouvait avoir n'importe qui — homme ou femme.

Sans se laisser le temps de réfléchir, il poussa la porte de l'immeuble, et un tourbillon d'air glacé entra dans le hall avant qu'il s'efface pour laisser passer son compagnon. Oui, Carter était son compagnon. Pour ce soir, tout au moins.

— J'habite au sixième, indiqua-t-il comme ils se dirigeaient vers l'ascenseur.

— Je ne savais pas qu'ils avaient réhabilité cet endroit. C'est très chouette.

Carter s'arrêta pour regarder les moulures qui dataient de l'époque où le bâtiment abritait les bureaux d'une usine textile.

— Peu de gens le savent. L'immeuble est à moitié vide. Les loyers sont trop chers pour les moins de trente ans, le quartier pas assez commerçant pour les familles et pas assez chic pour les retraités.

— Idéal pour toi, alors.

La conclusion de Carter était dénuée d'ironie, et Rock sentit une douce chaleur l'envahir. Il avait trouvé quelqu'un qui le comprenait. Il ne recherchait pas le contact avec les autres et sortait peu. C'était dans son tempérament et il ne s'en cachait pas, mais la plupart des gens n'arrivaient pas à admettre que c'était par choix et que cette façon de vivre lui convenait. Beaucoup, y compris sa propre famille, considéraient son besoin de solitude comme une anomalie.

Que diraient-ils s'ils apprenaient qu'il avait invité un homme chez lui pour l'embrasser, le caresser, et peut-être même pour coucher avec lui ? Il déverrouilla sa porte d'un geste agacé. Peu importait ce qu'on pensait de lui. C'était sa vie. Tyler avait eu raison sur ce point.

Carter franchit le seuil et laissa échapper un sifflement admiratif.

— C'est superbe.

Il tourna la tête pour avoir une vue d'ensemble. La surprise se lisait sur son visage.

Le loft faisait quatre fois la dimension des appartements

des étages inférieurs, avec des plafonds de six mètres de haut et de grandes baies vitrées. Les murs en briques apparentes s'harmonisaient avec les tons gris et bleu du mobilier.

La cuisine était séparée de la salle de séjour par un bar en îlot coiffé d'une plaque de marbre, et les appareils électroménagers se fondaient avec une table de cuisine et des chaises modernes disposées près d'une cheminée au gaz. Quelques toiles modernes d'un artiste local jetaient des touches de couleurs sur les murs. Le décor lui ressemblait mais ses invités avaient toujours l'air surpris.

— Merci, acquiesça Rock.

En général, il ne se souciait pas de ce que pensaient ses visiteurs. Mais étrangement l'opinion de Carter comptait beaucoup pour lui.

— Tu me donnes ton manteau ?

Il suspendit leurs affaires à une patère murale avant de s'asseoir sur le banc, en dessous, pour enlever ses boots. Il les aligna sous le banc, à côté de ses chaussures de jogging. Quand il se leva, Carter l'observait, ses souliers bien rangés contre le mur.

— Qu'est-ce qu'il y a ?

Il résista à l'envie de passer la main sur ses cheveux ras. C'était un signe de nervosité, et Carter avait été déjà trop souvent témoin de ses incertitudes.

— Tu es splendide.

La voix de Carter était basse, presque rauque. Il le dévisagea, avant d'ajouter.

— Cette couleur te va bien. Elle fait paraître tes yeux plus sombres.

Rock baissa les yeux. Le compliment diffusait en lui une étrange onde de chaleur qu'il n'avait pas ressentie depuis longtemps. Depuis que sa cicatrice avait détruit en lui tout espoir de plaire. Il avait choisi avec soin ce sweater bleu marine. C'était la première fois qu'il le portait.

— Merci, marmonna-t-il avant de partir se réfugier dans la cuisine.

Qu'y avait-il d'autre à répondre ? Dire à Carter qu'il était sublime ce soir aurait eu l'air d'un compliment tout fait, d'un retour de politesse, même si c'était la stricte vérité.

Il s'affaira derrière l'évier, ajoutant de l'eau dans la cafetière, sortant du placard le paquet de café en grains. Il se concentra sur ses gestes dans l'espoir de faire baisser son excitation. Mais c'était peu probable : il était en semi-érection depuis son départ pour le cinéma.

— Tu mouds toi-même ton café ?

La voix était toute proche, juste dans son dos. Rock sursauta. Un nuage de grains de café gicla du paquet ouvert et ricocha sur le torse de Carter avant de s'éparpiller sur le sol de la cuisine.

— Hé !

Carter essaya par réflexe d'en récupérer au vol quelques-uns avant de se mettre à rire.

— Désolé. Je ne voulais pas te faire peur.

Rock soupira. Il était tellement occupé à contrôler ses émotions qu'il n'avait pas entendu Carter approcher.

— Merde.

Il posa le paquet sur le comptoir, la nuque brûlante.

— Quel idiot…

Malgré lui, il se mit à rire. Il avait plus rougi ces dernières semaines qu'au cours des douze dernières années. Carter allait fuir en courant s'il continuait à se comporter comme un attardé.

— Je suis un peu nerveux. Désolé.

— Je t'ai largement battu quand je me suis étranglé avec mon verre d'eau à la cafétéria.

Carter sourit avant d'ajouter :

— Et rassure-toi : je suis aussi nerveux que toi.

— Vraiment ?

Rock s'adossa au comptoir.

— Moi je sais pourquoi je suis nerveux. Mais toi ?

Carter se hissa sur le bar derrière lui. Son sweater noir se tendit sur son torse, soulignant ses muscles plats. Rock le dévora lentement des yeux. Le peu de contrôle qu'il avait regagné fut anéanti en l'espace d'une seconde.

— C'est une première pour moi aussi, tu sais.

— Mmm ?

La bosse au niveau de l'entrejambe de Carter montrait qu'il était dans le même état d'excitation que lui. Rock détourna les yeux à regret et essaya de ne pas rougir en voyant Carter lever les sourcils. Il savait très bien ce qu'il venait de regarder.

— Qu'est-ce qui est une première ?

— Ce rendez-vous.

La voix de Carter se fit plus douce.

— Enfin, pas tout à fait une première. J'avais dix-neuf ans quand j'ai eu mon dernier vrai rendez-vous. C'était avant que je devienne escort.

Carter laissa le silence s'installer, sans le quitter des yeux, comme s'il le mettait au défi de le juger. Comme si c'était possible.

— Donc, je n'ai pas à redouter la concurrence ?

Il ne plaisantait qu'à moitié.

Carter se laissa glisser sur le sol.

— Même s'il y en avait, tu n'aurais rien à craindre.

Il avança et s'arrêta à un pas de lui.

— Non ?

Rock prit une longue inspiration, respira l'odeur de l'eau de toilette de Carter et cessa de se préoccuper des hommes sans visage qui avaient traversé sa vie — aujourd'hui comme hier. Le désir qui étincelait dans ses yeux bleus lui disait tout ce qu'il avait besoin de savoir.

Carter avança encore d'un pas, et Rock écarta instinctivement les pieds pour lui faire de la place.

— Non.

Sa voix vibrait d'une telle sincérité que Rock sentit son pouls s'emballer.

Le besoin de toucher Carter balaya ses ultimes doutes. Il posa les mains sur sa taille, les fit glisser jusqu'à son torse. Il sentit des muscles durs sous le coton doux du sweater.

— C'est bon à savoir, chuchota-t-il.

Il fit redescendre ses paumes vers le ventre de Carter, mémorisant chaque relief avant de cheminer vers ses abdominaux.

Carter posa la main sur son épaule et franchit les quelques centimètres qui les séparaient encore. Rock sentit la pression du sexe bandé de Carter contre le sien et ferma les yeux sous l'intensité de son désir. Il n'avait jamais rien ressenti d'aussi fort.

Quand il souleva les paupières, il lut la même passion dévorante dans les yeux de Carter et referma les doigts sur son sweater.

— Je peux l'enlever ?

Carter leva les bras en guise de réponse.

C'était comme un incroyable cadeau. Il avait tellement envie de lui qu'il aurait pu le plaquer au mur, lui arracher ses vêtements et le prendre là, sur le comptoir. Mais il avait attendu ce moment toute sa vie. Il voulait le savourer.

Il fit glisser ses doigts sous le vêtement, sentit la boucle froide de la ceinture avant de trouver la chaleur de sa peau. Prenant une inspiration, il pressa ses mains sur le ventre de Carter et suivit le rythme de sa respiration avant de remonter lentement ses paumes vers son torse.

Sa peau lisse se tendait sur ses muscles. Le temps parut se suspendre tandis que Rock relevait le sweater centimètre après centimètre sur son ventre, son torse et ses mamelons durcis. Ils pointaient comme des petits cailloux sous ses doigts. Il les frotta, arrachant à Carter un gémissement étouffé. Il leva les yeux pour croiser son regard et retint un cri quand Carter ondula des hanches, frottant leurs sexes bandés l'un contre l'autre.

— Bon sang, balbutia Rock dans un souffle.

— Je vais mourir si tu ne te dépêches pas.

D'un mouvement brusque, Carter agrippa son sweater et le fit passer par-dessus sa tête. Il le jeta par terre sans même regarder où il atterrissait, son torse se soulevant à chaque profonde respiration.

Rock était déchiré entre l'envie de contempler ce corps magnifique et celle de l'attirer à lui pour goûter cette bouche à laquelle il ne cessait de penser depuis une semaine. Carter décida pour lui.

Il l'attrapa par la nuque et l'attira à lui pour réclamer un baiser. Leurs langues se trouvèrent instantanément. La saveur de sa bouche lui parlait de Carter — riche comme du chocolat noir avec une touche de menthe chaude. Il enfonça ses doigts dans son dos, pressant leurs corps l'un contre l'autre. Le besoin fiévreux de le posséder monta en lui jusqu'à ce qu'il puisse à peine respirer.

Dieu, c'était trop bon.

Il voulait tout découvrir avec Carter. Toutes ces choses qu'il s'était refusées étaient enfin possibles avec lui.

Carter mit fin à leur baiser avec un grondement sourd puis inclina la tête et enfonça ses dents dans son cou. Un gémissement remonta du plus profond de son être et vibra dans tout son corps.

Rock n'avait jamais eu autant conscience de son sexe. Dur, douloureux. Chaque frottement, chaque contact avec Carter plantait des échardes de désir dans sa chair. Leurs halètements montaient dans la pièce, l'excitation mélangée à l'odeur du café renversé et de l'eau de toilette de Carter créaient un parfum unique. Il aurait voulu explorer le corps de Carter mais il était incapable de bouger : Carter léchait un point délicieux juste à la jonction de son cou et son épaule. Comment avait-il pu vivre jusqu'ici sans connaître l'existence de cet endroit de son propre corps ?

Puis, Rock sentit Carter faufiler les mains sous son sweater, à la lisière de son jean. Il retint son souffle un instant, avant de l'exhaler dans un long soupir de désir.

— Enlève-le.

Rock empoigna le vêtement par l'encolure, le passa par la tête et l'envoya voltiger, puis resta debout, haletant, statufié, tandis que Carter faisait glisser ses mains sur son ventre, dessinant un sillon incandescent sur sa peau.

Les caresses de Carter étaient rudes, presque irritantes, mais la sensation était magique. Les rares maîtresses qu'il avait eues s'étaient montrées douces avec lui mais cette brutalité à fleur de peau qu'il sentait chez Carter comblait tous ses désirs.

Instinctivement, il fit glisser ses mains jusqu'à ses reins. Carter avait des fesses rondes, fermes, parfaites pour ses mains. Ils gémirent tous les deux quand Carter lui griffa les mamelons avec ses ongles. Encore une expérience inconnue. Qu'ignorait-il encore ?

— Tu aimes ?

Carter fit rouler ses tétons sous ses doigts, les pinçant et les tirant jusqu'à ce que Rock se cambre avec un cri. Dans cette position son sexe durci était encore plus pressé contre celui de Carter. Douleur et plaisir se mêlèrent en lui avec une intensité inimaginable.

Carter cessa de le torturer avec ses doigts seulement pour incliner la tête et happer un mamelon douloureux dans sa bouche. La chaleur humide de sa langue apaisa le feu qu'il avait provoqué. Il lécha un de ses mamelons et le suça avant de le pincer entre ses dents.

— Bon Dieu !

Ce fut tout ce que Rock put articuler. Toutes ses facultés mentales étaient mobilisées par l'effort qu'il s'imposait pour s'empêcher d'empoigner les cheveux de Carter à pleines mains et d'écraser sa bouche contre son torse.

Carter abandonna son mamelon enflammé pour prendre l'autre dans sa bouche. Dans un sursaut incontrôlé, Rock bascula son torse en arrière jusqu'à ce que sa tête cogne contre les placards, derrière eux. Le plaisir pulsa dans ses veines.

Ce soir, il n'avait pas à se forcer à jouir vite pour pouvoir partir avant qu'on le surprenne. Son cerveau n'était ni embrumé par l'alcool ni à moitié déconnecté pour ne pas penser à ce qu'il était en train de faire. Il était conscient de tout, totalement engagé dans l'instant présent.

— C'est trop bon, articula-t-il d'une voix éraillée.

Sa gorge était desséchée. Il essaya de déglutir mais c'était trop difficile. L'arête du comptoir s'incrustait dans ses reins, et sa nuque en extension commençait à devenir douloureuse mais il ne voulait pas que Carter arrête.

L'exquise torture sur ses mamelons cessa quand Carter sema des baisers sur son cou tout en l'attirant vers lui. A la seconde où il en fut capable, Rock fondit sur sa bouche dans un baiser brutal et exigeant. Leurs mains et leurs langues se cherchèrent passionnément.

Jamais il n'avait connu une telle intimité avec un homme, peau contre peau. C'était encore plus extraordinaire que ce qu'il avait imaginé les rares fois où il s'était laissé aller à fantasmer. Les sensations déferlaient sur lui comme un raz-de-marée. Les caresses de Carter, sa peau brûlante sous ses mains — c'était trop intense, trop enivrant.

Immobilisant la tête de Carter entre ses mains, il explora sa bouche. Rien n'aurait pu le préparer à l'indicible sensation de pouvoir qui l'envahit quand Carter se soumit à sa volonté dans un gémissement de reddition.

S'arrachant à leur baiser, Rock contempla le sublime visage de Carter. Puis, il déposa des baisers sur la courbe lisse de sa joue. Son cœur cogna violemment dans sa poitrine.

Carter fit un pas en arrière, et Rock se figea, gagné par l'inquiétude et la frustration. Pourquoi ce mouvement de recul ?

— On va dans ton lit ?

La voix de Carter était âpre et sexy, lourde de désir.

Rock sentit un frisson parcourir tout son corps. Il lui fallut plusieurs secondes avant d'être en mesure de répondre.

— Oui.

Carter l'embrassa, un baiser rapide mais qui une fois de plus, lui fit perdre le fil de ses pensées.

— Tu es sûr ?

Carter fit glisser ses doigts le long de ses bras jusqu'à ses mains, toujours enfouies dans ses épais cheveux noirs et les détacha.

— C'est à toi de décider, insista-t-il.

Rock se força à maîtriser, l'espace d'une seconde, le désir qui ne demandait qu'à prendre l'ascendant sur sa raison. Etait-il sûr ? Oui. Oui, il était sûr — quoi qu'il arrive. Il était prêt. Mais il était heureux que Carter lui ait donné le choix.

Il lui prit la main et l'entraîna avec lui. Les grains de

café craquèrent sous ses pieds. Il les avait complètement oubliés ceux-là.

— Merde.

Carter rit avec lui tandis qu'ils essayaient de contourner les grains bruns éparpillés autour d'eux tout en détachant ceux qui s'étaient incrustés sous leurs chaussettes. Quelques petits sauts plus tard, Rock atterrit en zone sûre. Renonçant à faire la chasse, il retira ses chaussettes. Voilà, problème résolu.

Carter en fit autant en s'esclaffant.

— Pas très glamour.

— Ça ne fait pas partie des préliminaires ?

— Pas chez moi.

Carter lâcha ses chaussettes et avança vers Rock, une flamme brûlante dans le regard.

— Mais si tu aimes la torture, on peut en discuter.

Pressant son corps contre le sien, Carter s'inclina pour lui butiner la nuque. Rock jeta ses bras autour de sa taille et pencha la tête, l'invitant à continuer.

Carter lui caressa la cuisse avant de faufiler sa main entre eux pour frotter son sexe bandé. Oh Dieu, c'était trop bon. Il exerça une lente pression de haut en bas avant de descendre encore pour prendre ses testicules en coupe dans sa paume.

Rock écarta les jambes pour lui faciliter la tâche. Jamais il n'avait connu un désir d'une telle intensité. Il était… Le plaisir se mua en douleur quand Carter accentua brutalement la pression sur ses testicules.

— Qu'est-ce que tu fous ?

Instinctivement, Rock lui attrapa le poignet avant qu'il puisse lui faire vraiment mal. Il sentit un rire étouffé lui chatouiller la nuque et glissa la main entre eux pour chercher les testicules de Carter et lui rendre la pareille.

— Je vais te montrer ce que c'est que d'avoir mal.

Carter lui échappa avant qu'il puisse mettre sa menace à exécution et recula en souriant.

— J'en conclus que tu n'es pas masochiste ?

Rock avança vers Carter qui continuait à reculer.

— Même pas en rêve.

Il avait observé cette pratique sexuelle suffisamment longtemps pour savoir que le plaisir dans la souffrance n'était pas du tout son truc.

— Et toi ?

Carter heurta le dossier du canapé et contourna l'obstacle sans cesser de reculer.

— Je préfère le plaisir pour le plaisir.

— Quel genre de plaisir ?

Rock continua à avancer sans cesser de sourire.

— Il va falloir que tu m'attrapes pour le découvrir.

Un coussin le frappa au visage avant qu'il ait le temps de se baisser. Carter n'attendit pas de voir s'il avait atteint sa cible : il tourna les talons et s'élança dans le couloir. Rock se jeta à sa poursuite, excité par ce jeu inattendu.

Il y avait quatre pièces et une salle de bains. Trois des portes étaient fermées, seule celle de sa chambre était ouverte. Déterminé à capturer sa proie, Rock franchit le seuil d'un bond et ceintura Carter par-derrière. Son élan les projeta tous les deux sur le lit.

Le matelas rebondit sous leur poids. Rock roula sur lui-même, entraînant son partenaire avec lui. Ils atterrirent tous les deux sur le dos, Carter en travers de sa poitrine, les deux bras de Rock serrés autour de sa taille comme un étau.

— Qu'est-ce que tu fabriques ?

La protestation de Carter se perdit dans un rire. Il essaya de se dégager mais Rock tint bon.

— Je fais ce que tu as dit.

Il évita une ruade de Carter et réussit à lui bloquer les jambes avec les siennes. Carter se débattit encore quelques secondes avant de laisser échapper un soupir de reddition.

— Qu'est-ce que j'ai dit ? demanda-t-il d'une voix haletante.

Carter était lourd. Son poids lui écrasait sa poitrine mais pas au point de l'empêcher de respirer. Et quand bien même, il ne l'aurait pas laissé partir. C'était trop bon.

Il sentait ses cheveux soyeux contre son torse nu mais surtout la courbe ferme des fesses de Carter contre son sexe. Il ondula des hanches.

— Je cherche à découvrir le genre de plaisir que tu aimes.

Il se frotta contre lui dans un long va-et-vient qui fit pulser le sang dans son sexe.

— Tu y es presque…

Carter bougea légèrement pour accroître la pression.

— Mais je préfère sans vêtements.

Rock laissa échapper un juron, troublé par l'image que Carter venait de faire jaillir sans son esprit. Ondulant des hanches, il desserra l'étau de ses bras et caressa le torse de Carter avant de chercher son sexe. Il était bandé sous le tissu rêche de son jean — dur et chaud.

— Ah oui ?

Il enfouit son visage dans les cheveux de Carter, respirant l'odeur de noix de coco de son shampoing. Tout en lui l'enivrait.

— Alors il faut absolument essayer.

Dieu, il n'arrivait pas à croire qu'ils étaient sur son lit, à moitié nus, et qu'ils se frottaient l'un contre l'autre. Il tâtonna pour déboucler la ceinture de Carter sans cesser de bouger contre lui de bas en haut, chaque mouvement le rendant un peu plus fou de désir.

Il dégrafa le jean de Carter avec l'impatience d'un homme qui a attendu ce moment pendant des années. Plongeant la main dans son boxer, il trouva sa récompense. Son sexe bandé et brûlant avait la douceur de la soie sous ses doigts. Carter laissa échapper un long gémissement et souleva les hanches tandis que Rock refermait les doigts autour de lui et entamait un mouvement de va-et-vient tout en lui caressant le ventre de son autre main.

— C'est bon, haleta Carter. Mais il y a toujours trop de vêtements entre nous.

Joignant le geste à la parole, il descendit son boxer sur ses chevilles, et Rock l'envoya voltiger d'un coup de pied. Dieu. Il avait Carter nu et splendide dans ses bras, pressé contre son sexe bandé. Même dans ses fantasmes les plus fous il n'avait pas osé imaginer cette scène.

Du feu liquide courait dans ses veines. Il fit glisser son pouce sur le gland humide de Carter et le prit dans sa main. Il avait déjà caressé le sexe d'un autre homme, mais il n'avait jamais pris le temps de savourer sa chaleur et sa texture dans sa paume. Il nota chaque détail, le relief d'une veine, la douceur veloutée de sa peau. La respiration de Carter s'altérait chaque fois qu'il passait son pouce à son extrémité.

Il voulait graver chaque détail de cette scène dans sa mémoire.

Il fit glisser son autre main le long de la jambe de Carter, griffa doucement l'intérieur de sa cuisse tout en remontant jusqu'à son sexe.

Pas un poil. Ce n'était pas une surprise, il l'avait déjà vu nu au club, quand il l'observait sur les écrans de surveillance. Mais la réalité était bien différente. Sentir ses testicules si doux, si lisses sous ses doigts était une expérience incroyablement érotique.

— Bon sang, gronda-t-il. Il faut que je voie ça.

Alors, Carter repoussa ses mains, se retourna et se plaça au-dessus de lui. Son regard sensuel, lèvres entrouvertes, changea Rock en statue tandis qu'il inclinait la tête vers lui pour un baiser brûlant.

Leurs langues se cherchèrent dans une petite danse désormais familière qui aiguillonna son désir. Son sexe pulsa douloureusement dans son jean, chaque contact, chaque mouvement de Carter l'invitant à se débarrasser de tout ce qui constituait une barrière en eux. Vite.

Carter s'interrompit pour lui sourire.

— Je te montre la mienne si tu me montres la tienne.

— C'est du chantage ?

Rock fronça les sourcils puis se mit à rire en resserrant la pression de ses doigts sur les fesses de Carter. Plaisanter pendant le sexe ? Encore une expérience nouvelle.

— Non, dit Carter en déposant une ligne de baisers sur son torse. Mais j'ai trente et un an, ce qui signifie que je suis assez grand pour voir… ceci.

Il descendit jusqu'à son ventre, déboutonna son jean et ouvrit sa braguette.

La pression s'allégea enfin sur son sexe bandé, et Rock se cambra de plaisir. Hypnotisé, il regarda Carter dégager son sexe de son sous-vêtement. Carter leva les yeux et lui décocha un sourire malicieux avant de faire glisser sa langue sur la pointe de son sexe. Il ronronna de plaisir en le prenant dans sa bouche.

— C'est…

Rock laissa retomber sa tête en arrière, poings serrés.

— Je…

Il n'y avait pas de mot pour décrire ce qu'il ressentait. La caresse chaude et humide de la langue de Carter s'associait à la pression de ses lèvres. Il entama un lent mouvement de succion avant de revenir vers son extrémité en dessinant de petits cercles avec sa langue. Le plaisir montait si vite que

Rock ne parvenait pas à le contrôler. Il souleva les hanches en gémissant.

Carter recula et déposa un baiser sur sa hanche.

— Pas encore. Je veux plus.

Rock resta immobile, incapable du moindre mouvement pendant que Carter faisait descendre son jean et son boxer le long de ses jambes avant de les jeter sur le sol.

Il ouvrit les yeux quand Carter revient contre lui, déposant des baisers sur son genou, l'intérieur de sa cuisse, son sexe, son ventre, son mamelon et finalement son cou. Puis, Carter s'allongea sur lui, peau contre peau, sans le quitter un seul instant du regard.

C'était la première fois que Rock était complètement nu avec un homme.

— C'est si bon, souffla-t-il sans chercher à masquer la vérité.

Il noua ses bras autour de la taille de Carter et prit une profonde inspiration, émerveillé par cette sensation inédite. Leurs sexes étaient pressés l'un contre l'autre, leurs torses montaient et descendaient au même rythme saccadé de leur respiration.

L'odeur musquée du désir se mêla à celle de l'eau de toilette de Carter pour créer une fragrance unique, excitante. Encore un détail qu'il grava dans sa mémoire.

Carter le dévisagea.

— Tu es prêt à me prendre ?

La question était tellement directe que Rock faillit lâcher un rire nerveux. Prendre Carter était un rêve inaccessible. Même quand il avait contacté l'agence pour tenter sa chance, il avait douté de pouvoir aller jusque-là et il avait eu raison. Mais ce soir tout était devenu possible.

— Oh Dieu, oui. Ce sera un honneur.

Il écrasa les lèvres de Carter sous les siennes dans un baiser qui exprimait mieux que des mots à quel point il avait envie d'être avec lui, de le serrer contre lui toute la nuit… et même après.

Chapitre 14

Un honneur. Ces mots percèrent Carter jusqu'à l'âme. Par chance, Rock s'était remis à l'embrasser : il ne vit pas le choc se refléter sur son visage. Un honneur. Ce n'était que des mots, il ne devait pas y attacher d'importance. Mais comment ignorer la révérence et la tendresse que Rock laissait paraître dans chacune de ses caresses ?

Incapable d'analyser les émotions qui tourbillonnaient en lui, il cessa de réfléchir et s'abandonna au vertige des sensations. Rock l'embrassait avec passion, exigeant des réponses, le poussant dans ses retranchements, toujours plus loin… Il aurait voulu que cela ne s'arrête jamais. C'était comme une drogue.

Quand Rock le fit rouler sous lui, il n'opposa aucune résistance. En temps normal, il détestait cette position qui le rendait vulnérable. Il se sentait prisonnier. Mais pas ce soir.

Rock abandonna sa bouche pour tracer un sillon brûlant de baisers le long de sa joue avant de dessiner de la langue le contour de son oreille. Dieu, c'était exquis. D'habitude, c'était lui qui séduisait son partenaire. Ses clients ne se préoccupaient jamais de lui donner du plaisir. Il pencha la tête pour prolonger le contact, cherchant son souffle, formant le vœu que ça continue encore et encore.

Il sentait le sexe bandé de Rock contre son ventre. Il ondula des hanches, et l'écho de leurs deux gémissements monta dans la pénombre.

Il n'avait pas besoin de jouer la comédie, d'imaginer qu'il était avec quelqu'un d'autre ni de prier pour que ça finisse vite. Il vivait totalement l'instant présent, savourant tous ces petits détails auxquels habituellement il ne prêtait pas attention.

Il fit glisser ses talons le long des mollets de Rock, adorant le picotement de ses poils sur sa peau. Il lui caressa le dos et les reins, lui empoigna les fesses pour le serrer plus étroitement encore contre lui. Il mémorisait chaque sensation, chaque frisson, il voulait que ça dure toujours.

Le frottement de leurs sexes lui fit fermer les yeux de volupté. Leur douceur brûlante, leur pointe qui se découvrait à chaque va-et-vient jusqu'à ce que ses bourses soient gonflées et douloureuses…

— Tu as un préservatif ? réussit-il à articuler à travers la flamme du désir qui avait changé son sang en feu liquide.

Il ne pouvait pas s'arrêter de caresser de Rock, de l'explorer avec ses mains, de l'étreindre.

— Tu es…

La voix étouffée de Rock était presque inaudible.

— Tu es incroyable.

— Ce n'est que le début, promit Carter.

Il glissa la main entre eux et prit leurs deux sexes dans son poing. Dieu. Il avait fait ce geste des centaines de fois mais cela n'avait jamais été aussi bon. Jamais.

Rock pressa son front contre son épaule et continua à onduler des hanches, forçant son sexe à bouger dans son poing serré.

— C'est…

Ces lents va-et-vient l'amenèrent au bord de l'orgasme,

aiguisant son désir jusqu'à ce qu'il devienne aussi tranchant qu'une lame.

Laissant sa phrase inachevée, Rock recula et tendit la main vers la table de chevet.

— Tu veux me prendre comment ?

C'était une question standard qu'il posait à chaque relation avec un client, et elle glissa de ses lèvres sans même qu'il s'en rende compte.

Rock lui lança un regard perdu avant de prendre quelque chose dans le tiroir. Pourvu que ce soit des préservatifs. Il en avait avec lui mais ils étaient dans le salon, avec son manteau.

L'expression brûlante sur le visage de Rock quand il jeta le lubrifiant et le préservatif sur le lit suffit presque à le faire gémir.

— Dieu, tu es magnifique, souffla Rock en s'agenouillant entre ses jambes.

Il fit glisser ses mains sur son torse avec une sorte de respect. Carter lut de l'admiration dans son regard mais c'était la douceur de ses gestes et son expression presque émerveillée qui transformaient ces instants en quelque chose de beaucoup plus fort qu'une simple attirance physique.

Rock dessina des arabesques avec ses ongles tout autour de son sexe à un rythme langoureux qui lui tira un frisson de volupté.

— Ta peau est si douce.

Sa fascination pour son sexe le toucha plus qu'il ne l'aurait cru possible.

— Tu me plais.

Il avait entendu cette phrase plus d'une fois, mais jamais elle n'avait jamais fait vibrer en lui une telle émotion.

Quand Rock referma la bouche sur un de ses testicules, il crut qu'il allait s'évanouir de plaisir. Des éclairs de volupté lui parcoururent la peau. Il adorait qu'on lèche ses bourses mais c'était très rare.

Rock le surprenait constamment. Il n'avait plus rien de l'homme hésitant et rougissant qu'il avait rencontré. C'était un amant sûr de lui qui laissait son désir s'exprimer et prenait ce qu'il voulait.

Carter ouvrit les jambes pour lui donner plus de liberté de mouvement. Fermant les yeux, il essaya de se concentrer sur autre chose que la caresse ensorcelante de la langue de Rock et de ses lèvres sur ses testicules, pour s'empêcher de jouir. Mais des années d'expérience passées à retarder, à programmer son orgasme afin de satisfaire les clients s'avéraient totalement inutiles ce soir.

— Dieu, Rock.

Il balbutia le prénom de son compagnon en sentant sa main se refermer autour de son sexe. Rock le caressait avec de longs mouvements fluides, et tous ses muscles se contractèrent pour retarder l'inévitable.

— Je ne tiens plus. Il faut que tu me prennes maintenant, réussit-il à dire.

— C'est vrai ?

La satisfaction qui vibrait dans la voix de Rock lui fit rouvrir les yeux. Il n'y avait aucune ambiguïté dans son sourire ni dans la promesse qui brillait dans ses yeux.

— Alors c'est ce que je vais faire.

Jamais le petit bruit sec du capuchon de lubrifiant ne lui avait paru aussi érotique. Il connaissait tous ces gestes par cœur mais ce qui le surprenait c'était l'intensité de son désir. Il leva la jambe pour s'ouvrir à Rock.

— Bon sang, tu es magnifique, murmura Rock.

Le commentaire aurait été banal sans l'émotion sincère qui vibrait dans sa voix.

Il sentit le contact froid du lubrifiant puis la pression

douce de ses doigts tandis qu'il dessinait des petits cercles autour de son anus. Cette fois encore, la délicatesse avec laquelle il insinua un premier doigt en lui le bouleversa.

La précaution était inutile mais l'attention magnifique. Chaque nouveau doigt que Rock glissait en lui faisait monter son désir. Il respirait par saccades et mit quelques instants à se rendre compte que les gémissements qui montaient dans la pénombre étaient les siens.

— Oh oui, oui ! cria-t-il quand Rock bougea ses doigts en lui.

Il se souleva, la nuque ployée en arrière, le plaisir le traversant alors qu'il luttait pour retenir son orgasme.

Rock s'inclina vers lui pour capturer son cri dans un baiser qui anéantit ce qui lui restait de contrôle. Il était balayé comme un fétu de paille par les émotions qui déferlaient sur lui. Même si ce n'était que pour une nuit, une heure ou seulement quelques minutes, il voulait prendre tout ce qu'on lui donnait, tout ce qu'il s'était refusé à lui-même pendant tant d'années.

C'était tellement plus intense que tout ce qu'il avait connu jusqu'ici. Il n'avait plus rien à apprendre sur le sexe et le désir mais cette passion dévorante lui était inconnue. Et il était prêt à l'explorer.

Avec Rock.

Rock déroula d'une main tremblante le préservatif sur son sexe dressé et brûlant. Son désir était tellement fort qu'il avait failli perdre le contrôle tout à l'heure. Seule la certitude qu'il ne ferait bientôt plus qu'un avec Carter lui avait permis de tenir.

Il respira profondément pour tenter de ralentir les battements désordonnés de son cœur mais c'était sans espoir.

L'image que lui offrait Carter, haletant, bouche entrouverte, ses yeux lourds de désir posé sur lui, était irrésistible. Impossible de douter de la sincérité des émotions qui apparaissaient sur son visage : elles étaient l'exact reflet de ce que lui-même ressentait.

Il s'agenouilla. Mais d'abord, il ne put résister à l'envie de voler à Carter un autre baiser. Son corps, sa peau, son odeur étaient en train de le rendre fou.

Puis il entra lentement en lui. Il sentit une brève résistance mais le passage s'ouvrit, et les muscles se contractèrent autour de lui dans une étreinte brûlante qui dépassait en volupté tout ce qu'il avait jamais imaginé. Il avait assisté à cet acte des milliers de fois sur les caméras de surveillance du club, il savait exactement ce qu'il faisait. Mais rien ne l'avait préparé à des sensations aussi extraordinaires.

Il ferma les yeux tout en se poussant progressivement en Carter. Voilà ce dont il rêvait depuis toujours. Cette évidence qu'il avait pourtant niée toute sa vie lui arracha un gémissement.

Carter l'attira à lui d'un mouvement brusque et écrasa sa bouche sur la sienne dans un baiser qui le consuma.

— Bouge, haleta-t-il. Dieu, Rock, par pitié. Bouge.

— Oui.

Ce fut tout ce qu'il fut capable de dire.

Il se redressa et ouvrit plus largement les jambes de Carter. Il lui fut impossible de détourner les yeux de leurs deux corps soudés tandis qu'il se retirait puis plongeait de nouveau en lui. C'était le spectacle le plus érotique qui lui ait été donné de contempler.

Les cris de Carter remplirent le silence. Toutes ces années d'attente trouvaient leur justification dans ces minutes. Pour la première fois de sa vie, Rock avait le sentiment de ne faire plus qu'un avec un autre. Aucune insulte, aucun dénigrement ne pourrait plus jamais l'atteindre. Il aurait voulu prolonger ce moment à l'infini mais contrôler son orgasme devenait impossible.

Carter se souleva, l'empoigna par la nuque et l'attira à lui avec une force qui le surprit. Ses yeux étincelaient de passion.

— Vas-y. Maintenant. De toutes tes forces, ordonna-t-il avant de se laisser retomber sur le lit.

— Je t'en supplie.

Dieu. Ce n'était pas une prière difficile à exaucer, il ne demandait que ça ! Prenant appui sur ses avant-bras, Rock donna des coups de reins à un rythme qu'il lui aurait été impossible de ralentir même s'il l'avait voulu.

— C'est trop bon, souffla-t-il, sa bouche pressée contre l'épaule de Carter.

— Oui, haleta Carter.

Le claquement de leurs deux corps se mêlait à leurs gémissements. Rock se souleva pour gagner en amplitude. Carter se cambra avec un cri.

— Encore !

Rock obéit en grondant. Il le pénétra encore et encore avec une énergie qui les faisait vibrer tous les deux.

Au bord de l'orgasme, il glissa la main entre eux pour caresser Carter. Il était en sueur, l'odeur du sexe montait vers lui à chaque respiration. Son cœur cognait dans ses oreilles. Mais la seule chose qui lui importait, c'était le visage enfiévré par la passion de son amant.

— Jouis, haleta-t-il en plongeant en lui avec une force qui laisserait probablement des traces demain matin.

Mais à cet instant, cela lui était égal.

— Jouis, nom de Dieu !

C'était la seule chose au monde qui comptait.

Encore quelques coups de boutoir, et il obtint satisfaction. Carter ferma les yeux, la bouche ouverte sur un cri silencieux. Ses muscles se contractèrent, et un gémissement éraillé s'échappa de sa gorge. Il retomba sur le lit, son sperme éclaboussant son ventre tandis que Rock continuait à aller et venir en lui.

Serrant les dents, Rock se força à résister à l'orgasme. Il voulait sentir chaque spasme, chaque frisson tordre le corps de Carter. Prendre tout ce qu'il y avait à prendre avant que ce soit terminé.

Il attendit qu'il soit inerte et languide sous lui pour s'autoriser enfin à se laisser aller. Son plaisir explosa dans un flot brûlant. Le râle qui monta de sa poitrine était nourri par des années de rage, de frustration et de désespoir. Il goûtait ce bonheur qu'il s'était refusé toute sa vie.

Enfin.

Chapitre 15

Carter n'aurait su dire combien de temps il resta étendu sur les draps, épuisé, sans énergie. La respiration de Rock s'apaisait contre sa nuque, son poids devenait plus lourd. Il s'imprégna de cette sensation inédite jusqu'à ce que la nécessité de respirer l'oblige à réagir. Il poussa d'un geste alangui l'épaule solide de Rock. Son état de faiblesse aurait dû faire naître en lui un sentiment de panique mais il n'en était rien.

Rock se détacha de lui, et il se mordit la lèvre pour réprimer un cri. Il aurait mal partout, demain matin. Mais cela lui était égal. Il aimait l'idée de garder un souvenir de cette nuit.

Le matelas se souleva quand Rock se leva pour passer dans la salle de bains, lui offrant une vision splendide de ses fesses. Impossible de rester indifférent : cet homme était musclé de la tête aux pieds.

L'air glissa sur sa peau moite et il frissonna. Il aurait pu se rhabiller mais il n'avait pas la force de bouger. Il ne ressentait pas non plus ce besoin viscéral de se laver et de filer comme une flèche comme à la fin d'une passe.

Il sursauta en sentant un linge mouillé atterrir sur son ventre. Rock lui sourit avant de sortir. Sans doute pour éteindre la lumière dans la salle de séjour. A moins que ce soit une façon subtile de lui demander de partir ?

L'inquiétude le fit redescendre brutalement de son petit nuage. Ils n'avaient pas eu une relation tarifée mais cela ne signifiait pas pour autant que Rock avait des attentes différentes de celle de ses clients habituels.

Il se dirigea vers la salle de bains. Au moins Rock lui aurait laissé le temps de se laver. La plupart des clients ne lui accordaient même pas cette faveur.

Il avait regagné la chambre et ramassait son jean pour se rhabiller quand la silhouette de Rock se dessina sur le seuil. Sa gorge se serra, et un voile noir passa devant ses yeux. Heureusement il avait appris depuis longtemps à ne pas laisser paraître ses émotions.

— Hé.

Impossible de déchiffrer ce que Rock attendait de lui à travers cette petite syllabe hésitante. Cela pouvait aussi bien vouloir dire « Je fais quoi maintenant ? » que « Comment lui faire comprendre que je veux qu'il dégage ? »

Il prit une respiration, leva les yeux et serra son jean entre ses mains. Rock apportait un plateau sur lequel il avait disposé un verre de lait et une assiette de biscuits.

— Tu t'en vas ?

Sous la dureté de la voix perçait une fragilité qui lui fit lâcher ses vêtements. Une joie sauvage l'envahit, absurde, totalement disproportionnée, mais tant pis.

Il se recoucha avec un large sourire.

— Pas si tu as l'intention de partager ces merveilles avec moi.

L'odeur des tuiles en chocolat flotta jusqu'à lui, réveillant le souvenir lointain d'après-midi douillets et tendres. Sa mère avait coutume de dire que les biscuits guérissaient tous les maux. Elle n'avait pas tort.

Il empila des coussins contre la tête de lit et tapota la place vide à côté de lui.

— Allez, viens.

— Minute, j'apprécie la vue, dit Rock avec un sourire insolent.

— Tu verras encore mieux d'ici. Dépêche-toi mes biscuits refroidissent.

Rock s'agenouilla sur le lit mais garda sa récompense hors de portée.

— Qui te dit qu'ils sont pour toi ?

Carter lâcha un éclat de rire. Ce fut presque trop facile d'attraper les testicules de Rock, vulnérables et offerts, juste à la hauteur de ses yeux. Rock gronda mais ne recula pas et ne lui donna pas les biscuits.

— Je commence à croire que tu m'as attiré ici sous un mauvais prétexte en me faisant miroiter des tuiles maison au chocolat.

— Ha, grommela Rock. Je croyais que c'était moi que tu désirais.

Carter fit rouler un testicule entre ses doigts, lui arrachant un juron étouffé.

— C'est toi, oui.

Il se pencha et déposa un baiser sur son sexe au repos. Aussitôt, son sexe tressaillit, et Rock marmonna un autre juron. Carter l'observa entre ses cils.

— Mais j'ai besoin de nourriture si je veux être d'attaque pour le deuxième round.

Il caressa d'un doigt les zones si sensible, près de de l'aine de Rock.

— Vantard.

Rock recula et se contorsionna pour s'asseoir sans rien renverser de son plateau.

Carter rabattit en riant la couverture sur lui puis se pencha pour l'embrasser sur la joue. Il n'arrivait pas à croire qu'il lui apporte du lait et des biscuits au lit. C'était trop mignon.

— Non, c'est une promesse.

Il savoura le contact râpeux de sa barbe naissante et l'odeur de sexe qui imprégnait sa peau avant de tendre la main vers l'assiette.

— Donne.

— D'accord mais il va falloir partager, insista Rock en cédant.

— C'est bien parce que c'est toi.

Le chocolat tiède fondit sur ses doigts quand il prit un biscuit. La première bouchée lui fit pousser un gémissement d'extase. Il ne se souvenait pas avoir mangé de biscuits aussi exquis ! Il ferma les yeux pour mieux savourer la saveur du chocolat crémeux.

— Ils sont bons ?

Il s'aperçut que Rock guettait anxieusement sa réponse. Une fois encore, cette fragilité le toucha plus qu'il n'aurait su le dire.

— Tu plaisantes ? dit-il en dégustant une nouvelle bouchée de paradis. Ils sont géniaux.

Il mit l'assiette hors de portée de Rock.

— Va chercher la tienne, celle-là est pour moi.

— Sûrement pas.

Rock lui donna une tape sur le bras avant de changer de tactique : il l'attira à lui et lui mordilla le creux du cou.

— Hé !

Carter se tortilla en riant pour essayer de s'échapper mais l'étreinte de Rock était solide. Au bout d'une seconde, il renonça à lutter. Appuyant sa tête contre l'épaule de son amant, il prit un biscuit dans l'assiette.

— D'accord. Tiens.

Rock tenait le verre de lait d'une main et le maintenait

serré contre lui de l'autre, alors il ouvrit la bouche. Carter y glissa un biscuit. Si on lui avait dit le matin qu'il passerait la soirée au lit avec Rock, un homme qui osait à peine croiser son regard la première fois qu'ils s'étaient rencontrés, et qu'il lui donnerait la becquée, il ne l'aurait pas cru.

— Tu dorlotes toujours tes conquêtes ? demanda Carter en se blottissant dans la chaleur de son torse.

— Je n'ai jamais invité personne dans mon lit. Tu es le premier.

Carter dut prendre sur lui pour ne pas trahir sa stupéfaction. Certes, il venait seulement d'admettre son homosexualité mais il avait quand même dû fréquenter quelqu'un avant lui. Il prit une autre tuile et la présenta à Rock.

— Même pas une fille ?

Rock prit une bouchée de biscuit puis secoua la tête.

— Vraiment ? Je me sens spécial.

— Tu es spécial, acquiesça Rock en pressant un baiser dans ses cheveux.

Carter savait qu'il ne devait pas prendre cette remarque trop au sérieux, ce n'étaient que des mots. Un escort n'était pas quelqu'un de spécial, pour personne. Mais cette nuit l'était, à tout point de vue. Et une émotion violente lui serra la gorge.

Il croqua dans un biscuit pour se donner une contenance et regarda le décor de la chambre. Les murs vert foncé mettaient en valeur le parquet sombre. Pas le moindre désordre sur la commode. Pas même un petit bol de monnaie. Juste une photo dans un cadre argenté et une lampe. Rien d'autre.

Pas de vêtements abandonnés sur la chaise dans l'angle, ni de chaussures sur lesquelles on risquait de trébucher. Rock était un homme d'intérieur accompli, ce qui était plutôt positif. Mais lui arrivait-il de se relaxer ?

Ils finirent l'assiette de biscuits et partagèrent le lait dans un silence détendu. En général, Carter attendait d'être rentré chez lui pour dormir. Mais c'était trop bon de rester dans les bras de Rock, d'imaginer que le monde extérieur n'existait plus et que personne n'allait le juger ou lui lancer des pierres à cause de ses choix de vie.

Rock le poussa doucement pour se lever. Dès que la chaleur de son corps le quitta, il frissonna, comme un rappel que tout ce qu'ils étaient en train de vivre était éphémère. Il rassembla tout son courage pour demander :

— Tu veux que je parte ?

Rock se retourna et le dévisagea.

— Seulement si tu en as envie.

Carter fit un nouveau saut dans l'inconnu et secoua la tête en souriant.

— Non, je n'en ai pas envie.

Rock lui adressa un petit signe de tête.

— Parfait. Je reviens.

Il sortit, ses pieds nus ne faisant aucun bruit sur le plancher tandis qu'il disparaissait dans le couloir.

Carter fit une brève incursion dans la salle de bains avant de revenir se coucher. Il tapotait les oreillers quand les lumières s'éteignirent dans le séjour. Seule la lumière des réverbères filtrant à travers les rideaux lui permit de distinguer la silhouette de Rock quand il entra dans la chambre.

Après un passage par la salle de bains, Rock se glissa dans le lit. Il l'enlaça, une jambe en travers de la sienne et posa sa joue sur son torse comme s'ils avaient fait ça toute leur vie.

— Ça ne t'ennuie pas ?

Il y avait de l'incertitude dans sa voix et aussi quelque chose qui ressemblait à de la crainte.

Carter se serra plus étroitement contre lui et laissa

échapper un long soupir de bien-être. Pour la première fois de sa vie, il se sentait à sa place.

— Au contraire, dit-il tout doucement.

Enlacer quelqu'un pour le simple plaisir de se blottir dans ses bras faisait partie de ces petits bonheurs que les gens oubliaient d'apprécier par habitude. Mais pour lui, c'était un cadeau rare.

— Merci.

C'était à peine plus qu'un murmure.

— De quoi ?

Le silence se prolongea si longtemps qu'il pensa que Rock n'allait pas lui répondre puis sa réponse lui parvint enfin, à peine audible :

— D'être là.

Oh, Dieu ! Carter reçut les mots en plein cœur. Rock connaissait comme lui la terrible solitude de ceux qui cachent qui ils sont au reste du monde. Ils se comprenaient.

Il passa une jambe sur celles de Rock et l'étreignit plus étroitement.

— Aussi longtemps que tu voudras.

C'était la vérité. Il ne pourrait jamais rien refuser à cet homme.

Tandis que la respiration de Rock se faisait plus lente et régulière, Carter s'obligea à rester réveillé. Il voulait graver cet instant dans sa mémoire afin de se le remémorer plus tard, quand tout serait fini.

Chapitre 16

Rock ouvrit les yeux à la seconde où son subconscient décela l'anomalie. Bordel, qui était dans son lit ? Un petit murmure de protestation s'éleva en réponse à son sursaut, et il perçut une odeur masculine de sexe et de sueur. Le souvenir de la nuit passée lui revint instantanément.

Carter. Il était au lit avec Carter.

Il se relaxa sous les draps avec un long soupir. Carter marmonna dans son sommeil et lui tourna le dos. Soudain privé de son contact, de sa chaleur, il sentit un vide profond l'envahir. Il n'était pas prêt à retourner à sa solitude. Pas encore.

Roulant sur le flanc, il se lova contre Carter. Tout son être reprit vie en sentant sa force, ses muscles contre sa peau. Envolée, la sensation de vide. Il retrouvait ce sentiment de plénitude qu'il avait ressenti cette nuit. Et il repoussa les doutes du lendemain qui cherchaient à transformer la magie de la passion en quelque chose de sordide et de laid.

Ils ne faisaient rien de mal.

Il se serra contre Carter jusqu'à ce qu'il n'y ait plus le moindre espace entre eux et glissa doucement un genou entre ses cuisses. Son sexe trouva naturellement sa place sous la courbe des fesses de Carter. Ils se complétaient à la perfection.

Il lui fut impossible de résister au plaisir de frotter son nez contre sa nuque. Une respiration lui apporta tout ce qui composait l'essence même de Carter, mélange enivrant de sophistication, de force, de douceur et de compassion. Il rit tout bas de sa sottise. Ça ne lui suffisait plus de piquer des fards toutes les trente secondes, voilà qu'il pensait comme une midinette. Une chance que sa famille vive en Géorgie, sinon ils l'auraient flanqué dehors en le traitant de tapette.

Mais ils n'étaient pas là, contrairement à Carter.

Il sentait les lignes dures et douces de son torse sous sa paume. Pourquoi avait-il attendu aussi longtemps pour découvrir ces sensations merveilleuses ? Caresser un homme, onduler contre lui, peau contre peau. Jamais plus il ne pourrait renier sa véritable identité.

Il désirait Carter. Y avait-il une chance que cet homme hors du commun souhaite le revoir après aujourd'hui ?

Il frotta sa joue piquante de barbe sur son épaule et sentit Carter frissonner tout en marmonnant une protestation. Réprimant un rire, Rock déposa de petits baisers sur sa peau rosie par le frottement de sa barbe et prit le sexe rigide de Carter dans sa main.

Carter laissa échapper un soupir où se mêlaient désir et agacement et avança les hanches, poussant son sexe dans sa paume. Le mouvement était sensuel, si naturel… Rock bougea les hanches au même rythme.

Carter laissa échapper un autre soupir avant de basculer la tête vers lui.

— C'est bon, souffla-t-il d'une voix rauque et ensommeillée.

— Bonjour, murmura Rock contre son épaule.

Il caressa du pouce le bout du sexe de Carter, décrivant des cercles paresseux. Il n'y avait aucune urgence dans ses gestes, aucune pression. Qu'il jouisse ou non n'était même pas important. Il voulait seulement réveiller son amant en lui procurant des sensations délicieuses.

— C'est le matin ?

— Mmm.

Il parsema sa nuque de baisers.

— Le soleil est déjà levé.

Carter tâtonna derrière lui pour agripper les fesses de Rock et le tint serré contre lui tandis qu'il continuait à onduler des hanches.

— On s'en fiche.

— Exact. A moins que tu sois attendu quelque part.

Il lui mordilla l'épaule, l'extrémité de son sexe bandé glissant le long des fesses de Carter.

Carter retint son souffle et empoigna plus fort ses fesses.

— Non. Je suis libre.

C'était la meilleure nouvelle qu'il ait entendue depuis des mois.

— Parfait.

Il fit glisser sa main sur le torse de Carter, cherchant ses mamelons. Il les pinça puis les griffa avec le bout de ses ongles jusqu'à ce qu'ils deviennent durs et sensibles.

Carter sursauta, haletant, avant de se lover plus étroitement contre lui, frottant ses fesses contre le sexe bandé de Rock dans un long va-et-vient qui lui arracha un gémissement rauque.

— Tu peux atteindre le lubrifiant ?

Rock n'avait aucune envie de bouger, il était trop bien, mais ce mot évoquait des images tellement excitantes qu'il tendit le bras pour attraper le tube sur la table de nuit.

Carter roula sur le dos et tendit la main.

— Donne.

Rock se figea, hypnotisé par le visage de Carter. Il avait

l'air d'un ange avec ses cheveux ébouriffés. Ses yeux bleus le dévisageaient, embrumés par le désir et par une émotion dans laquelle il crut percevoir de la tendresse.

Esquissant un sourire, Carter se redressa pour l'embrasser sur les lèvres. Puis il lui prit le tube des mains et pressa une noix de gel dans sa paume.

— Viens là.

Rock obéit. Un long ronronnement de plaisir lui échappa quand Carter prit son sexe dans son poing. La fraîcheur du lubrifiant n'était pas une sensation nouvelle, mais c'était la première fois qu'un autre que lui-même l'en enduisait.

Il attira Carter à lui d'un mouvement brusque et l'embrassa à pleine bouche sans que son amant oppose la moindre résistance. Leur baiser fut doux et paresseux. Rock prit tout son temps pour l'explorer, le goûter, retrouvant les nuances délicieuses qu'il avait découvertes la nuit dernière.

Carter referma la main autour de leurs deux sexes. Un éclair de plaisir traversa les testicules de Rock, si intense qu'il dut interrompre leur baiser pour reprendre son souffle.

Il posa la main sur celle de Carter, et ils se caressèrent ensemble, avec de longs mouvements paisibles qui faisaient monter lentement la passion. C'était une volupté différente de celle de la veille, indescriptible. Incroyablement douce.

— C'est trop bon, chuchota Carter en frottant sa joue contre le menton de Rock. Je ne veux pas jouir maintenant.

— Je sais.

Le glissement de leurs mains bruissait dans le silence, à un rythme qui ne cessait d'augmenter. Rock avait beau vouloir ralentir, son corps réagissait d'instinct. Ses hanches se soulevaient malgré lui, chaque mouvement l'amenant plus près du point de non-retour.

— Jouis pour moi, Rock.

Les mots chuchotés à son oreille entamèrent sérieusement les derniers vestiges de sa résistance.

— Je veux te regarder. S'il te plaît.

Cela suffit à le faire basculer. L'extase l'emporta dans une explosion de lumière, et il se cambra tandis que son sperme jaillissait sur leurs mains.

— C'est trop, articula Carter d'une voix rauque avant de céder à son tour à l'orgasme.

Rock se força à ouvrir les yeux pour surprendre les émotions qui se succédaient sur le visage de Carter. Plaisir, extase, satisfaction — le reflet exact de ce qu'il ressentait.

Ils restèrent un long moment l'un contre l'autre, cherchant leur souffle, puis Rock se pencha pour terminer ce moment parfait par un baiser langoureux. Il allait glisser les doigts dans les cheveux de Carter quand ce dernier lui immobilisa le poignet d'une main de fer.

— Ne t'avise pas de toucher un seul de mes cheveux avec ça.

Il montra ses doigts luisant de lubrifiant et de sperme.

Rock fit mine de passer outre mais Carter recula à l'autre bout du lit en riant.

— Pas touche !

Il se leva sans se soucier de sa nudité et montra la salle de bains d'un signe de menton.

— Tu te joins à moi ?

Il sortit de la chambre sans attendre sa réponse, et Rock savoura le spectacle qu'il lui offrait avant de se laisser retomber sur les draps. Il regarda le plafond pendant que le crépitement de la douche montait de la salle de bains. C'était la matinée la plus extraordinaire de toute sa vie. Un sourire heureux éclaira son visage. En refusant d'admettre son homosexualité pendant toutes ces années il n'avait pas simplement muselé son désir, il s'était aussi privé d'une grande source de joie.

Mais ce temps-là était révolu.

Il se leva. Pas question de passer à côté d'un Carter ruisselant d'eau chaude et couvert de savon. Encore une expérience à explorer. Ça tombait bien : il avait toujours voulu connaître la capacité de son ballon d'eau chaude. Et Carter était la personne au monde avec laquelle il avait le plus envie de réaliser ce test.

Carter avala sa dernière rondelle de banane et observa Rock, debout de l'autre côté du bar. Il finissait d'essuyer le comptoir, dos tourné. Les muscles de ses épaules tendaient son T-shirt noir, et il pouvait presque les sentir jouer sous ses paumes, comme tout à l'heure, sous l'eau chaude.

Ils avaient pris une douche scandaleusement longue, entrecoupée de caresses sensuelles et de baisers. Ils s'étaient savonnés mutuellement, sans laisser un seul centimètre de leurs corps inexploré. S'ils n'avaient pas épuisé la réserve d'eau chaude, ils y seraient encore. Il passa la main dans ses cheveux humides et ramena son esprit vers le présent.

— Quels sont tes plans pour la journée ?

D'habitude, il ne posait jamais ce genre de question, c'était trop personnel. Mais sa relation avec Rock échappait à toutes les règles. Il n'avait pas coutume de se réveiller dans les bras d'un homme, de partager sa douche et son petit déjeuner, ni d'avoir envie de tout connaître de la vie de celui avec qui il avait dormi.

Il ne pouvait pas employer le mot baiser. Ce n'était pas ce qu'ils avaient fait hier… ni ce matin. Il baisait avec ses clients. Avec Rock, c'était différent. Tellement différent qu'il redoutait l'avenir. La seule idée de reprendre son travail lui donnait la nausée.

Rock haussa les épaules et plia le torchon avant de le poser sur le bord de l'évier.

— Rien de spécial. J'ai un peu de travail à faire ici et je dois être au club à 18 heures. Pourquoi ?

— Simple curiosité.

Carter fronça les sourcils en essayant de rappeler si Rock lui avait dit où il travaillait.

— C'est quel club ?

Rock se figea, et Carter se raidit en sentant une soudaine tension dans la pièce.

— Je suis agent de sécurité au Red Room.

Le Red Room. Bien sûr. Voilà pourquoi il l'avait demandé, lui, tout spécialement. Voilà d'où il le connaissait. Tout s'éclairait. Carter se sentit horriblement mal à l'aise.

— C'est comme ça que tu m'as connu.

Rock hocha la tête.

— Je prends des renseignements sur les futurs clients et je surveille les écrans de contrôle.

— Donc, tu connais Tyler.

— Oui.

Rock baissa les yeux.

— C'est un ami.

Il se massa la nuque.

— Il… Il m'a dit que tu l'avais aidé et que je pouvais avoir confiance en toi.

Carter se força à sourire.

— Alors il faudra que je le remercie.

Une pensée soudaine le traversa.

— Il sait à propos de nous ? De toi ?

— Oui.

Rock s'éclaircit la gorge.

— C'est sorti tout seul le jour où tu m'as demandé de te rejoindre à la cafétéria.

C'était il y avait juste un peu plus d'une semaine, mais cela semblait déjà très loin. La dernière pièce du puzzle se mit en place, et Carter se força à réfléchir à la chronologie des événements.

— Tu as appelé l'agence et arrangé notre deuxième rendez-vous le lendemain du jour où je suis allé au club.

Rock baissa les yeux.

— Je ne supportais pas de te regarder avec ce type. C'est à ce moment-là que j'ai su que je devais te revoir.

— Me regarder ?

C'était une chose de savoir que le club était sous surveillance vidéo. Mais c'en était une autre d'apprendre que Rock l'avait observé avec un client.

Rock passa d'un pied sur l'autre, son embarras visible.

— Je travaille à la sécurité depuis que le club a ouvert ses portes. J'ai vu tellement de scènes de sexe que je n'y prête plus attention. Et personne ne m'avait jamais troublé jusqu'à toi.

— J'ai commencé à fréquenter le Red Room il y a plus d'un an.

— Je sais.

Carter s'adossa à son tabouret de bar et croisa les bras dans un réflexe protecteur. Rock l'avait remarqué depuis plus d'un an ?

— Qu'est-ce qui t'a finalement décidé à prendre rendez-vous avec moi ?

Cette fois, Rock soutint son regard sans fléchir.

— Je peux obtenir toutes les infos que je veux sur n'importe qui. Mais les données informatiques restent à la surface des choses. Ton amitié avec Tyler m'a finalement apporté ce que je cherchais.

— Comment ça ?

— J'ai confiance en Tyler, et il a confiance en toi.

Rock haussa les épaules.

— Ça m'a suffi.

Carter n'en revenait pas. Cet homme timide, introverti, lui avait fait confiance. Il l'avait choisi pour s'ouvrir. C'était… simplement incroyable. Personne n'avait jamais cru en lui de cette façon. La colère qu'il avait ressentie quelques instants plus tôt en apprenant qu'il l'avait observé disparut aussitôt, remplacée par une douce chaleur sur laquelle il ne parvenait pas à mettre un nom.

— Et toi ? demanda Rock comme le silence se prolongeait. Tu as des projets pour la journée ?

Carter tourna les yeux vers les grandes baies vitrées qui dévoilaient un ciel étonnamment clair, et même du soleil. Il saisit avec soulagement l'opportunité qui lui était offerte de changer de sujet.

— Pas vraiment. Je vais probablement aller faire un peu de sport à la salle de gym et ensuite j'essaierai de prendre des photos. Le contraste du soleil sur la neige donne généralement de bons clichés, en particulier dans les quartiers à l'abandon.

Rock le dévisagea avec stupeur.

— Tu fais de la photo ?

L'information lui avait échappé. Il rangea son assiette dans le lave-vaisselle pour se donner une contenance.

— Oui.

— C'est cool. Je ne savais pas. Tu n'as pas de site Web.

Carter haussa les épaules comme si le sujet était sans importance.

— Tu sais, c'est juste un hobby.

— Tu vas dans quels coins ?

Il y avait un intérêt sincère dans les yeux de Rock mais Carter ne savait pas trop comment réagir.

— Oh ! Ici et là.

Il lui arrivait de parler de ses photos avec les locataires de la résidence parce qu'ils ignoraient qu'il gagnait sa vie comme escort. Mais dévoiler à Rock sa passion secrète lui semblait trop intime, presque impudique.

— Tu y vas souvent ?

Son insistance était à la fois agaçante et touchante. Pour se donner une contenance, il quitta la cuisine et se dirigea vers l'entrée. Rock le suivit et appuya son épaule contre le mur pour le regarder mettre ses boots.

— Ça dépend. Pourquoi ?

C'était plus fort que lui, il n'avait pas l'habitude qu'un homme s'intéresse à lui pour d'autres raisons que sexuelles.

Rock haussa les épaules.

— Je ne sais pas, ça a l'air amusant.

Il enfonça les mains dans ses poches avant de poursuivre en lui lançant un regard en coin.

— Si tu as envie de compagnie ou d'un coup de main, fais-le moi savoir.

Il avait l'air à la fois si déterminé et si… mal à l'aise. Carter ne put réprimer un sourire et passa un bras autour de ses épaules, sa méfiance envolée.

— Tu veux jouer les caddies ?

Rock l'enlaça avec force, le désir étincelant dans ses yeux.

— Aussi souvent que tu le voudras.

Le rire de Carter mourut sur ses lèvres quand Rock l'embrassa. Un baiser dur et passionné qui le laissa pantelant. Il se força à reculer avant que ça se termine au lit.

— Il faut que j'y aille.

Il enfila son manteau avec des gestes nerveux.

— Il se peut que je fasse une virée dimanche, si le temps

le permet, laissa-t-il tomber d'un ton qu'il espérait désinvolte tandis qu'il se concentrait pour fermer la fermeture Eclair de son manteau.

— Ah oui ?

Un large sourire illumina le visage de Rock. Le bonheur le métamorphosait. Le rayonnement de ses yeux transformait complètement son expression.

— Génial. Téléphone-moi. Je serai ton petit assistant zélé.

Son enthousiasme le fit rire.

— Et tu vas me coûter combien ?

Rock avança vers lui et lui agrippa les fesses pour l'attirer à lui et frotter son entrejambe contre le sien.

— Le seul paiement que je veux, c'est ça.

Se rendant visiblement compte de ce qu'il venait de dire, il recula si vite qu'il faillit trébucher.

— Ce n'est pas ce que je voulais dire !

Et voilà. Carter retint un soupir. Il avait suffi d'une malheureuse petite phrase pour que sa profession se dresse de nouveau entre eux comme un épouvantail. Mais il refusait d'en rougir. Il n'avait pas honte de ce qu'il faisait et il ne laisserait personne, ni Rock ni qui que ce soit, l'humilier.

— Je sais.

Il se détourna, mâchoires serrées.

— Il faut que j'y aille.

— Carter, attends ! Bon sang !

Ce fut le désespoir dans la voix de Rock qui l'arrêta. Il sentit dans son propre corps chaque pas de Rock qui se rapprochait de lui. Comme si un courant invisible les reliait.

— Je suis désolé. C'était une réflexion stupide. Mais on ne peut pas nier le problème. Il faut qu'on en parle.

Non. Il n'était pas sûr de pouvoir le supporter. Personne n'avait jamais rien de positif à dire sur sa profession.

Rock dut prendre son silence pour un consentement parce

qu'il lui enlaça la taille pour l'attirer à lui. *Merde.* Pourquoi fallait-il que ce soit aussi bon ?

— Je n'aime pas penser à ton travail.

Ces mots choisis avec soin lui firent mal. Seule la colère lui permettrait de masquer sa souffrance. Il lâcha un rire dur.

— Ne tourne pas autour du pot. Des hommes me paient pour que je baise avec eux. Je suis une pute.

Il essaya de se dégager mais Rock resserra son étreinte.

— Bon Dieu, laisse-moi finir !

Carter appuya son front contre la porte, la respiration douloureuse. Il détestait ce terme — pute. Alors pourquoi se faisait-il du mal en l'employant ?

Parce qu'il ne pouvait pas échapper à la réalité, aussi brutale soit-elle. Il vendait son corps pour de l'argent. Il pouvait raconter tout ce qu'il voulait pour justifier son mode de vie, cela n'y changeait rien. Pas quand Rock s'apprêtait à le condamner.

— Tu n'es pas une pute pour moi. Avec moi, murmura-t-il.

Carter sentit son cœur battre à toute volée tandis qu'il essayait de ne pas croire à l'espoir que ces paroles faisaient naître en lui.

Rester ne lui apporterait que de la souffrance et pourtant il ne parvenait pas à partir. Finalement, il trouva en lui-même la force de se retourner. S'ils devaient avoir cette conversation, autant l'affronter la tête haute.

Rock recula d'un pas, bras croisés sur sa poitrine. Ses lèvres étaient serrées, ses sourcils froncés. Comme s'il était prêt à se battre.

— Avec combien de types as-tu eu un vrai rendez-vous depuis que tu es escort ?

Carter laissa un rire ironique lui échapper. Il secoua la tête et détourna les yeux. C'était beaucoup plus facile de fixer les taches bleues, vertes et noires du tableau abstrait accroché au mur que de croiser le regard de Rock.

— Pas un seul depuis neuf ans. La deuxième fois qu'un homme est parti de chez moi en claquant la porte avec dégoût, j'ai su que je ne pourrais jamais avoir de vraie relation tant que je serais dans ce business.

— Alors pourquoi es-tu ici ?

C'était une bonne question. Il regarda Rock, l'ébauche de sourire au coin des lèvres.

— Honnêtement, je ne sais pas. Tu étais peut-être trop beau pour que je te résiste.

— Ha !

Rock porta la main à sa cicatrice.

— Je sais que tu mens.

— Arrête !

Il était de nouveau en colère. Mais cette fois ce n'était pas contre Rock.

— Je t'interdis de dire ça ! Cette marque sur ton visage n'a rien à voir avec ce que tu es !

Rock plongea son regard dans le sien.

— Tout comme tu ne te réduis pas à ton travail ?

La façon dont il avait réussi à retourner son argument contre lui arracha un sourire. Il secoua lentement la tête pendant que Rock l'enlaçait.

— Et tu prétends que tu n'es pas doué pour la conversation, dit-il avec une ironie teintée d'amusement. Tu viens de me mettre K-O.

Rock lâcha un rire très doux et pressa son front contre le sien.

— Tu ne m'as pas laissé le choix. Tu allais partir.

— Tu m'acceptes tel que je suis ?

Il devait en être sûr avant d'aller plus loin avec lui.

Le baiser de Rock fut sans doute le plus tendre qu'il ait jamais reçu.

— Totalement, oui.

Et il n'était même pas au courant de sa décision de quitter l'agence. C'était à peine croyable !

Il attira Rock à lui pour lui montrer combien il appréciait la chance qu'il venait de leur offrir. Parfois, un baiser en disait plus long que des discours.

Chapitre 17

— On va où ? demanda Rock tout en tendant la main vers sa ceinture de sécurité.

Carter lui saisit le menton et captura sa bouche dans un baiser lent et amoureux qui lui fit oublier le reste du monde.

— Bonjour, murmura Carter en relevant la tête.

Rock resta figé sur son siège, un sourire hébété aux lèvres pendant que Carter démarrait et sortait du parking. Ils avaient communiqué par textos tous ces derniers jours mais Carter lui avait manqué à un point inquiétant. Il se secoua et boucla sa ceinture.

— Il y a un immeuble abandonné sur l'autre rive du fleuve.

Un petit air de printemps flottait dans l'air. Le ciel était dégagé, et pour la première fois de l'année la température dépassait les dix degrés.

Rock jeta un coup d'œil à la banquette arrière et aperçut deux sacs contenant du matériel photo et un trépied.

— Il y a combien de temps que tu fais de la photo ?

Carter haussa les épaules.

— J'ai commencé au collège quand on m'a offert mon premier appareil Nikon numérique avec une lentille réglable.

Il lança un rapide regard à Rock.

— Je suivais une spécialisation en photographie mais j'ai dû l'arrêter faute d'argent.

— C'est à ce moment-là que tu as commencé à travailler comme escort ?

— Oui.

Le ton était bref, presque cassant. Rock posa la main sur sa cuisse. Comme si ce contact l'avait brûlé, Carter tourna la tête vers lui d'un mouvement brusque avant de ramener son attention sur la route. Rock ne retira pas sa main. Il avait envie de le toucher, de lui dire qu'il était là.

— Je n'imagine pas faire ce choix, avoua-t-il avec franchise.

S'engager dans l'armée lui avait sauvé la vie quand il était plus jeune. Il y avait trouvé un cadre, une rigueur dont il avait besoin.

Carter couvrit sa main de la sienne et enlaça ses doigts avec force.

— A l'époque, ça ne me paraissait pas si terrible. Je me disais que c'était temporaire, que j'arrêterais dès que j'aurais gagné de quoi finir mes études.

Il lâcha un éclat de rire sans joie, comme pour se moquer de sa propre naïveté.

— Que s'est-il passé ?

Carter jeta un coup d'œil dans son rétroviseur et mit le clignotant pour signaler qu'il quittait l'autoroute. Il lâcha la main de Rock pour manœuvrer dans les petites rues puis poussa un soupir las.

— Aucune idée.

Il y avait une soudaine distance dans sa voix. Rock le comprenait. Parfois la vie sortait de ses rails sans qu'on sache pourquoi.

— D'abord, j'ai remboursé toutes mes dettes. Ensuite, je me suis dit que j'allais continuer un peu pour éviter de me retrouver une nouvelle fois sur la paille. Et avant que j'aie compris, il s'était écoulé quatre ans. Je gagnais bien ma vie, je mettais de l'argent de côté. J'avais vingt-six ans quand mon premier contrat de cinq ans est arrivé à son terme. Je l'ai renouvelé parce que je ne savais rien faire d'autre.

Rock contempla le paysage, perdu dans son propre passé.

— Je vois ce que tu veux dire. Moi, je me suis engagé dans l'armée à la fin du lycée parce que je ne savais rien faire d'autre. J'ai été éduqué pour devenir soldat par un père qui était lui-même soldat et fils de soldat. Je ne me suis jamais posé de question sur mon avenir, pour moi l'armée était une évidence.

— Tu n'as jamais pensé à faire autre chose ?

— A l'époque, non.

Carter se gara sur un parking abandonné, jonché de détritus, de touffes d'herbes brûlées par le froid et à moitié enfouies sous une épaisse couche de neige sale. Une clôture en grillage, qui semblait prête à dégringoler au premier coup d'épaule, séparait le parking d'un immeuble abandonné de trois étages.

Rock descendit de voiture. Des odeurs de poubelle et de terre flottaient dans l'air froid. Carter passa ses sacs en bandoulière, et Rock s'approcha pour prendre le trépied.

— Tu es déjà venu ici ?

Il le suivit le long du grillage jusqu'à un endroit où les mailles avaient été sectionnées. Ils passèrent par l'ouverture puis se dirigèrent vers le bâtiment, la neige craquant sous leurs bottes tandis qu'ils suivaient le chemin tracé par d'autres visiteurs.

— Une fois, cet été.

Carter leva les yeux vers le bâtiment tandis qu'ils contournaient l'immeuble.

— Mais je veux prendre quelques photos d'hiver.

Il s'arrêta devant une porte en métal qui avait dû être grise avant d'être dévorée par la rouille. Les gonds grincèrent bruyamment quand il la poussa.

— Ferme bien derrière toi.

Le claquement sonore résonna dans le vide. Carter se dirigea sans attendre vers un escalier vaguement éclairé par la lumière qui tombait de l'étage du dessus. Le bruit de ses pas résonna après qu'il eut disparu en haut des marches.

Rock dut attendre un moment que ses yeux s'ajustent à la pénombre avant d'avancer. Quelques traits de lumière traversaient les fenêtres fermées par des planches. Le rez-de-chaussée était totalement vide. Seuls subsistaient des poutrelles de soutien et de fines cloisons marquant l'emplacement de ce qui avait dû être des bureaux. Comme dans la plupart des bâtiments abandonnés, des graffitis et des tags recouvraient les murs.

D'une certaine façon, ça lui rappelait les villes du Moyen-Orient, ravagées par la guerre. Sauf que là-bas les coquilles éventrées des immeubles étaient noircies par le feu et les toits soufflés par les explosions.

Dans un coin de la pièce, il aperçut deux vieux bureaux en métal qui abritaient visiblement la planque d'un squatteur. Le vieux duvet et les sacs-poubelle noirs indiquaient qu'elle était toujours utilisée, ce qui expliquait aussi les empreintes de pas dans la neige. Ce devait être horrible de vivre dans la rue pendant les longs mois d'hiver. Sur une impulsion, il s'approcha du duvet et glissa deux billets de vingt dollars à l'intérieur.

— Tu viens ?

La voix de Carter semblait lointaine comme si elle venait d'en haut.

— J'arrive.

Il monta les marches deux par deux et s'arrêta au premier étage.

— Tu es où ?

— Au dernier étage.

Il gravit rapidement les deux dernières volées d'escaliers et déboucha dans un long couloir percé d'ouvertures sans portes et couvert de graffitis.

— Je suis là. Au fond, à droite.

Rock se laissa guider par la voix de Carter jusqu'à l'une des rares pièces où la lumière entrait à flots. Il cilla, protégeant ses yeux de la lumière aveuglante du soleil.

Carter se tenait devant ce qui avait été autrefois une baie vitrée mais n'était plus qu'un cadre ouvert sur le vide. Il tenait son appareil photo devant ses yeux et réglait l'objectif. Avec ses cheveux noirs baignés par la lumière et son visage si concentré, il composait un tableau à lui tout seul. De l'autre côté de la fenêtre, au loin, Rock aperçut les buildings de verre, de brique et de métal qui formaient le paysage familier du centre de Minneapolis.

D'autres graffitis apparaissaient sur les murs en décomposition, soulignant le contraste entre cette bâtisse à l'état de ruine et le modernisme étincelant des immeubles au loin. Il comprenait pourquoi Carter aimait cet endroit.

Avec son blouson d'aviateur marron sur un jean et des bottes, appuyé au cadre de la fenêtre pour prendre sa photo, il semblait étrangement décalé au milieu de ce décor décrépi et des gravats qui jonchaient le sol.

Rock sortit son téléphone portable et prit spontanément une photo pour immortaliser cet instant. Puis il regarda le cliché et l'émotion lui noua la gorge. La solitude de Carter hurlait sur cette image. Sa détresse, sa peur. Il ressemblait à ce décor abandonné. Ses épaules ployées semblaient porter un poids trop lourd pour lui.

C'était le vrai Carter, dépouillé de son armure d'apparences. Seul, effrayé. Il avait désespérément besoin que quelqu'un croie en lui.

Rock rangea lentement son téléphone. Il voulait être celui-là. Il aurait dû être terrifié mais c'était tout le contraire.

Il avança vers Carter d'un pas décidé, ses pas résonnant sur le sol en ciment. Carter tourna la tête vers lui et l'expression mélancolique de son visage se transforma peu à peu en méfiance au fur et à mesure que Rock se rapprochait de lui.

— Quoi ? demanda-t-il en s'écartant de la fenêtre.

Rock le repoussa doucement jusqu'à ce son dos soit appuyé contre le mur.

— Je t'ai dit à quel point tu étais incroyable ?

Il plongea son regard au fond du sien pour que Carter puisse voir qu'il ne plaisantait pas.

— Non.

— Eh bien je te le dis.

— Pourquoi ?

Carter ne cherchait pas les compliments, c'était une interrogation sincère, il le devinait. Alors, il pressa ses lèvres sur les siennes dans un baiser qui scellait une promesse silencieuse : celle de ne jamais le laisser tomber, quoi qu'il arrive. Il croyait en lui, tel qu'il était aujourd'hui et tel qu'il serait demain.

— Tu es quelqu'un de bien. Je ne sais pas comment j'ai fait pour te mériter mais je ne te laisserai jamais partir.

Carter fronça les sourcils.

— Je crois que tu me confonds avec quelqu'un d'autre.

— Oh non.

Il secoua la tête en souriant. Il n'était pas dupe. Il savait que l'insolence désinvolte de Carter était une armure destinée à cacher ses émotions.

— Je vais devoir te facturer mon temps si tu comptes exiger l'exclusivité de ma personne.

Rock ne se laissa pas piéger par sa provocation. Il l'embrassa tendrement.

— Tu as un forfait pour toute la vie ?

Carter laissa échapper un rire forcé.

— Je croyais que tu étais venu m'aider ?

— C'est ce que je fais, je porte le trépied.

Il se détourna pour dissimuler un sourire et laissa Carter prendre ses photos.

Ils passèrent plus de deux heures dans l'immeuble, allant d'une pièce à l'autre pendant que Carter prenait des clichés depuis des angles et des points de vue différents.

Ils terminèrent la séance sur le toit en terrasse où Carter installa le trépied. Les eaux sombres du Mississippi coulaient lentement. De l'autre côté de la rive, la jungle urbaine prenait le pas sur la nature.

— Viens.

Carter lui fit signe de le suivre. Il s'assit au bord du toit, les jambes dans le vide.

Rock s'installa à côté de lui. Les gravillons s'enfoncèrent dans son jean mais il n'y prêta pas attention. Il se serait assis sur des morceaux de verre pour être près de Carter. Il enfouit ses mains dans ses poches et ferma les yeux, savourant la caresse du soleil sur son visage.

— J'aime avoir une perspective différente sur ce qui nous entoure.

Rock contempla la vue face à eux. Le contraste entre présent et passé était criant entre les deux rives, aussi loin que portait la vue.

Carter se pencha vers lui, et le minuscule espace entre eux disparut quand leurs bras se touchèrent. L'odeur fétide du fleuve montait jusqu'à eux mais s'il tournait la tête, Rock savait qu'il percevrait le parfum léger de l'eau de toilette de Carter.

Ils étaient seuls au monde dans cette petite bulle de quiétude. Une douce brise effleurait gentiment les cheveux de Carter et rafraîchissait la nuque de Rock. De temps à autre, une bourrasque sifflait et lui gelait les oreilles avant de se disperser dans l'air transparent, remplacée par le bourdonnement lointain de la ville.

Il prit la main de Carter dans la sienne et se laissa pénétrer par la paix de cet instant jusqu'à ce que plus rien d'autre n'existe, hormis eux deux. Ils restèrent longtemps ainsi, chacun dans ses pensées, mais tout proches. Ils n'avaient pas besoin de mots pour communiquer.

— Merci, murmura-t-il enfin.

— Merci de quoi ?

— De partager ces minutes avec moi.

— Tu es le bienvenu dans mon monde, Rock.

Carter serra sa main, et Rock sourit. C'était tellement simple. Si seulement la vie pouvait être toujours aussi limpide.

— Qu'est-ce que tu as appris sur moi ?

La question vibra dans le silence, brisant le charme. Rock se crispa. Il se doutait que la question surgirait un jour ou l'autre. Il avait expliqué à Carter qu'il était un hacker, qu'il pouvait récupérer à peu près n'importe quelle donnée informatique. Mais il n'était pas entré dans les détails. Il se lança.

— Je sais que ton vrai nom est Samuel Carter Montrose et que tu en as changé officiellement il y a cinq ans.

Carter essaya de dégager sa main, mais il ne le laissa pas faire.

— Tu es né dans le Michigan, et ta famille s'est installée à Green Bay quand tu avais sept ans. Tes parents vivent toujours là-bas. Tu es fils unique et…

— Ça va, l'interrompit sèchement Carter.

Il prit une respiration, le regard fixé sur les buildings, au loin, avant de poursuivre :

— Ça ne me plaît pas que tu aies fouillé dans ma vie mais je ne peux rien y faire.

Il haussa les épaules et croisa enfin le regard de Rock.

— Le chapitre est clos. Parle-moi plutôt de toi.

— Qu'est-ce que tu veux savoir ?

Il ne voulait rien lui cacher. L'époque des secrets était révolue. Sa relation avec Carter était la meilleure chose qui lui soit arrivée. Il était prêt à tout pour la préserver.

Le sourire qui apparut sur les lèvres de Carter dissipa un peu la tension entre eux.

— Parle-moi de ta famille.

Le sujet aurait pu être facile mais ce n'était pas le cas. Comment aurait-il pu en être autrement alors qu'il avait passé son enfance et son adolescence à cacher sa vraie nature pour ne pas se faire chasser honteusement de chez lui ?

— Je suis le deuxième de trois enfants. Mon père était militaire de carrière, dans l'infanterie. On déménageait à chacune de ses affectations. Quand on a comme moi un don pour se faire des amis, c'est une expérience formidable…

Carter rit tout bas.

— Pauvre toi.

— Comme tu dis. A douze ans j'ai trouvé un ordinateur dans une poubelle. J'ai passé quatre mois à étudier des manuels, à chercher des pièces pour le réparer. Le jour où il s'est allumé ça a été comme une révélation. J'avais enfin un pote. Un confident. L'amant parfait.

Carter éclata de rire.

— Je suis jaloux. Je croyais que c'était moi.

Rock plongea son regard dans celui de Carter.

— C'est toi, oui.

Carter se pencha et l'embrassa sur les lèvres.

— Quand as-tu su que tu étais gay ?

Comme chaque fois qu'il pensait à cette période de sa

vie, Rock sentit son estomac se nouer, et une nausée lui remonta dans la gorge. Il laissa passer de longues secondes avant de répondre, dans l'espoir que Carter lui offrirait une porte de sortie — en vain.

— Cinq ans, c'est trop jeune ?

Sans attendre la réponse, il poursuivit :

— Je me souviens que tout petit déjà je regardais les garçons de mon école et que ça me plaisait, même si je ne comprenais pas pourquoi. J'ai grandi dans la croyance que l'homosexualité était une tare. Je voyais bien comment mon frère, mon père et tous leurs amis se moquaient des gays, et je ne voulais pas devenir une cible. Je ne pouvais pas.

Carter serra plus fort sa main dans la sienne sans parler.

— Au collège, j'avais des petites copines. Je me comportais comme n'importe quel garçon… et puis j'ai rencontré Nicholas. J'avais quatorze ans.

C'était douloureux d'en parler. S'il avait enfoui ce souvenir au plus profond de lui ce n'était pas par hasard.

— Il y a toujours un moment où tout bascule, dit paisiblement Carter.

— C'était la première fois que je me faisais un ami aussi facilement. Il avait deux ans de plus que moi mais cela n'avait pas d'importance. On est devenus inséparables jusqu'au jour où mon père nous a surpris en train de nous embrasser dans ma chambre.

Les souvenirs remontèrent en lui comme une lame de fond, ramenant avec eux la peur, la honte, l'horreur et le dégoût… comme si les vingt années écoulées n'existaient plus. Tout son corps brûlait malgré la température glaciale. Il descendit la fermeture de son blouson mais cela ne servit à rien. Il suffoquait.

— Parle, l'encouragea Carter. C'est le seul moyen d'évacuer.

Il dut déglutir plusieurs fois pour desserrer l'étau qui lui comprimait la gorge mais il finit par retrouver sa voix.

— Mon père a pété les plombs. Il a jeté Nicholas dehors et il s'est défoulé sur moi. Je ne me suis pas défendu. Je ne pouvais pas. Je savais que ce que j'avais fait était mal.

Le souvenir de la scène le fit frissonner. Son père était un colosse et il n'avait pas essayé de retenir ses coups.

— J'ai eu deux côtes cassées, un œil au beurre noir et le corps couvert de bleus. J'ai manqué le collège pendant une semaine. A mon retour, Nicholas était parti. J'ai appris que son père avait été muté sur une autre base. Mon père m'a confisqué mon ordinateur, et j'ai été interdit de sortie pendant un an. Mais c'était inutile : pour moi, ce qui s'était passé n'était qu'un accident.

Une bourrasque souffla dans son dos. Rock prit une profonde respiration et relâcha son souffle dans un long frisson. Comment un simple souvenir pouvait-il faire aussi mal ? C'était du passé et pourtant la plaie était toujours ouverte.

— Ta mère n'a rien dit ?

Il regarda ses doigts mêlés à ceux de Carter pour se donner du courage. Il n'avait pas cessé de fuir depuis cet épisode. Tête baissée sans jamais se retourner. Grâce à Carter, pour la première fois, il avait arrêté de courir. Cette main sur la sienne était une ancre qui l'amarrait à la vie, au monde.

Il secoua la tête.

— Elle m'a soigné mais elle a fait comme si de rien n'était. Dans ma famille on ne parle pas des problèmes. On fait comme si les ignorer allait les faire disparaître tous seuls. De toute façon, je ne lui aurais rien dit.

— Et ton frère et ta sœur ?

Il se mordit la lèvre.

— RJ a été pire encore que mon père. Le sergent-chef

a rayé cette journée de sa mémoire mais mon frère, lui, a fait en sorte que je ne l'oublie jamais. Rachel est la seule qui m'ait tendu la main. Elle a un an de moins que moi.

Il esquissa un sourire amer. Sa sœur avait toujours pris sa défense. A l'époque, il ne supportait pas qu'elle se mêle de ce qui ne la regardait pas. Mais, aujourd'hui, il admirait sa force de caractère. Elle était bien plus courageuse que lui.

— Elle voulait qu'on en parle mais je l'ai envoyée promener. Pour moi, l'incident était clos.

— Bien sûr, puisque tu n'étais pas gay.

La voix paisible de Carter vibra dans le silence, et Rock rit avec amertume de son propre aveuglement.

— Non, je n'étais pas gay. Je m'en suis persuadé pendant des années. J'avais une petite amie, je faisais tout ce qu'un garçon hétérosexuel est censé faire…

Il ferma les yeux.

— Une vie entière dans le déni, à me maudire chaque fois que je rêvais d'un homme ou que j'étais troublé en regardant un type qui me plaisait. Toute cette torture pour rien. Comme si on pouvait changer sa véritable nature.

Carter pressa un baiser au creux de sa paume.

— Ce n'est pas un choix.

— Je sais, murmura Rock. Crois-moi, je le sais.

Il ouvrit les yeux et secoua la tête.

Carter passa un bras autour de ses épaules. Sur une impulsion, Rock enroula son bras autour de sa taille et l'étreignit.

— Les gens ne comprennent pas que la plupart d'entre nous ne souhaitent pas être gays. Je ne pense pas que ce soit un sort enviable d'être montré du doigt, marginalisé, insulté ou parfois même battu à mort à cause de son orientation sexuelle. Le seul choix que nous avons, c'est de décider de le dire ou pas.

Rock dévisagea Carter. Il voulait graver ces minutes dans sa mémoire, les garder précieusement pour ne jamais retomber dans ce trou sans lumière où il avait vécu pendant toutes ces années.

— C'est dur, soupira-t-il tout bas.

— Il faut en passer par là, pourtant. On ne peut pas trouver le bonheur si on ne s'accepte pas soi-même. Ensuite les critiques, les insultes, tout passe au second plan.

Rock ne demandait qu'à le croire. Il était si bien avec lui, il se sentait enfin heureux. Mais était-ce suffisant pour affronter le mépris, l'intolérance ?

— Comment as-tu fait ?

Carter lui lança un bref regard, un sourire amer aux lèvres.

— Je savais que mes parents me renieraient s'ils apprenaient que j'étais homo. Mais j'étais assez arrogant pour penser que je n'avais pas besoin d'eux. J'avais dix-huit ans, j'étais jeune et stupide... Je leur ai dit à la fin du lycée. J'entrais à l'université, le monde s'ouvrait à moi... Je me sentais libre, un homme neuf.

Il haussa les épaules.

— Trois ans plus tard, j'étais à la rue, sans le sou, dans une situation tellement désespérée que je me suis risqué à leur téléphoner. Ils m'ont raccroché au nez. J'étais mort pour eux.

Rock le serra plus étroitement contre lui. Se faire rejeter par sa famille devait être une expérience terrible. Au moins, ses propres parents ne l'avaient pas renié.

— C'est à ce moment que tu as commencé à travailler comme escort...

Il connaissait les dates, le calcul n'était pas compliqué. Il s'était longtemps interrogé sur les raisons de ce choix, maintenant il connaissait la réponse.

— Tu regrettes de leur avoir dit ?

Carter enfonça ses poings dans ses poches mais Rock continua à le serrer contre lui, un bras autour de sa taille.

— Non, répondit-il enfin, les yeux au loin. La plupart des gens ne comprennent pas mes choix de vie mais à quoi bon avoir des regrets ? Je suis qui je suis. Si ça ne leur plaît pas, tant pis. Je me passerai d'eux.

Il était sûr de lui. Sa conviction se lisait sur son visage. Rock plongea son regard au fond du sien.

— J'aime celui que tu es.

Carter éclata de rire, avant de retrouver brusquement son sérieux.

— C'est réciproque, murmura-t-il d'une voix rauque.

Rock sentit son cœur se gonfler de bonheur. Il y avait des mots qui en disaient plus long que des discours. Ici, face au spectacle de cette ville ruisselant de soleil, il savait qu'il contemplait son avenir — ou ce qu'il pourrait être s'il osait tendre la main pour l'attraper.

Il embrassa Carter, une main sur sa nuque pour l'attirer plus près. Le gémissement sourd qui répondit à son baiser fit circuler plus vite son sang dans ses veines. Leurs langues se cherchèrent avec une tendresse nourrie de tout ce qu'ils venaient de s'avouer.

Carter lui mordilla la lèvre. Son haleine sentait la menthe. Ils s'enlacèrent plus fort et se remirent à s'embrasser avec passion jusqu'à ce qu'ils se retrouvent hors d'haleine, tremblants.

— Eh ben, résuma Carter.

Rock rit tout bas.

— Comme tu dis.

Carter se leva.

— On devrait y aller. Ça caille.

Ils rangèrent le matériel photo en silence puis rebroussèrent chemin. Au rez-de-chaussée, Rock lança un regard en direction des bureaux et aperçut une forme sombre et immobile recroquevillée sous le duvet. Il devait prier pour qu'ils ne le remarquent pas.

Il tira fermement la porte en fer de l'immeuble derrière lui avant de suivre Carter jusqu'à la voiture. Ils suivirent le même chemin qu'à l'aller mais quelque chose avait changé. Chaque pas les éloignait du passé et les rapprochait de l'avenir — quel qu'il soit. Pour la première fois de sa vie, Rock était impatient de découvrir de quoi demain serait fait.

Chapitre 18

— Tu as reçu le contrat ?

Carter dû prendre sur lui pour ne pas répliquer vertement et raccrocher au nez de Hank.

— Oui.

Il aurait aimé pouvoir lui dire ce qu'il pensait de ce nouveau contrat et plus généralement de son agence mais il n'était pas stupide. Ce n'était pas le moment de se mettre en tort.

— Si tu veux éviter de te retrouver au chômage pendant plusieurs semaines, il faut que tu signes le nouveau contrat avant que le contrat actuel arrive à expiration.

Le ton sarcastique de Hank laissait entendre que Carter était trop crétin pour comprendre de lui-même. Mais au fond, ça l'arrangeait qu'il le prenne pour un imbécile.

— Je vois.

— Ça te laisse moins de deux mois, insista Hank.

Quarante-neuf jours exactement.

— Oui, oui, répondit-il, laconique.

— Alors magne-toi, coco !

Le surnom haï le fit grincer des dents.

— Bon, maintenant explique-moi pourquoi ton client a annulé son rendez-vous.

Carter ferma les yeux et frotta son front où il sentait

poindre une migraine. Il se doutait que le sujet viendrait sur le tapis mais ça ne rendait pas les choses plus faciles pour autant.

— Aucune idée.

— Qu'est-ce que tu as fait ? Ou plutôt : qu'est-ce que tu n'as pas fait ?

Il s'attendait aussi à cette accusation.

— Pour autant que je sache, je n'y suis pour rien. Il ne m'a rien dit quand on s'est vu le mois dernier.

— A cause de toi je perds du fric, coco.

Il s'attendait également à ça.

— Je vais te mettre en relation avec de nouveaux clients puisque tu n'es pas foutu de garder les tiens.

Un claquement dans l'écouteur lui apprit que Hank venait de raccrocher. Il reposa doucement son téléphone. Il n'avait pas eu le choix. Il préférait subir les menaces de Hank plutôt que de remettre les pieds au Red Room. Hors de question que Rock le voit en train de baiser avec un client. Il ne leur infligerait ça ni à l'un ni à l'autre.

Son client avait été déçu quand il l'avait appelé pour lui dire qu'il ne voulait plus retourner au club SM. Mais il s'était montré compréhensif et avait même accepté de ne pas révéler à Hank les raisons de son annulation. Carter lui en était reconnaissant.

Il jeta un coup d'œil à sa montre. Rock n'allait pas tarder. Il vérifia que rien ne traînait dans la cuisine et passa dans la salle de séjour, rectifiant l'alignement de la pile de magazines photos pour la dixième fois.

C'était la première fois que Rock venait chez lui, et il ne parvenait pas à contrôler sa nervosité. Ses mains tremblaient presque aussi fort que le jour où il avait rencontré son premier client, ce qui était parfaitement ridicule.

Il prit une grande respiration, ferma les yeux. La chambre !

Il fonça à l'étage, vérifia deux fois le tiroir de la table de chevet pour s'assurer qu'il n'avait rien oublié. Les plugs anaux et les godemichés étaient déjà rangés dans une boîte dans sa penderie. Il s'agissait d'accessoires de travail, pas de gadgets coquins. Ils n'avaient pas leur place dans sa relation avec Rock.

Ces quatre dernières semaines comptaient parmi les plus heureuses de sa vie, et il ne voulait surtout pas tout gâcher. Leur relation était devenue encore plus forte depuis leur discussion sur le toit de l'immeuble. Et pourtant il ne parvenait pas à se défaire de la sensation qu'une bombe à retardement était enclenchée et que ce n'était qu'une question de jours, de minutes, avant que son bonheur soit réduit en miettes.

Il retint son souffle en entendant frapper à la porte. Du calme, tout allait bien se passer.

Il prit une pastille à la menthe et dévala l'escalier, prenant une seconde pour passer la main dans ses cheveux et ajuster son col avant d'ouvrir.

— Salut, Rock. Entre. Tu as trouvé sans problème ?

Rock s'essuya les pieds sur le paillasson et l'attira à lui pour l'embrasser. Ses lèvres étaient glacées, tout comme ses doigts sur sa nuque.

Rock recula en souriant, et Carter sentit sa nervosité s'envoler.

— Tu oublies que Deklan et Jake habitent la résidence.

— Ah oui, c'est vrai.

Parfois, il coupait volontairement toute connexion avec le club.

Il tendit la main vers le cabas en plastique que tenait Rock.

— Donne, je m'en occupe. Tu peux suspendre ta veste au portemanteau en attendant ?

Il laissa Rock enlever ses boots et son blouson d'hiver et porta le sac dans la cuisine.

— C'est joli chez toi, commenta Rock depuis l'entrée.

— Merci.

— C'est toi qui les as prises ?

Il revint sur ses pas et trouva Rock en train d'examiner les photos en noir et blanc suspendues en guirlande dans l'entrée.

— Oui.

— Elles sont magnifiques.

Le sourire de Rock fit vibrer quelque chose au plus profond de lui. Il avait vraiment un problème avec cet homme.

— Merci, répéta-t-il en glissant les mains dans les poches de son jean pour en dissimuler le tremblement.

Ça devenait ridicule. Il se comportait comme un adolescent à son premier rendez-vous.

— Je suis revenu tous les quatre mois photographier les transformations.

— C'est génial.

L'intérêt de Rock n'était pas feint.

— Tu as fait ça pendant combien de temps, un an ?

— Oui.

Il s'approcha et enroula un bras autour de la taille de Rock.

— J'avais lu un article où on annonçait des travaux de démolition dans ce quartier. J'ai cherché un immeuble qui offrait une perspective intéressante.

— Comment as-tu su où chercher ?

— Je me suis promené jusqu'à ce que je trouve cet immeuble condamné. Ensuite j'ai cherché un moyen d'y entrer sans me faire surprendre. La plupart des immeubles offrent un accès si on sait où regarder.

Rock lui lança un regard en coin.

— Et toi, tu sais ?

Il sourit malicieusement.

— Maintenant, oui.

— Depuis combien de temps fais-tu ça ? demanda Rock en montrant les photos du menton.

— Photographier des contrastes urbains ?

Il réfléchit un instant.

— Six ou sept ans, je crois.

Il appuya son menton sur l'épaule de Rock, caressant d'un geste absent les lignes fermes de ses abdos sous le tissu doux de son sweater.

— J'ai arrêté la photo quand j'ai commencé à… à travailler. C'était deux activités incompatibles dans mon esprit.

— Pourquoi ?

— L'une incarnait l'homme que je voulais être, l'autre celui que je devais être.

Une fois encore, il s'était montré terriblement naïf. Il avait cru que s'il dressait un mur entre ses deux vies, il s'en sortirait indemne des deux côtés. Quelle folie ! Avec le recul, il se rendait compte combien il avait été jeune et stupide.

— Qu'est-ce qui a changé ? demanda Rock d'une voix douce.

Tellement de choses que c'était difficile à définir.

— Un jour, j'ai ouvert les yeux et je me suis rendu compte que j'étais devenu celui que je devais être. Et que la photo me manquait.

Le jour où il avait cherché son appareil photo au fond de sa penderie était gravé dans sa mémoire. Aujourd'hui, il se rendait compte que c'était probablement ce qui l'avait empêché de disparaître complètement dans cet abîme sans fond qui tentait de l'aspirer.

— C'est à ce moment-là que j'ai commencé à photographier des immeubles abandonnés. Ils ont tellement de choses à raconter si on prend le temps de les regarder.

Rock se tourna vers lui.

— Qu'est-ce qu'ils te disent ?

Carter fixa les photos par-dessus l'épaule de Rock. Il les connaissait par cœur et se rappelait l'instant où il avait pris chacune d'entre elles.

— Elles racontent toutes l'histoire d'une opportunité manquée.

Il recula, sans oser croiser le regard de Rock, et s'obligea à rire.

— Mais je croyais que tu étais là pour m'apprendre à préparer des biscuits ?

— Tu veux vraiment faire de la pâtisserie ? demanda Rock en le suivant dans la cuisine.

Il ne chercha pas à en savoir davantage, et Carter lui en fut reconnaissant.

— Absolument. J'ai trop hâte de te voir en tablier.

Rock lui lança un regard noir.

— Je ne porte jamais de tablier !

— Tu as tort. Tu serais très mignon, le taquina-t-il.

— Va te faire foutre.

— Quand tu veux.

Rock secoua la tête et montra les placards.

— Sors un récipient. J'espère que tu as un verre doseur je n'ai pas apporté le mien.

Carter se pencha pour prendre un bol de mixeur sous le comptoir. Le fait qu'ils puissent plaisanter sur le sexe sans que son métier se dresse entre eux montrait combien leur relation avait évolué. Il posa le bol sur le comptoir sans parvenir à s'empêcher de sourire.

— Quelle recette tu vas m'apprendre ?

Il devrait sans doute courir un peu plus longtemps demain pour éliminer ce petit plaisir mais ça valait le coup.

— Tu m'as dit que les cookies aux noix de pécan étaient

tes préférés, dit Rock en rassemblant les ingrédients sur le comptoir.

— C'est vrai, dit Carter d'une voix plus douce qu'il ne l'aurait voulu.

Le petit frisson d'émotion qui montait de son ventre était complètement différent de la tension nerveuse qui l'avait agité avant l'arrivée de Rock.

Il pourrait tomber complètement amoureux de cet homme s'il n'y prenait pas garde, et il était beaucoup trop tôt pour ça. Il était beaucoup trop tôt pour un tas de choses mais cela n'empêchait pas ses émotions d'éclore malgré lui.

Il s'éclaircit la gorge.

— Montre-moi ta magie, maestro.

Rock lui lança un regard en coin.

— Je vais te montrer tous mes trucs.

— Mmm… bonheur.

Carter donna un petit coup de hanche taquin à Rock et éclata de rire quand ce dernier le fusilla du regard d'un air sévère.

Ils passèrent l'heure suivante à mesurer les ingrédients, à les mixer et à s'embrasser. C'était plus fort que lui, il ne pouvait pas s'empêcher de butiner la nuque de Rock quand il se penchait pour verser la quantité de sucre dans le verre doseur, de poser un petit baiser au coin de ses lèvres quand il faisait la moue parce que la pâte n'avait pas la consistance voulue. Même son froncement de sourcils réprobateur lui donnait envie de l'embrasser. De le toucher.

— Tu n'es pas attentif du tout, l'accusa Rock après avoir éteint le mixeur.

— Au contraire.

Il s'adossa au comptoir, les yeux rivés sur Rock.

— Concentre-toi sur les biscuits, pas sur moi.

— Pourquoi ?

— Je pensais que tu voulais apprendre la recette ?

Carter haussa les épaules.

— C'est vrai. Mais ce qui me plaît c'est te regarder pendant que tu fais quelque chose qui te plaît.

Le regard stupéfait de Rock était trop comique. Il ne put s'empêcher de rire.

— Quoi ? bredouilla Rock les pommettes enflammées.

Carter passa les bras autour de son cou.

— Tu m'as regardé faire une activité que j'aime. Je voulais avoir la même chance.

— Diable.

Rock baissa les yeux, les mains sur la taille de Carter.

— Ça risque d'être très ennuyeux.

— Pourquoi ?

— Parce que ma vraie passion ce sont les ordinateurs.

— Je sais.

Carter frotta son front contre celui de Rock jusqu'à ce qu'il lève assez la tête pour lui permettre de l'embrasser.

— La pâtisserie, ça m'a paru plus interactif.

Le murmure d'approbation de Rock vibra contre sa bouche. Ses lèvres avaient un goût de sel. Cherchant sa langue, il laissa sa chaleur l'envahir.

— Je suis d'accord, murmura Rock en parsemant son visage de baisers. La pâtisserie, c'est un excellent choix.

Vraiment excellent, songea Carter en sentant ses bras se couvrir de chair de poule.

Rock l'attira plus près, frottant son sexe durci contre le sien. Les yeux fermés, Carter savoura la montée de son désir. Il ne se rassasierait jamais de Rock.

Posant la main sur sa nuque, il lui inclina la tête afin de capturer sa bouche dans un autre baiser, plus long, plus intense. Ce qui avait commencé tendrement devint peu à peu passionné et exigeant.

Rock le poussa doucement jusqu'à ce qu'il heurte le bord du comptoir. Il gémit, son sexe bandé comprimé par le tissu étroit de son jean. Au prix d'un immense effort, il détacha sa bouche de celle de Rock.

— La chambre, haleta-t-il.

— Où ?

— A l'étage.

Il sentait le souffle oppressé de Rock contre son cou. Il était toujours incapable de dire ce qui le troublait à ce point chez cet homme mais il avait renoncé à se poser des questions. Il voulait juste savourer le présent tant qu'il durerait. Il n'était plus jeune et naïf. La vie lui avait appris que tout avait une fin.

Il prit la main de Rock.

— Viens.

— Attends.

Rock attrapa le bol de pâte à biscuits, le couvrit avec un torchon et le mit dans le frigo avant de revenir vers lui, une lueur malicieuse au fond du regard.

— On les fera cuire plus tard.

Il leur fallut moins d'une minute pour monter à l'étage mais chaque pas était chargé d'intensité. Ils avaient fait l'amour plusieurs fois déjà, chaque expérience plus extraordinaire que la précédente. Mais jusqu'ici ils s'étaient toujours retrouvés chez Rock.

Il recula vers le lit et défit les premiers boutons de sa chemise avant de la passer par-dessus sa tête. Il entendit Rock retenir son souffle et vit son regard parcourir lentement son torse nu. Il n'était pas aussi musclé que lui mais ses efforts à la salle de gym payaient.

Rock retira son sweater d'un mouvement fluide qui contracta ses abdominaux de manière délicieuse. Sans le quitter des yeux, Carter défit le bouton de son jean et descendit lentement la fermeture Eclair. Le petit crissement perça le silence, comme une promesse.

La tension qui montait entre eux était à peine croyable. Ils se tenaient à deux mètres l'un de l'autre, trop loin pour se toucher mais assez près pour entendre leurs respirations haletantes. Ils s'étaient explorés mutuellement cent fois et connaissaient chaque centimètre de leur corps mais ce désir construit à petit feu était fabuleusement érotique, sensuel.

Calculé.

Carter glissa la main dans son jean. Il gémit tout bas en saisissant son sexe bandé entre des doigts. Dieu, il mourait d'envie de prendre cet homme qui le regardait comme s'il n'avait jamais rien vu de plus extraordinaire de toute sa vie.

Il se caressa lentement avant de faire descendre son jean sur ses hanches, le long de ses jambes et de l'envoyer voltiger en même temps que ses chaussettes. Il s'était déshabillé un nombre incalculable de fois devant un homme mais jamais il n'avait ressenti une telle excitation. Il y prenait autant de plaisir que Rock.

Son sexe se dressa contre son ventre, dur, énorme. La température de la chambre était fraîche mais il s'en rendait à peine compte. Rock s'humecta les lèvres, le rejoignit en une enjambée et tomba à genoux devant lui. Carter resta figé par le choc tandis que Rock lui empoignait les hanches et léchait son sexe de bas en haut.

L'étreinte des doigts de Rock sur son sexe était ferme, la sensation parfaite. Il agrippa ses épaules et sentit un tremblement inexplicable le parcourir.

— Tu es sûr ? demanda-t-il d'une voix rauque.

Rock ne lui avait jamais fait de fellation. Il ne voulait pas qu'il se sente obligé de quelque façon que ce soit.

Rock pressa un baiser léger sur son ventre. Son menton frotta son sexe, et le soupçon de barbe irrita son gland sensible. Le gémissement de Carter résonna dans le silence. Soulevant les hanches, il agrippa plus fort les épaules de Rock.

— Oui, murmura Rock contre son ventre.

Le cœur battant à tout rompre, Carter observa le bout rose de sa langue qui dessinait des volutes brûlantes sur sa peau. Il mourait d'envie de prendre la tête de Rock entre ses paumes pour le guider mais le plaisir de regarder Rock appliquer ses propres règles était encore meilleur.

Rock leva les yeux vers lui, le frémissement de ses cils trahissant une hésitation.

— Je ne l'ai jamais fait.

L'inquiétude qui perçait dans sa voix le bouleversa.

Il prit sa joue en coupe dans sa paume et caressa du pouce la peau si douce au-dessus de sa barbe.

— Suis ton instinct.

Rock pressa un baiser dans sa paume et le fit reculer jusqu'à ce que l'arrière des genoux heurte le lit, l'obligeant à s'asseoir. Il se glissa entre ses jambes pour poser sur ses lèvres un baiser passionné. Et le temps s'arrêta.

Puis, lentement, Rock se redressa et déboutonna son jean. Carter était déchiré entre l'envie de regarder son expression et celle de contempler son sexe.

Le sourire insolent qui éclaira le visage de Rock tandis qu'il faisait glisser son jean sur ses hanches fit rire Carter. Sans quitter du regard cet envoûtant spectacle, il recula pour s'adosser à la tête de lit. Puis il ouvrit les jambes et se caressa.

— Viens là.

Rock retira son boxer et monta sur le lit. Il embrassa doucement la cheville de Carter puis son mollet et la courbe de son genou avant de déposer un sillon de baisers à l'intérieur de sa cuisse et de lui écarter plus largement les jambes.

— J'ai toujours eu peur de faire ça, murmura Rock en enfouissant son visage dans le pli de son aine.

Rien ne l'obligeait à faire cet aveu. Sa franchise était une leçon d'humilité. Sa confiance : un honneur.

Carter caressa ses cheveux ras.

— Pourquoi ?

Rock ne leva pas les yeux pendant qu'il décrivait avec sa langue des spirales ensorcelantes à la base de son sexe.

— Je ne sais pas pourquoi ça me plaît à ce point.

Il fit glisser sa paume sur son sexe avant de prendre ses testicules dans sa main et de les faire rouler entre ses doigts.

— Quoi donc ? Le sexe ?

Carter essayait de suivre la conversation mais son cerveau ne fonctionnait plus qu'à moitié.

Rock secoua la tête, sa barbe naissante griffant ses testicules. Oh Dieu. Carter se cambra sans savoir s'il cherchait à se rapprocher ou à s'éloigner. La pointe de douleur se mua en plaisir presque instantanément.

— La douceur de ta peau.

Rock murmura sa réponse tout en embrassant la base de son sexe, et Carter ne songea plus qu'à la chaleur humide et torride de ses lèvres sur lui. La vision de son magnifique amant en train de le prendre dans sa bouche était la plus belle chose qu'il ait jamais vue. Rock le prit tout entier avant de le libérer dans une lente succion qui lui arracha un cri de pure volupté.

La fellation était un exercice banal. N'importe qui pouvait s'en sortir avec un minimum de technique. Carter mettait pourtant toujours un point d'honneur à ce que ce soit un moment exceptionnel pour son client. Mais toute son expérience ne pouvait rivaliser avec le talent inné de Rock.

— Impossible que ce soit ta première fois, souffla-t-il en

enfonçant ses doigts dans l'épaule de son amant tandis qu'il titillait du bout de la langue le bout si sensible de son sexe.

Rock recula la tête. Ses yeux étaient sombres, ses lèvres rouges et gonflées.

— Tu ne le sais donc pas ? Tout est une première fois avec toi.

Cette confession le bouleversa. Il attira Rock à lui et l'embrassa avec une passion qui le laissa sans force. Ce qu'il ressentait était trop profond pour qu'il puisse l'exprimer avec des mots alors il le cria dans son baiser.

Son corps était en feu. Son sexe dur et gonflé était douloureux, et ce n'était rien comparé à l'émotion qui lui comprimait la poitrine. Il ne parvenait plus à respirer. Son cœur battait trop fort. Il ne pouvait pas se laisser emporter par ce tourbillon, c'était trop dangereux.

Il en sortirait broyé.

Soudain, la panique le submergea. Repoussant Rock, il se tourna pour prendre le tube de lubrifiant dans la table de nuit. Il souleva le capuchon, s'agenouilla sur le lit, pressa une noix de gel dans sa paume et inséra deux doigts en lui, puis un troisième avec une dextérité née de l'expérience.

— Qu'est-ce que tu fais ?

Carter ignora la confusion mêlée d'inquiétude dans la voix de Rock. Il lui tournait le dos mais ça ne l'empêcha pas de fermer les yeux. Il se mit à quatre pattes pour lui offrir une meilleure vue.

— Je me prépare, grogna-t-il.

Rock lui attrapa la main et l'écarta.

— Arrête.

— Pourquoi ?

Il essaya de se dégager mais Rock le tenait fermement. Il contracta les muscles de ses fesses. Les hommes adoraient quand il faisait ça.

— Tu ne veux plus me baiser ?

— Ne fais pas ça, gronda Rock en l'obligeant à se redresser.

Carter résista, mais Rock était plus fort que lui et il avait un point d'appui.

— N'amène pas ces trucs sordides ici. Ils n'ont rien à voir avec nous.

Carter regarda sans le voir le mur devant lui, la respiration sifflante. Une fois encore, il avait s'était servi de son métier comme d'un bouclier, pour dresser un mur entre eux. La honte le submergea mais il n'en laissa rien paraître. Il avait fait ce qu'il fallait. C'était mieux ainsi. Plus sûr.

— Quoi ? demanda-t-il en feignant de ne pas comprendre.

Rock le repoussa et se leva d'un mouvement brusque.

Voilà, tu as réussi.

Rock s'éloigna de quelques pas mais se retourna presque aussitôt pour revenir vers le lit.

— Je ne te comprends pas. Tu dis que tu n'as pas honte de ce que tu fais mais tu utilises des trucs de ton métier pour me faire fuir. Pourquoi ?

Pourquoi ? N'était-ce pas toujours la question ?

Carter s'allongea à plat ventre, les bras repliés sous le menton. C'était une pose à la fois défensive et séductrice. Plus il se montrerait distant, plus Rock battrait en retraite, il le savait.

Rock avait l'air vraiment en colère. Il aurait dû avoir peur mais il ne ressentait plus rien. Aucune émotion. Le vide était de nouveau là, rassurant, protecteur.

— Je n'ai pas honte d'être une… d'être escort.

Il s'empêcha de prononcer le mot pute à la dernière seconde. Ils avaient déjà eu cette discussion.

— Alors pourquoi ?

Rock croisa les bras sur sa poitrine, sans se soucier de sa nudité. Son sexe avait débandé tout comme celui de Carter.

— Qu'est-ce qui s'est passé pour que tu te mettes subitement à agir comme…

Il fit un geste vague de la main.

— Comme ça ?

Carter haussa les épaules.

— Je voulais te faciliter la tâche.

— Ça n'avait rien à voir avec le sexe.

— Non ?

Il leva un sourcil insolent avant de poursuivre :

— Avec quoi alors ?

— Tu as essayé de… de nous réduire à une banale histoire de cul. Mais on… on ne baise pas toi et moi. C'est autre chose.

Non. Ils n'avaient jamais baisé. C'était bien le problème.

Il fixa Rock du regard, incapable de répondre. S'il bougeait, il craquerait. Sa gorge était si serrée qu'elle lui faisait mal. Il était fatigué de se battre sans cesse mais il ne pouvait pas le montrer.

— Plus jamais ça.

Il n'y avait plus de colère dans la voix de Rock, seulement une détermination qui se reflétait dans ses yeux.

— Plus jamais ça, répéta-t-il en s'agenouillant sur le lit.

Il était inutile de lui demander plus jamais quoi. Il parlait de sa provocation stupide pour le faire partir de sa vie.

— Je suis désolé, chuchota-t-il.

La peur l'envahit, réelle, lui écrasant la poitrine jusqu'à ce qu'il puisse à peine respirer.

— C'était minable.

Le matelas s'enfonça, et Rock l'enlaça par-derrière. Il se raidit, attendant la sentence. Mais Rock se contenta de se serrer plus étroitement contre lui, comme pour lui dire qu'il n'avait pas l'intention de partir.

— En effet.

La respiration de Rock était chaude contre son oreille, sa voix rauque et basse.

— Mais ça ne marche pas avec moi.

— Un jour, si.

Le jour où il n'aurait plus besoin de lui. Le jour où il assumerait totalement son homosexualité. Ce jour-là, il partirait. C'était ainsi. Personne n'y pouvait rien.

— Je te dis que non. Ce n'est pas la peine d'insister.

Rock s'allongea doucement sur le flanc, face à lui.

— Viens là.

Il l'attira à lui pour un baiser débordant de tendresse, de patience et d'une douceur à laquelle il avait terriblement peur de croire. Puis, Rock s'allongea au-dessus de lui et tout redevint parfait. Carter ouvrit les jambes et jeta ses bras autour de ses épaules pour s'agripper à lui.

— Je suis désolé, chuchota-t-il contre sa bouche. Je suis tellement désolé.

Dieu, il ne méritait pas cet homme.

Rock lui butina les lèvres, le cou.

— Maintenant, laisse-moi finir ce que j'ai commencé.

Il prit un de ses tétons entre ses dents et le mordilla doucement. Carter se cambra pour se rapprocher encore. Il en voulait plus, même si une petite voix lui criait que c'était dangereux. C'était trop tard. Il avait dépassé le point de non-retour.

Il était amoureux de Rock.

Impossible de nier ou d'ignorer l'évidence. Son cœur appartenait à Rock. Ce serait terrible pour lui le jour où il le quitterait.

Une vague de désir le submergea, en même temps que le besoin de lui montrer combien il était désolé. Il essaya de se redresser, de reprendre la main, mais comprenant qu'il n'y parviendrait pas, il se renversa sur les draps. Deux longues succions de la bouche chaude de Rock sur son sexe et il fut de nouveau en érection. Le plaisir se répandit dans tout son corps.

Rock laissa échapper un murmure de satisfaction dont la vibration déclencha une onde de sensations le long de son sexe. Malgré lui, Carter souleva ses hanches. Il gardait toujours le contrôle… sauf avec Rock. Il n'avait jamais rien contrôlé avec Rock.

— Rock, balbutia-t-il.

Il fit glisser ses mains sur le dos de son amant. Ce qu'il ressentait était indescriptible. Cela allait bien au-delà du simple plaisir.

C'était la connexion entre eux qui rendait cet instant unique. Rock lui donnait quelque chose que jamais personne ne lui avait donné : il se donnait, lui. Entièrement.

La caresse de sa langue et la chaleur de sa bouche associées à une pression soudaine sur ses testicules l'obligèrent à bloquer sa respiration pour s'empêcher de jouir.

— Arrête, supplia-t-il en essayant de repousser les épaules de Rock. Pas maintenant. Pas sans toi.

Rock leva les yeux vers lui, le regard assombri par la passion. Il libéra son sexe mais uniquement pour glisser sa main plus bas et trouver une autre cible. il glissa un doigt en lui avec douceur, mais ce n'était pas assez.

Et la lueur affamée dans les yeux de Rock disait qu'il en voulait davantage, lui aussi.

Carter tâtonna sur les draps pour trouver le préservatif qu'il y avait posé. Il venait de le trouver quand Rock insinua un deuxième doigt en lui. Il se figea, foudroyé par un éclair de plaisir. Ce lent mouvement de va-et-vient le rendait fou.

— S'il te plaît…

Refermant la main sur la nuque de Rock, il se redressa pour prendre sa bouche. Ce ne fut pas un baiser tendre. Il y avait trop de non-dits entre eux, trop d'émotions à fleur de peau. Il cria de plaisir quand Rock atteignit sa prostate.

Non. Il ne voulait pas jouir mais Rock faisait tout pour précipiter l'issue. Il pressa le préservatif sur l'épaule de Rock avant de se laisser retomber sur le lit, le souffle court, en sueur.

— Mets-le. Vite.

Rock s'assit sur ses talons, déchira le sachet et déroula le préservatif en quelques secondes. Carter ne lui avait jamais vu ce regard noir, passionné. Son torse se soulevait à chaque respiration, dessinant ses pectoraux.

— Retourne-toi.

L'ordre s'accompagna d'une claque sur la cuisse. Carter obéit instantanément.

A travers les battements assourdissants de son cœur, il perçut le grondement d'appréciation de Rock tandis qu'il faisait glisser ses mains sur l'arrière de ses cuisses. Il écarta davantage les jambes et retint son souffle quand Rock introduisit le bout de son sexe entre ses fesses.

Sa chaleur l'enveloppa quand il se pressa contre son dos. Peau contre peau, muscle contre muscle, leurs respirations haletantes s'élevant au même rythme. Rock entra en lui et une brûlure exquise le remplit.

— Toi et moi, on ne baise pas.

Rock gronda ces mots contre sa nuque tandis qu'il enfouissait ses doigts dans ses cheveux.

— Dis-le. Dis que ce n'est pas de la baise.

Leurs mouvements étaient rudes, presque violents, mais en même temps tendres et attentifs. Carter n'avait jamais pu dissocier son corps de son esprit avec Rock, jamais. C'était tout son être qui était engagé.

— Ce n'est pas de la baise, dit-il d'une voix rauque. Ça ne l'a jamais été avec toi.

Les mots moururent sur ses lèvres tandis que Rock allait et venait en lui.

— Oh Dieu.

C'était si bon.

Rock lui tira les cheveux pour l'obliger à tourner la tête vers lui et l'embrassa sur les lèvres. Ils ondulaient ensemble au même rythme.

C'était à la fois trop et pas assez. Son corps était en feu, la tête lui tournait mais il ne voulait pas que ça s'arrête.

Il entendit Rock gronder derrière lui tandis que leurs deux corps se heurtaient en cadence.

— Bon Dieu…

Rock se figea, la respiration lourde.

— Je ne veux pas que ça se termine.

Carter ne voulait pas non plus mais l'envie de jouir le rendait fou. Il pressa son sexe douloureux contre les draps et lâcha une protestation frustrée.

— Ne t'arrête pas.

Enfonçant son front dans l'oreiller, il agrippa la main de Rock.

— Continue.

Sa voix le trahissait mais cela n'avait plus d'importance. Plus rien d'autre ne comptait que Rock. Et le plaisir qu'il était en train de lui donner.

Toute pensée rationnelle l'abandonna quand Rock prit appui sur son avant-bras et le transperça d'un coup de rein puissant. Il cria tandis que le plaisir le faisait trembler de la tête aux pieds.

Rassemblant ses ultimes forces, il referma la main sur son sexe et se caressa. Chaque va-et-vient l'amenait plus près de l'extase.

— Je ne peux plus tenir, articula-t-il.

— Je viens avec toi.

Le plaisir le secoua avec la violence d'une explosion. Sa vision s'obscurcit, et ses muscles se contractèrent tandis que tout son être volait en éclats. Il eut vaguement conscience que Rock s'abattait sur lui avec un cri, et son propre sperme coula sur ses doigts pendant qu'une deuxième vague de plaisir le soulevait.

Il s'écroula sur le lit, le souffle coupé. Rock s'effondra sur lui, l'écrasant de tout son poids, mais il ne chercha pas à se dégager.

Le souffle de Rock brûlait sa nuque en sueur. Il n'y avait pas de mots pour décrire ce qu'ils venaient de partager. S'il avait encore des doutes sur ses sentiments, ils s'étaient définitivement envolés.

Il s'écoula une minute ou deux avant que Rock roule sur le côté.

— Oh bon sang…

Carter tourna la tête vers lui et vit qu'il passait une main tremblante sur son visage. Il sourit. Il savait très exactement ce qu'il ressentait.

— Oui, bon sang, acquiesça-t-il.

Rock lui rendit son sourire.

— Ce n'était pas de la baise. Je sais ce que c'est que la baise et ça n'a rien à voir.

Les mots étaient là, prêts à glisser de ses lèvres avec tout ce que cela comportait de risque mais Carter les ravala.

— Non, ce n'était pas de la baise.

Mais qu'est-ce que c'était alors ? Ni l'un ni l'autre ne se risqua à formuler une réponse. La vérité était trop fragile — et perturbante — pour être prononcée.

Chapitre 19

— Bonjour, les garçons.

La serveuse leur sourit. C'était celle qui s'était occupée d'eux la première fois qu'ils étaient venus dans cette cafétéria.

— Café ? demanda-t-elle en levant le pot qu'elle tenait à la main.

— Merci, madame, dit Rock en avançant sa tasse.

Le sourire de la serveuse s'élargit.

— J'adore les jeunes bien élevés.

Elle se tourna vers Carter pour le servir à son tour. Son uniforme était immaculé et pas une mèche ne dépassait de son chignon mais la lassitude marquait ses traits.

— Vous avez choisi ou vous voulez attendre encore un peu pour commander ?

— Pour moi ce sera une salade de fruits frais et des céréales, dit Carter en lui tendant le menu.

Elle le glissa sous son bras avant de se tourner vers Rock.

— Je vais prendre des œufs au bacon avec des toasts et des pommes de terre rissolées, dit-il avant qu'elle ait eu le temps de lui poser la question.

— Bien élevé et efficace.

Elle récupéra le menu de Rock et décocha un clin d'œil à Carter.

— Je savais que c'était le bon. Je suis contente que vous l'ayez compris aussi.

Carter éclata de rire mais Rock resta bouche bée pendant qu'elle s'éloignait.

— Comment a-t-elle su ?

C'était la première fois que ça lui arrivait. Une enseigne lumineuse s'était-elle matérialisée au-dessus de sa tête, clamant qu'il était gay ?

— Aucune idée, dit Carter les yeux pétillant d'amusement.

Rock secoua la tête.

— Incroyable, marmonna-t-il.

Il sentit la jambe de Carter se presser contre la sienne et leva les yeux vers lui. Il aurait été ridicule de dire que son cœur cessa de battre et pourtant quelque chose se bloqua dans sa poitrine à la vue de cet homme magnifique assis en face de lui. Ses cheveux étaient encore humides de la douche qu'ils avaient prise ensemble. Une lassitude adorable cernait ses yeux et un voile de barbe ombrait son menton. Ils ne s'étaient rasés ni l'un ni l'autre avant de partir.

Carter but une gorgée de café et appuya son coude sur la table.

— Tu tiens le choc ?

— Quel choc ?

— C'est la première fois que tu es démasqué en public alors je me posais la question.

Aucun choc. Au contraire, il était fier de se montrer avec Carter.

Il se pencha et lui prit la main par-dessus la table.

— Je trouve ça génial, dit-il sans se soucier qu'on le voie.

Carter regarda leurs deux mains réunies avant de mêler ses doigts aux siens.

— Bon.

Si on lui avait dit il y avait encore un mois qu'il tiendrait la main de son amant en public, Rock ne l'aurait pas cru. Et pourtant, ce qu'il ressentait en cet instant, c'était un incroyable, un magnifique sentiment de liberté.

— A quoi penses-tu ?

Il leva les yeux vers Carter et lui sourit.

— Je me disais que ma vie a changé.

— En bien ou en mal ?

Il lui donna un petit coup de pied sous la table.

— Il faut vraiment que je réponde ?

— Je n'étais pas sûr après cette nuit.

Carter s'adossa à la banquette et dégagea sa main. Il but une gorgée de café avant d'enserrer sa tasse entre ses paumes.

— Je me suis conduit comme un abruti.

Rock sentit quelque chose en lui se figer. Donc, ils allaient avoir cette discussion maintenant. Ils l'avaient repoussée pendant tout le reste la soirée. A la place, ils avaient préféré faire cuire leurs biscuits et les dévorer devant un film, comme s'il ne s'était rien passé.

Rock jeta un regard par-dessus son épaule. Ils s'étaient installés dans le même box que la première fois, au fond de la salle, en retrait. Il y avait du monde ce matin mais leur conversation était noyée dans le brouhaha et les va-et-vient.

— C'est la deuxième fois que tu essaies de me pousser à te quitter, dit Rock.

Carter garda les yeux fixés sur sa tasse, mais Rock perçut son tressaillement.

— Explique-moi.

Carter prit une minute pour répondre, ses doigts pianotant sur le bord de sa tasse.

— Je ne pensais pas que cela durerait entre nous. Je ne le pense toujours pas d'ailleurs.

— Pourquoi ? Parce que je n'assume pas ce que je suis ?

— Non. Parce que je n'assume pas ce que je suis.

Rock fronça les sourcils.

— Je ne comprends pas.

— A ton avis, comment les gens vont réagir quand ils apprendront comment je gagne ma vie ? Qu'est-ce que tu leur diras ?

Son regard froid et direct le mettait au défi de répondre.

— Je me fiche de ce que pensent les gens.

— Si c'était le cas, il ne t'aurait pas fallu plus de trente ans pour admettre que tu es gay.

Rock ignora sa remarque.

— D'abord, je ne vois pas comment ils l'apprendraient. Et ensuite, je le répète : je m'en fiche.

C'était la vérité. Ce que faisait Carter ne regardait personne. Leur vie privée non plus.

— Tu n'as avoué à personne que tu étais gay. Je te vois mal expliquer que ton petit ami est un escort professionnel.

— Mon petit ami ?

Rock ignora la fin de la phrase, concentré sur la première partie.

Carter se raidit.

— Ton partenaire au lit si tu préfères.

— Non, je préfère petit ami.

Rock laissa les deux mots vibrer dans l'air entre eux. Ils sonnaient bien. Il avait très envie de se pencher et d'embrasser Carter sur la bouche mais il s'en empêcha.

— Quel a été le détonateur, hier ?

— Le détonateur ? répéta Carter, le front barré par un pli perplexe.

— Comme dans un stress post-traumatique. Il y a toujours un élément déclencheur qui provoque la crise. Tu as paniqué si vite que je me demande ce qui a provoqué cette réaction.

Carter détourna les yeux avant de murmurer très vite :

— Tu as dit que j'étais le premier.

Rock le dévisagea sans comprendre.

— Oui, mais tu le savais déjà.

Carter regarda autour de lui avant de lâcher :

— Je ne vaux rien.

— Je ne te suis pas.

— Je ne suis rien d'autre qu'un objet qu'on achète et qu'on jette ensuite. J'en suis conscient mais toi, apparemment, tu ne t'en rends pas compte. Ouvre les yeux.

— D'abord, je ne suis pas un client et, ensuite, ce n'est pas vrai.

— Qu'est-ce qui n'est pas vrai ?

— Que tu ne vaux rien.

Carter promena un regard vide dans la cafétéria, le visage sans expression.

— C'est pourtant la vérité. Tu ne devrais pas gâcher tes premières fois avec quelqu'un comme moi. C'est trop précieux.

L'arrivée de leur petit déjeuner empêcha Rock de répondre. Il serra les dents et prit sur lui pour rester calme et analyser ce que Carter venait de dire.

— Voilà, les garçons.

La serveuse posa leur commande sur la table, leur lança un regard rapide et s'éloigna sur un « je reviens avec du café ».

Ils ne touchèrent ni l'un ni l'autre à leur assiette. Carter évitait son regard. Rock n'avait plus faim. Mais, après ce qu'il venait d'entendre, cela n'avait rien d'étonnant.

— Regarde-moi.

Il voulait que Carter sache que chacun des mots qu'il allait prononcer était sincère.

— Ce que tu m'as donné est inestimable. Ça n'a rien à voir avec ton travail ni avec ce que le reste du monde peut penser de toi. Quand vas-tu comprendre que ta profession ne reflète pas ce que tu es réellement ?

— Et quand vas-tu comprendre qu'il n'y a aucune différence entre les deux ? s'écria Carter. Je ne suis que ça.

Il montra son corps d'un geste de la main, et Rock secoua la tête avec colère.

— C'est faux. Mais tu es le seul à ne pas le savoir.

— Arrête. Tu ne vois pas que je n'ai rien à t'offrir ?

— Et qu'est-ce que tu vas faire dans six semaines ?

La stupeur se peignit sur le visage de Carter, bientôt remplacée par la colère puis l'amertume. De toute évidence, il ne s'attendait pas à cette question. Il essaya de reculer la jambe mais Rock l'en empêcha.

— Tu sais bien que j'ai fait des recherches sur toi pour le club.

Il attendit que Carter le regarde, en vain.

— Tu vas renouveler ton contrat ?

Il aurait voulu pouvoir prétendre que sa réponse lui importait peu mais ce n'était pas vrai. Il travaillait dans un club SM, il savait que l'acte sexuel ne signifiait rien s'il n'était pas connecté à une émotion. Mais cela ne changeait rien à son dilemme. Plus il avait de sentiments pour Carter, plus il lui devenait insupportable de le partager.

— Ça me fait chier que tu saches toute cette merde sur moi.

La résignation et le dégoût étaient perceptibles dans sa voix.

— Je veux t'aider.

— Pourquoi ?

— Tu me le demandes vraiment ?

La colère et la déception lui nouèrent le ventre. Il prit sa fourchette et piocha ses pommes de terre pour s'empêcher de prononcer des mots qu'il pourrait regretter. Il n'aurait pas pu dire ce qu'il mangeait, cela n'avait aucun goût, mais il continua à avaler mécaniquement, concentré sur son assiette.

La serveuse n'était pas revenue avec le café. Elle avait dû sentir les mauvaises ondes qu'ils dégageaient. Le langage du corps était parfois aussi parlant que des cris ou une empoignade.

— Je ne renouvelle pas mon contrat.

Rock se figea. Levant les yeux, il vit que Carter le regardait, son assiette intacte.

— Je l'avais décidé avant de te rencontrer. J'en ai fini avec l'agence.

Rock reposa sa fourchette et s'essuya les lèvres avec sa serviette, attentif à garder une expression neutre. Surtout, ne pas laisser paraître son soulagement.

— Tu as des projets ?

Carter haussa les épaules avec raideur.

— Quelques idées.

— Tu veux m'en parler ?

Carter baissa les yeux sur la table.

— Je voudrais essayer de me lancer dans la photo. J'ai des économies, de quoi tenir quelque temps. C'est le seul talent que j'ai, en dehors de ce que je fais…

Rock hocha la tête et avança prudemment.

— Si tu veux, je peux t'aider à créer un site Web.

Ce n'était pas la peine de revenir sur la dernière partie de la déclaration de Carter. De toute évidence, il n'était pas en état de parler de l'opinion qu'il avait de lui-même. Mais Rock ferait tout ce qui était en son pouvoir pour lui montrer à quel point il se trompait.

— Ah oui ?

— Bien sûr. On peut proposer une galerie de photos, mettre en place un panier d'achat, définir des prix en fonction des dimensions, du cadre. Les classer par thèmes ou…

— Attends.

Carter leva la main.

— Tu vas trop vite.

Son rire était tendu mais comme ça faisait du bien de l'entendre.

— Je ne sais même pas si quelqu'un aura envie d'acheter mes photos.

— Tu ne le sauras jamais si tu n'essaies pas.

— Très malin.

— Je sais, je suis très intelligent. Ça fait partie de mon charme.

— Et modeste, avec ça.

Rock reprit sa fourchette.

— Absolument.

Il baissa les yeux sur son assiette en souriant. Son petit déjeuner était froid mais il avait subitement une faim de loup. Il pouvait aider Carter. Une fois qu'ils auraient créé le site Web, ce dernier se rendrait compte que ses photos rencontraient un public, et ça lui donnerait confiance en lui pour continuer. Il pourrait même participer à des concours pour se faire un nom. Il allait se renseigner.

— Merci, Rock.

Il leva les yeux.

— De quoi ?

— De ne jamais me juger.

Carter pressa sa jambe contre la sienne d'un mouvement devenu si naturel entre eux que c'était presque une caresse intime.

— Tu m'as déjà jugé, toi ?

— Non.

— Alors quel droit aurais-je de te juger ?

— La plupart des gens ne s'en privent pas.

Rock haussa les épaules.

— Je ne suis pas la plupart des gens.

Carter se mit à rire, et l'étau qui enserrait la poitrine de Rock se desserra.

— Ça, tu l'as dit.

— Si tu veux, on peut aller chez moi en sortant d'ici. Je te montrerai des idées pour un site Web.

Carter planta sa fourchette dans un morceau de melon.

— D'accord.

— On pourrait déjà définir la forme et la mise en page. Ensuite, tu réfléchiras au contenu.

Il insistait mais il sentait les réticences de Carter et il ne voulait pas le laisser passer à côté de ce qui pourrait être une opportunité fantastique. Le commencement d'une nouvelle vie, peut-être ?

Carter hocha la tête et changea de sujet. Mais Rock reviendrait à la charge parce que la seule idée de le perdre ouvrait sous ses pieds un abîme vertigineux.

Chapitre 20

La sonnette résonna dans le lointain, son bourdonnement traversant tout le loft avant de parvenir jusqu'à Rock. Il jeta un coup d'œil à l'horloge numérique de l'ordinateur, fit pivoter son siège vers un deuxième ordinateur, derrière lui, et tapa le code d'accès de la caméra qui surveillait l'entrée de son immeuble. Le visage de Deklan apparut sur l'écran. Il fixait l'objectif d'un air renfrogné.

Rock rit tout bas et entra le code qui déverrouillait la porte d'entrée. Deklan le remercia d'un signe de tête sec et disparut de l'écran. Rock ne lui avait jamais dit qu'il avait piraté le système de sécurité de l'immeuble mais c'était inutile : Deklan connaissait ses marottes.

Il ferma les différents programmes sur lesquels il travaillait. Son bureau était une grotte bardée de technologie et dépourvue de fenêtres. Le maçon qui avait effectué les travaux à sa demande l'avait pris pour un grand malade mais aucune importance.

Il verrouilla la porte plus par habitude que par crainte que Deklan entre. Il ne faisait pas mystère de ses missions pour l'armée. Seul le contenu de recherches était top secret.

Il entendit taper à la porte au moment où il arrivait dans

la salle de séjour. Il roula les manches de sa chemise sur ses avant-bras et ouvrit la porte.

— Salut, dit-il en s'effaçant pour laisser entrer son visiteur. Qu'est-ce qui t'amène ?

Deklan accrocha son manteau à la patère et s'assit sur le banc pour enlever ses bottes.

— J'étais dans le coin, je me suis dit que c'était l'occasion de passer te dire bonjour.

Rock sortit deux bières du frigo, les décapsula et en tendit une à Deklan.

— Merci.

Deklan avala une longue gorgée et sourit. Une fossette se creusa dans sa joue gauche et l'image du dur à cuire disparut.

— Tu as des biscuits ?

Rock avait déjà posé la boîte sur le comptoir. Deklan souleva le couvercle et prit deux biscuits au beurre de cacahuète avant de le refermer.

— Merci, marmonna-t-il, la bouche pleine. Je crois que ce sont mes préférés.

— Tu as déjà dit ça la dernière fois avec ceux à la noix de coco.

Deklan agita la main.

— Peu importe. Ils sont bons.

Rock s'adossa au comptoir et but une gorgée de bière en attendant que Deklan se décide à parler. Ils n'avaient aucun don pour la conversation ni l'un ni l'autre mais ils communiquaient à la perfection. Ce que Deklan était en train de lui dire c'était qu'il était venu lui parler de quelque chose et qu'il le ferait quand il serait prêt à le faire.

Deklan passa dans la salle de séjour et se vautra sur le divan en cuir. Il était le seul à se permettre ça — à part sa sœur Rachel. D'un autre côté, il ne recevait pas beaucoup de visites. Jusqu'à sa rencontre avec Carter, du moins.

Rock s'assit dans le gros fauteuil près du canapé et étudia discrètement son ami. Il y avait une tension sur son visage qui se reflétait dans la raideur de ses épaules et la façon dont ses doigts se crispaient autour de la bouteille.

Rock étendit les jambes devant lui et attendit que Deklan se décide à parler. Si toutefois il se décidait. Il lui était arrivé de s'asseoir, de boire une bière et de repartir sans avoir prononcé deux mots. Mais Rock comprenait. Il avait fait la même chose plus d'une fois avec Deklan.

Pour meubler le silence, Rock alluma la télé et zappa de chaîne en chaîne sans rien trouver d'intéressant. Il finit par s'arrêter sur une émission de sport qui diffusait les meilleurs moments du week-end et réduisit le son à un murmure.

— J'ai acheté une bague à Kendra.

Le ton de la voix de Deklan était parfaitement neutre. C'était juste une information qui n'appelait pas de commentaire, aussi Rock garda-t-il le silence. Deklan finit sa bière et posa la bouteille sur la table basse avant de pousser un soupir.

— Je n'aurais jamais imaginé que j'aurais envie de me marier un jour.

Rock grommela un acquiescement. En ce qui le concernait, le mariage n'avait jamais fait partie de ses projets, même au plus fort de son déni. Passer sa vie avec quelqu'un lui avait toujours fait l'effet d'une condamnation à perpétuité.

Jusqu'à aujourd'hui.

Il fixa sa bouteille de bière, l'estomac noué. Il avait beaucoup de ces révélations étincelantes ces derniers temps. Beaucoup trop.

— Je ne suis pas complètement sûr, marmonna finalement Deklan.

Il appuya sa nuque au dossier du canapé et se frotta les paupières.

Rock envisagea deux ou trois réponses possibles avant d'opter pour celle qui lui était venue à l'esprit en premier.

— Alors garde la bague jusqu'à ce que tu sois sûr.

— Ouais.

Deklan laissa retomber sa main mais n'ouvrit pas les yeux.

Le murmure du journaliste sportif combla le silence sans qu'ils se sentent obligés de parler. C'était l'un des avantages de la télé. On n'avait pas besoin de dire quoi que ce soit. Il suffisait de se laisser porter par les images.

— Je ne sais même pas si elle dira oui.

Rock but une gorgée pour dissimuler un sourire. En fait, c'était ce doute qui le minait.

— Tu ne le sauras pas si tu ne lui poses pas la question.

— Non, sans blague ?

— Pose-lui la question.

— Et si elle dit non ?

— Si c'était ce que tu pensais, tu n'aurais pas acheté la bague.

Deklan laissait très peu de place au hasard. Il aimait toujours savoir où il allait.

Il lâcha un éclat de rire.

— Exact. Le problème, c'est qu'on ne peut jamais savoir ce que pense une femme.

Encore une déclaration à laquelle Rock ne pouvait pas répondre.

Deklan prit la bouteille vide et la porta dans la cuisine. Rock refusa d'un signe de tête quand il lui proposa une autre bière. Il avait du travail à terminer avant que Carter le rejoigne ce soir. Il avait peine à croire qu'ils sortaient ensemble depuis presque deux mois.

Les semaines avaient passé dans un tourbillon de déjeuners et de conversations à bâtons rompus qui se terminaient immanquablement par des étreintes passionnées. Carter passait de plus en plus souvent la nuit avec lui. Les dîners à la maison, et même les courses en commun pour préparer le repas étaient devenus des moments de complicité qu'ils attendaient avec bonheur.

— C'est quoi cette expression béate ?

Rock se figea, immédiatement sur ses gardes.

— Quelle expression ?

Deklan plissa les yeux.

— Je ne t'ai jamais vu comme ça. Avec qui baises-tu ?

Le sol se serait ouvert sous ses pieds que Rock n'aurait pas été plus épouvanté. Il resta pétrifié, le cœur broyé par une peur panique.

Il finit par lâcher un rire gêné.

— Je ne te le dirai pas.

— C'est pour ça que tu as demandé plusieurs soirs de repos.

Deklan revint s'asseoir sur le canapé et leva sa bière dans un toast silencieux.

— Tous mes vœux, mon vieux. Elle est jolie ?

Une nausée lui noua l'estomac, et Rock baissa les yeux, incapable de faire semblant avec Deklan. Il s'agissait de son ex-commandant, de son meilleur ami, d'un homme pour qui il se serait fait tuer sans hésiter. Mais pouvait-il lui confier son secret ?

— Rock ? Qu'est-ce qu'il y a ?

Impossible de le regarder. Un bon soldat regardait son supérieur dans les yeux. Mais un bon soldat n'était pas une tantouze.

Mais qui avait décidé de ces foutues règles ? Qui avait décrété que l'homosexualité était une tare ? Et pourquoi avait-il accepté ces conneries pendant si longtemps ?

Rock releva la tête d'un mouvement brusque et plongea son regard dans celui de Deklan avec détermination. Son cœur cogna contre ses côtes.

— Il s'appelle Carter.

Il attendit une seconde.

— Je suis gay.

Voilà, il l'avait dit. Il n'arrivait pas à le croire. Sa mâchoire lui faisait mal, son estomac chavirait, et il ne pouvait pas bouger. Toute son attention était focalisée sur la réaction de Deklan. Mais il ne bougea pas un cil.

— Tu pensais quoi ? Que j'allais pousser un cri d'horreur ? demanda-t-il simplement.

— Tu ne serais pas le premier.

— Je t'ai déjà donné l'impression que j'étais un crétin homophobe ?

Rock réfléchit à la question, cherchant un exemple dans ses souvenirs.

— Non.

— Alors pourquoi serres-tu les poings comme si tu t'attendais à ce que je te flanque une raclée ?

Deklan s'adossa aux coussins du canapé et but une longue gorgée de bière.

Rock desserra lentement les mains et les posa à plat sur ses cuisses. Mais il resta sur ses gardes, au cas où.

Deklan poussa un soupir las.

— Je dirige un club SM. Je suis un dom. Je me fiche complètement de savoir avec qui tu vis ou ce que tu fais de tes nuits. Je ne pensais pas avoir besoin de te le dire.

Rock prit sa bière et la finit d'une traite. Deklan ne le méprisait pas.

— Je suppose qu'il t'a fallu pas mal de courage pour arriver à dire ça.

Rock ne parvint pas à lever les yeux mais réussit à hocher la tête.

— Tout va bien, Rock.

La voix surexcitée du journaliste sportif qui commentait une superbe action sur le terrain contrastait avec le calme de Deklan.

— C'est un type génial, si je comprends bien ?

Rock trouva enfin le courage de lever les yeux.

— Pourquoi dis-tu ça ?

— Il faut qu'il soit vraiment spécial pour que tu fasses ton coming out.

Rock sentit une bouffée de chaleur inonder sa nuque et son visage. Le rire étouffé de Deklan résonna par-dessus le murmure de la télé.

— Va te faire foutre, grommela-t-il en se dirigeant vers la cuisine.

— Je le connais ?

Rock jeta sa bouteille de bière dans la poubelle de recyclage et se retourna. Deklan attendait sa réponse avec un intérêt non dissimulé. Rock s'adossa au comptoir, bras croisés. Jusqu'où pouvait-il aller dans ses confidences ?

— Oui, admit-il finalement.

L'aveu était étrangement libérateur.

— Vraiment ?

Deklan se redressa, sa curiosité visiblement piquée au vif.

Rock haussa les épaules.

— Où veux-tu que je rencontre quelqu'un, en dehors du club ?

— Je ne pensais pas que tu t'intéressais à ce type de clientèle.

— Ce n'est pas le cas.

Rock savoura le moment. Ce n'était pas si souvent qu'il avait un coup d'avance sur Deklan.

— Alors comme ça, il est venu au club…

Rock connaissait cette expression sur le visage de Deklan : il était en train de passer en revue toute la liste des membres du club, en se concentrant sur les derniers arrivés. Deklan était probablement le seul propriétaire capable de mettre un nom sur le visage de chaque membre de son club.

Après une minute ou deux, Rock eut pitié de lui.

— C'est Carter Montgomery.

— L'ami de Tyler ? Le type qui habite dans ma résidence ?

Rock hocha la tête, et Deklan fixa le plafond.

— Ça devient flippant.

Rock acquiesça. Un nombre ahurissant de locataires de la résidence étaient venus au Red Room l'année passée.

— Si je n'avais pas fait faire une enquête de sécurité sur chacun d'eux, je croirais au paranormal.

Deklan lâcha un rire sec avant de poursuivre :

— Si Edith et Newman demandent leur carte, j'appelle un exorciste.

— Qui ?

— Un couple de septuagénaires qui habite la résidence. Et même s'il n'y a pas d'âge pour explorer de nouvelles expériences, la coïncidence serait trop énorme.

Rock comprenait sa réaction : l'armée les entraînait à ne jamais croire aux coïncidences.

— Je commence à penser que tu as mis des affichettes partout.

— Bien sûr, je meurs d'envie que tout le monde connaisse mon métier !

Deklan secoua la tête.

— J'ai choisi cet endroit justement pour pouvoir rester anonyme.

— Et ça marche ?

— Ça marchait super bien. Jusqu'à ce que Cali se pointe au Red Room.

— Ce qui t'a poussé dans les bras de Kendra.

— C'est sérieux avec Carter ?

Rock lança un bref regard à son ami avant de hausser les épaules.

— Comme tu l'as souligné, suffisamment pour que je fasse mon coming out.

— Son métier ne te pose pas problème ?

Il aurait dû se douter que Deklan se rappellerait ce détail.

— Pourquoi ? J'accepte bien que tu aies besoin de dominer les gens pour prendre ton pied.

— Mais tu ne baises pas avec moi.

Rock faillit s'étrangler. Deklan parlait toujours franchement mais quand même… Il le fusilla du regard.

Deklan sourit.

— Fais quand même attention à toi.

— Oui, maman.

— Connard.

Rock hocha la tête.

— Tu as tenu le même discours à Seth ?

Deklan regagna la salle de séjour et s'assit sur le banc pour remettre ses boots.

— Probablement. Et ensuite je lui ai dit qu'il était un crétin de laisser partir Tyler et Allie.

— Faux cul, ironisa Rock.

Deklan noua les lacets de ses boots et se leva avec un sourire satisfait.

— Lequel ? Moi ou Seth ?

— Tous les deux.

Rock glissa les mains dans les poches de son jean et s'adossa au mur, attendant que Deklan ait enfilé son blouson.

— Demande-la en mariage.

Deklan s'arrêta, les doigts crispés sur la fermeture Eclair.

— Tu crois ?

— Tu l'aimes ?

— Oui.

— Tu t'imagines avec quelqu'un d'autre ?

— Non.

Rock laissa les réponses de Deklan parler d'elles-mêmes. Ce dernier émit une sorte de grognement, fronça les sourcils et partit sans ajouter un mot.

Rock verrouilla la porte derrière lui, éteignit la télé, prit une bouteille d'eau et regagna son bureau. Il avait encore deux heures avant l'arrivée de Carter. Il voulait avoir mis en place la structure du site Web d'ici là. Ils avaient discuté des fonctionnalités dont Carter aurait besoin mais il y avait encore une multitude de détails à organiser.

Carter avait beaucoup de talent. Il fallait juste que des gens aient la possibilité de s'en rendre compte. Ses photos auraient du succès, il en était certain. Il le fallait.

Chapitre 21

— Viens.

Rock fit signe à Carter de le suivre avant de passer par l'ouverture du grillage.

Carter remonta la courroie de son appareil photo sur son épaule et contourna une flaque de boue. Pourquoi Rock tenait-il tant à revenir dans cet immeuble abandonné ?

— Tu vas me dire ce qu'on fait là ?

Rock lui sourit par-dessus son épaule.

— Un peu de patience.

Il posa son sac à dos sur le sol et poussa la porte de l'immeuble d'un coup d'épaule. Elle grinça en signe de protestation, et il entra.

Le soleil se réfléchit sur une portion d'acier épargnée par la rouille, aveuglant Carter pendant une seconde. Il saisit la poignée avant que la porte se referme et avala une dernière goulée d'air frais. L'odeur de pourriture et d'urine des étages inférieurs le prenait à la gorge quand il entrait dans cet immeuble.

Carter cilla plusieurs fois tandis que sa vue s'ajustait à la pénombre.

— Par ici, dit Rock en montant l'escalier après avoir jeté

un regard en direction des deux vieux bureaux en métal rassemblés dans un coin.

— Qu'est-ce que tu fais ?

— Rien.

Rock gravissait les marches deux par deux, ses lourds rangers noirs étonnamment silencieux sur le ciment. Carter le suivit jusqu'au troisième étage.

Rock s'était approché d'une fenêtre sans vitre partiellement obturée par une planche cassée. Il regarda par l'ouverture, tourna la tête des deux côtés, puis posa son sac à ses pieds et s'agenouilla pour l'ouvrir.

— Mais qu'est-ce que tu fabriques ?

— Sors ton appareil photo.

Rock lui décocha un bref sourire et se remit à fouiller dans son sac.

Carter obéit en grommelant un « oui, monsieur ». Il réglait l'objectif quand Rock se redressa, un marteau à la main. En quelques coups secs, le bas de la planche vola en éclats.

— Tu veux que je t'aide ?

Rock secoua la tête sans se retourner.

— Pas encore.

Il dégagea complètement la planche avant de ranger le marteau dans le sac. Il se redressa pour regarder dehors puis fit un pas de côté comme s'il cherchait le bon angle.

Intrigué, Carter se plaça dans le même alignement pour essayer de comprendre où il voulait en venir. La vue englobait les deux rives du fleuve, jusqu'au chemin de fer. Au loin, les buildings se dressaient dans le ciel. Ce n'était pas très différent des photos qu'il avait prises lors de leur précédente visite.

Rock le regarda.

— Je veux que tu fasses une photo.

— Ça, j'avais compris.

Il rejoignit Rock et passa la tête par la fenêtre.

— Mais de quoi ?

Les températures étaient remontées ces dernières semaines. La neige avait un peu fondu, laissant apparaître la crête sombre des rochers près des routes. Un oiseau gazouilla comme pour répondre à sa question.

— Tu verras.

Rock recula comme pour avoir une meilleure vue d'ensemble puis il se mit à écrire quelque chose sur le mur. Jusqu'à cet instant, Carter n'avait pas remarqué le gros marqueur noir qu'il serrait dans sa main.

Enfin, Rock recula. Carter déchiffra son inscription puis observa l'expression de Rock. Presque par réflexe, il leva son appareil et prit une photo. La détermination qu'on lisait sur son visage contrastait avec la vulnérabilité de ses yeux bleu clair.

Rock le rejoignit en deux enjambées et l'embrassa à pleine bouche. Carter répondit instantanément, ouvrant les lèvres pour s'abandonner à ce baiser. Il s'agrippa au bras de Rock pendant que l'univers tournoyait autour de lui. C'était bien plus qu'un baiser, il le sentait, mais il ne parvenait pas à analyser ce que Rock essayait de lui dire.

Au bout d'un moment, ce dernier appuya son front contre le sien, la respiration saccadée.

— C'est pour toi. C'est toi qui m'as donné le courage de faire ça.

Il recula sans lui laisser le temps répondre, ouvrit son blouson, l'enleva et le jeta sur son sac à dos. Puis il retira sa chemise. Le bout de tissu rejoignit la pile de vêtements sur le sol avant que Carter comprenne où il venait en venir. Comme toujours, il resta muet devant la perfection du corps de Rock. Les muscles de ses épaules et de son dos saillirent tandis qu'il passait les paumes de ses mains sur sa tête puis les nouait sur sa nuque.

Sa peau lisse portait la trace d'anciennes cicatrices mais loin de l'enlaidir elles ajoutaient encore à sa beauté. Son ventre plat était mis en valeur par la taille basse de son pantalon de treillis.

Sans un mot, Carter leva son appareil et prit plusieurs clichés. De face puis de profil. Le menton levé, les yeux fermés et les bras tirés derrière la tête, le visage de Rock reflétait une profonde paix intérieure, comme s'il était en pleine méditation ou prière. La pointe sombre d'un téton sur ses pectoraux sculptés et les lignes ciselées de ses muscles obliques conféraient à la pose un érotisme qu'il aurait voulu réussir à capturer.

Rock se pencha pour fouiller une nouvelle fois dans son sac. Il en sortit deux plaques de l'armée au bout d'une chaîne. Il les passa autour de son cou. Carter prit une photo. Il ne savait toujours pas où Rock voulait en venir mais chaque étape semblait revêtir une gravité presque solennelle.

Carter enleva son blouson. Le vent du sud associé aux percées du soleil à travers les nuages faisait remonter la température matinale.

Il jeta son blouson sur les vêtements de Rock, releva les yeux et retint son souffle. Rock était adossé au cadre de la fenêtre, les bras croisés sur sa poitrine, la jambe gauche légèrement fléchie. Son profil se découpait sur le ciel bleu derrière lui. Mais ce fut l'image dans son ensemble qui le saisit à la gorge.

Tracée en lettres noires au-dessus de la tête de Rock, on lisait l'inscription « **J'aime, je souffre et je me bats pour ma patrie** ». Et sur son triceps, du pli du coude jusqu'à l'épaule, il avait écrit au feutre noir :

« Je suis gay ».

— Pourquoi, Rock ?

Son visage semblait sculpté dans la pierre.

— Assure-toi que le drapeau soit bien dans le cadre.

Carter tourna les yeux vers la fenêtre pour comprendre ce qu'il voulait dire. Au loin, ondoyant doucement dans le vent, apparaissait la bannière étoilée. Il l'avait remarquée quand il avait pris ses photos la dernière fois mais n'y avait pas vraiment fait attention. Elle se fondait dans la toile de fond, elle n'était pas l'élément principal de ses photos.

Le drapeau était arrimé à un mât dressé sur le flanc d'un immeuble au bord du fleuve, comme pour dessiner une frontière avec la ligne de gratte-ciel au deuxième plan. De l'endroit où il se tenait, il voyait Rock, son message sur le mur, le drapeau derrière lui et la ville dans le lointain. Un nuage masqua soudain le soleil, donnant au décor une tonalité gris sombre. Le fleuve paraissait presque noir.

L'effet était incroyable, spectaculaire. Tous les contrastes ressortaient, comme dans un cliché en noir et blanc.

Vite, avant que ce petit miracle disparaisse, il leva son appareil et prit des photos. L'adrénaline pulsa dans ses veines pendant qu'il se concentrait pour composer la photo parfaite. Il se pencha, zooma, recula, capturant la scène sous différents angles, différentes lumières. Le monde extérieur avait disparu, seul comptait ce qu'il voyait à travers son objectif.

Il adorait ces instants où tout prenait forme subitement et où l'image semblait s'adresser à lui. *Prends bien ce détail, ne manque pas celui-là, fais le point ici, mets du relief là…* des ordres qu'il était le seul à entendre et qui guidaient ses actions.

— Rock ?

Rock tourna la tête vers lui par réflexe. Il prit une photo avant qu'il ne se détourne de nouveau.

— Tu peux te mettre face au mur ? Bras écartés de la largeur des épaules, une main à droite de ta tête contre la paroi, l'autre au-dessus de la fenêtre…

Rock obéit sans un mot.

Magnifique. Le déclencheur de l'appareil résonnait dans le silence, un petit battement irrégulier qui gravait chaque pose, chaque minute.

Il toucha le bras gauche de Rock et le baissa légèrement. Malgré la fraîcheur de l'air, sa peau était chaude. Il effleura son épaule d'un baiser et fit glisser les plaques militaires pour qu'elles reposent entre ses omoplates. Le parfum de sauge et de cèdre de Rock l'enivra, et il pressa son visage contre sa nuque pour le respirer.

— C'est fini ?

Rock baissa les bras mais Carter lui saisit le poignet pour l'en empêcher.

— Attends. Encore quelques-unes.

Il remit le bras de Rock en position et pressa un ultime baiser sur le mot qui se détachait à l'arrière de son biceps.

Rock gronda mais Carter n'aurait su dire si c'était de désir ou de souffrance. Les deux ?

Il termina la série de clichés, capturant l'arc de la main droite de Rock appuyée contre le début de l'inscription jusqu'à sa main gauche placée au-dessus du drapeau qui ondulait à l'arrière-plan. Le visage de Rock était tourné vers la fenêtre, son profil légèrement baissé, ses yeux fermés.

Carter déglutit, les yeux brûlants de larmes d'émotion. Il ne pouvait plus douter de ses sentiments pour Rock. Le courage de son amant était magnifique.

Il rangea l'appareil photo dans son sac et enlaça Rock par-derrière.

— Tu es fantastique, chuchota-t-il.

Rock renversa la tête vers lui et poussa un long soupir qui dénoua la tension de ses muscles.

Carter frotta sa joue contre la sienne et respira avec lui, chaque inspiration en parfaite synchronisation. Il ne s'était jamais senti aussi proche de quelqu'un.

— Je veux ces photos.

— Bien sûr.

Il donnerait à Rock tout ce qu'il voulait.

— Tu vas me dire pourquoi ?

— C'est quelque chose que je dois faire.

La voix de Rock se brisa. Il s'éclaircit la gorge, frissonna mais retint Carter quand il voulut reculer.

— Ne pars pas.

Carter s'immobilisa.

— Je ne vais nulle part.

Aussi longtemps que Rock voudrait de lui, il resterait.

— Bien.

C'était à peine plus qu'un murmure, et Carter ne l'aurait pas entendu s'il ne s'était pas trouvé tout contre Rock. Il ferma les yeux et l'étreignit en silence. Rock était son ancre. S'il le lâchait, il se perdrait. Et c'était terrifiant, un terrible aveu de faiblesse, parce qu'il n'avait eu besoin de personne depuis le jour où il était parti de chez lui.

Qu'est-ce que je suis en train de faire ? Un tremblement incontrôlable le parcourut. *Merde.*

— Hé, ça va ?

Rock tourna la tête pour le regarder.

Incapable de soutenir son regard, Carter baissa la tête et pressa ses lèvres sur son épaule pour donner le change.

— Très bien.

La saveur salée de sa peau lui donna envie de remonter plus haut, jusqu'à sa nuque.

— Ton courage me sidère.

Il n'avait pas prévu de dire ça mais c'était la vérité.

— Du courage ? Ce n'est pas l'impression que j'ai.

— Pourtant c'est vrai.

— Seulement grâce à toi.

— Non. C'est toi tout seul.

Carter montra du menton l'inscription sur le mur au-dessus d'eux. Ils contemplèrent les mots en silence. Ils ressemblaient à Rock.

— Le passé te rend amer ?

Rock ne répondit pas tout de suite. Sous sa paume, Carter sentait les battements sourds de son cœur.

— Non, répondit-il enfin. C'est moi qui me suis renié pendant trop longtemps. Je ne peux le reprocher à personne. Mais je suis fatigué de haïr celui que je suis.

Une fois encore, sa voix se brisa sur les derniers mots.

Carter comprenait.

— Parfois nous sommes nos pires ennemis.

Rock appuya son front contre le mur.

— Je suis fatigué de me cacher. Je n'en peux plus.

Il aurait été facile de répondre « alors ne te cache plus » mais ces mots ne l'auraient pas aidé. Pas plus que si on lui disait à lui d'arrêter le métier d'escort. Rock devait prendre sa décision tout seul, de sa propre volonté, Carter le savait.

— Je suis là pour t'aider.

Aussi longtemps que tu voudras de moi.

Rock se détacha de lui et se rhabilla en silence. Adossé au mur, Carter le regarda se ressaisir progressivement. C'était un peu comme s'il remettait son armure, chaque vêtement le protégeant de cette vulnérabilité qu'il venait de laisser paraître.

— On peut retourner chez moi et développer les photos si tu veux.

Rock se tourna vers lui, le regard absent.

— Quoi ? Oui, bien sûr.

Il secoua la tête comme pour reprendre ses esprits, remit son blouson et jeta son sac sur l'épaule.

— J'aurai des questions à te poser pour ton site Web.

— O.K.

Carter se dirigea vers la sortie de l'immeuble, et Rock le suivit dans l'escalier.

— Quand veux-tu ouvrir le site ?

Il se félicita que Rock marche derrière lui et ne puisse pas voir son visage.

— Je ne sais pas encore.

Peut-être jamais. Plus la fin de son contrat approchait, plus il devenait anxieux. Il ne pouvait pas en parler à Rock, pas alors qu'il était convaincu qu'il allait arrêter son métier.

Mais bon sang, comment ?

C'était fou. Il attendait ce moment depuis plus d'un an, il comptait les jours et, maintenant que l'échéance arrivait, la peur le paralysait. Pouvait-il prendre le risque d'abandonner la sécurité de son travail ? Et s'il perdait tout ? Plus de boulot, plus de Rock, plus d'argent…

Qu'adviendrait-il de lui, alors ?

Chapitre 22

Rock descendit de voiture sous une pluie battante et sonna à la porte.

— Je suis le dernier ?

— Il me semble que oui, acquiesça Deklan. Seth et Tyler viennent d'arriver.

Le rire de Jake résonna au loin, suivi par une remarque de Tyler qu'il ne comprit pas.

— Une bière ?

— Bien sûr.

Deklan le précéda dans le petit couloir qui menait à la salle à manger puis se dirigea vers la cuisine. Rock salua la compagnie d'un signe du menton et prit la bière que lui tendait Deklan.

— Merci.

— Bon, les gars, on y va ?

Tyler s'installa à la table, un bras sur le dossier de la chaise voisine de celle où était assis Seth.

— Hep, hep, pas question que vous vous asseyiez l'un à côté de l'autre ! protesta Jake.

— Qui, nous ? demanda Tyler d'un air innocent.

Seth se leva docilement pour changer de place, ses longs cheveux flottant sur ses épaules.

— N'essaie pas de nous embrouiller avec tes « qui, nous ? », espèce de tricheur. On t'a vu à l'œuvre.

— Hé, ce n'est pas ma faute si je voyais ses cartes. Il les tenait mal.

Rock s'assit à la place que Seth venait de libérer, sortit son argent et le tendit à Deklan pour qu'il lui donne des jetons.

— On attend quelqu'un d'autre ? demanda Seth.

— Lucas remplace Karl qui est malade, et Noah a décliné l'invitation, répondit Deklan.

Comme d'habitude. Noah ne venait jamais à leurs soirées poker.

— Marcus travaille ce soir ? demanda Tyler.

— Ouaip.

Le lundi étant un jour creux, ils se réunissaient une fois par mois pour jouer au poker. Mais l'un des doms devait obligatoirement être présent au club.

— Et Vanessa ?

Unique associée du Red Room, elle était aussi une remarquable dominatrice, parfaitement à l'aise au milieu de leurs réunions d'hommes.

— Elle est en tournée avec les Glaciers, répondit Seth en buvant une gorgée de bière. Et Carter ?

Rock jeta un coup d'œil à son portable et le bascula en mode vibreur avant de ranger ses jetons en piles. L'agence lui avait fixé un rendez-vous de dernière minute. Rock avait une impression bizarre qu'il ne parvenait pas à expliquer. Probablement le ton de Carter quand il avait raccroché.

Il finit d'organiser ses jetons, leva les yeux et se figea. Tous les regards étaient rivés sur lui. Le visage de Deklan était impassible mais il y avait une lueur amusée dans les yeux de Tyler, une interrogation dans ceux de Seth, et Jake affichait un sourire déstabilisant.

— Qu'est-ce qu'il y a ?

Il croisa les bras et essaya de contrôler la panique qui lui nouait le ventre.

— Seth t'a demandé si Carter venait.

Le ton de Jake était parfaitement neutre mais la nervosité l'empêcha de trouver une réponse. Il montra Tyler du menton.

— Demande-lui, ils sont amis.

— Oui mais c'est toi qui couches avec lui, rétorqua Jake.

Rock eut l'impression de recevoir le plafond sur la tête. Il observa les visages autour de la table mais ne vit que des sourires amusés. Ils trouvaient ça drôle ? Il se rendit compte tout à coup qu'ils le taquinaient.

Tyler lui donna un petit coup de coude.

— Relax, mon vieux.

— Comment vous le savez ?

Il lança un regard assassin à Deklan et Tyler. Jake éclata de rire, imité avec plus de retenue par Seth.

— Ne fais pas cette tête-là, ils n'ont rien dit. Depuis que je te connais tu n'as jamais invité personne à nos soirées poker.

Rock baissa la tête. Quel idiot. Il aurait aussi bien pu envoyer une circulaire pour annoncer sa relation avec Carter. Ils avaient deviné, évidemment. Une chaleur traîtresse enflamma sa nuque et son visage sans qu'il parvienne à se contrôler. Maudite rougeur. Le seul moyen d'y mettre un terme c'était de ne pas se laisser submerger par ses émotions.

— Sans compter que ton 4x4 passe souvent la nuit devant chez lui depuis quelque temps, reprit Jake.

Rock leva la tête et fixa Jake dans les yeux.

— Tu as l'intention d'utiliser cette information ?

— Dieu, non. Sauf pour te chambrer sur ta vie de couple. Mais je l'aurais fait de toute façon, quelle que soit la personne avec qui tu baises.

Rock faillit rétorquer que Carter et lui ne baisaient pas

mais se retint juste à temps. Il en entendrait parler pendant des mois s'il leur livrait un détail aussi… privé.

— On joue ou pas ? demanda-t-il d'un ton sec en regardant Deklan qui battait les cartes depuis deux bonnes minutes.

— Tu sais que ça ne change strictement rien pour nous, j'espère ?

La question posée par Seth ramena instantanément tous les regards sur lui. Bon sang, il détestait être au centre de l'attention. Il grogna un acquiescement et but une gorgée de bière. Leur soutien lui allait droit au cœur mais il ne pouvait pas le leur dire. Il posa sa bouteille. Quoi qu'il arrive, ils seraient toujours ses amis. Ils formaient une équipe aussi soudée que l'unité dans laquelle il avait servi à l'armée.

Il avait tort. Il devait le leur dire.

— Merci. C'est… c'est très important pour moi.

— Bon, les filles, dit Tyler en tapant sa bouteille sur la table. Vous avez fini vos atermoiements de midinettes ?

Un « Ta gueule ! » unanime résonna autour de la table. Jake et Rock gratifièrent Tyler d'une bourrade qui le fit vaciller sur sa chaise. Et ce fut la fin de l'épisode Carter.

A partir de là, la soirée se déroula normalement. Si ses camarades remarquèrent qu'il vérifiait ses messages plus souvent que la normale, ils n'en laissèrent rien paraître. C'était plus fort que lui, il avait un mauvais pressentiment.

Mais il n'y avait rien à faire. Carter ne parlait jamais de son travail, et d'ailleurs il préférait ne rien savoir. Il ne supportait pas l'idée que des hommes touchent, caressent — baisent — son petit ami.

Son petit ami. Il n'aurait jamais pensé prononcer ces mots un jour et pourtant ils lui plaisaient tellement qu'il aurait pu les répéter à l'infini. Il avait un petit ami… qui était quelque part en ce moment en train de baiser un autre homme.

Merde. Il jeta ses cartes sur la table, marmonna qu'il se

couchait et quitta la table. Il trouva la salle de bains et s'y enferma pour se ressaisir. Il était stupide de se laisser aller à de telles pensées ici.

Les deux mains à plat sur la tablette du lavabo, il inspira à fond et essaya de faire le vide dans son esprit. Ce que Carter faisait avec ces types était purement mécanique. C'était pour cette raison qu'il voulait que leur relation à eux soit différente. Spéciale.

Il regarda son reflet dans le miroir, fixant sa cicatrice. Depuis le jour où un homophobe haineux l'avait gravée sur son visage, elle n'avait cessé de lui rappeler que ses désirs étaient contre nature.

Que c'était mal de désirer quelqu'un du même sexe.

Mal d'aimer un autre homme. Est-ce qu'il aimait Carter ?

C'était donc ça ? Ce sentiment de possessivité qui grandissait en lui de jour en jour ? Ce besoin de lui parler ne serait-ce qu'au téléphone s'ils ne pouvaient pas se voir ? Ce désir permanent de veiller sur lui, de le protéger, de le serrer dans ses bras et d'être étreint par lui ? C'était de l'amour ?

Le miroir n'avait pas de réponses à lui offrir.

Il devait regarder en lui-même pour les trouver et il n'était pas certain d'y être prêt. Il venait à peine d'admettre qu'il était gay et voilà qu'il se demandait s'il était amoureux de Carter. Tout allait beaucoup trop vite.

Ouvrant le robinet, il s'aspergea le visage d'eau froide. Il se comportait comme une maman poule avec Carter, et ce n'était pas dans sa nature.

Il s'essuya les mains, ouvrit la porte et trouva Tyler adossé au mur du couloir, les bras croisés, le regard interrogateur.

— Qu'est-ce qui ne va pas ?

— En dehors du fait que tout le monde discute de ma vie privée comme si je n'étais pas là ? Rien.

Il fit un mouvement pour passer mais Tyler le retint de la main.

— Est-ce que Carter a un rendez-vous ce soir ?

Il ne voulait pas répondre. Ce n'était pas les affaires de Tyler. Mais d'un autre côté…

— Oui.

— Ça te pose un problème ?

Rock se mordit la lèvre, jeta un coup d'œil dans le couloir pour voir s'ils étaient toujours seuls et passa une main sur son visage.

— Oui. Non. Je ne sais pas.

Comment répondre sans passer pour un crétin ? Il fixa le sol, soudain épuisé. Il avait dit à Carter qu'il acceptait ce qu'il faisait, que sa profession ne le gênait pas. Avait-il menti sur ce point comme il s'était menti à lui-même toute sa vie ?

— L'agence l'a appelé en fin d'après-midi pour lui dire qu'il avait un rendez-vous.

Il leva les yeux.

— Je suis inquiet.

— Il t'a laissé entendre qu'il pourrait y avoir un problème ?

— Non. C'est quelque chose dans sa voix.

Il devait avoir l'air stupide.

— Il est dans le métier depuis assez longtemps pour se sortir d'une situation délicate.

La remarque était censée le rassurer mais elle produisit l'effet contraire. Il ne voulait pas penser à ce que pouvait impliquer une situation délicate.

— Je peux l'aider ?

La façon dont Tyler secoua la tête ne fit qu'accroître son angoisse.

— Pas pendant qu'il est au boulot. Tu veux que je l'appelle un peu plus tard cette nuit ?

— Non.

Surtout pas. Il ne voulait pas que Carter sache qu'il parlait de lui quand il n'était pas là.

— Je suis sûr que c'est moi qui deviens névrosé. J'irai m'assurer qu'il est bien rentré.

— Ça t'arrive souvent ?

— Quoi ?

— De vérifier qu'il est bien rentré après un rendez-vous ?

— Non, murmura Rock, l'embarras réduisant sa voix à un murmure.

Il préférait ne pas savoir si Carter travaillait. C'était plus facile. Pour lui, tout au moins. Mais pour Carter ?

— Tu prétends le contraire, mais en réalité tu n'acceptes pas ce qu'il fait, laissa tomber Tyler d'un ton accusateur.

Rock serra les poings. Accepter quoi ?

— Tu aimerais, toi, que quelqu'un à qui tu tiens se mette en danger chaque fois qu'il part travailler ? Tu réagirais comment si tu savais que l'homme que tu aimes déteste ce qu'il fait mais qu'il doit continuer parce qu'il est sous contrat ? Tu ferais quoi si tu avais envie d'écrabouiller tous ceux qui osent le traiter comme une marchandise dont ils peuvent user à leur guise ? Hein, Tyler ? Qu'est-ce que tu ferais ?

Il s'était approché en parlant, si près que leurs torses se touchaient presque. Il reprit son souffle et attendit que Tyler lui apporte une réponse à ses questions. N'importe laquelle.

Tyler fit la seule chose à laquelle il ne s'attendait pas : il le prit dans ses bras et l'étreignit.

— Est-ce que Carter sait ce que tu ressens pour lui ?

Rock ferma les yeux et s'obligea à ne pas bouger.

— Je ne sais pas.

— Tu lui as dit ce que tu viens de me dire ?

— Non.

— Tu devrais.

Rock le repoussa.

— Pourquoi ? Pour qu'il se sente encore plus mal ?

— Non. Pour qu'il sache que quelqu'un tient à lui.

— Mais il le sait déjà.

Il le lui avait montré de cent façons. Comment pourrait-il l'ignorer ?

— Est-ce qu'il sait que tu l'aimes ? Est-ce qu'il sait que tu seras là quand il quittera l'agence et qu'il aura l'impression qu'un gouffre s'ouvre sous ses pieds ?

Rock se concentra sur la seule question à laquelle il pouvait répondre.

— Je le soutiens à deux cents pour cent dans son projet de se reconvertir dans la photo. Je veux l'aider par tous les moyens. Alors ne viens pas me raconter que je ne suis pas là pour lui !

Tyler s'adossa au mur.

— Quand Seth est entré dans ma vie et qu'il a décidé de m'arracher à la prostitution, je me suis retrouvé sans travail, perdu. J'ignorais de quoi serait fait le lendemain. J'étais peut-être libre, mais c'était terrifiant.

Tyler repoussa sa frange et regarda le couloir en direction de la salle à manger.

— Et puis Carter m'a parlé et il a mis des mots sur ce que je ressentais. Il appelait ça l'angoisse de la pute. Tu ne veux pas baiser pour du fric mais si tu arrêtes, tu vivras de quoi ?

— Carter a un vrai talent de photographe, intervint Rock. Il pourrait en vivre. Il n'a pas besoin de baiser.

Tyler secoua la tête, comme pour lui signifier qu'il ne comprenait pas. Et c'était la vérité, il ne comprenait pas. Bon sang, cette situation le minait.

— C'est sa vie depuis des années, expliqua Tyler avec le ton patient d'un adulte qui s'adresse à un enfant. Il ne connaît rien d'autre. Que ce soit bien ou mal, peu lui importe.

C'est sa zone de confort. L'enfer qu'il connaît est préférable à l'enfer qu'il ne connaît pas.

Rock le dévisagea.

— C'est ce que tu ressentais ?

Tyler hocha la tête.

— J'ai été complètement déboussolé quand j'ai quitté l'agence. Qui allait m'embaucher ? Je n'avais aucune qualification. Et si on découvrait mon passé ? Et si je ne pouvais pas payer mes factures ? Et si je finissais sur le trottoir à me prostituer tout seul, dans des conditions bien pires qu'avec l'agence ?

Il se redressa avec un soupir.

— Il y a un tas de raisons de vouloir en sortir mais tout autant de raisons de vouloir continuer.

— C'est pour Seth que tu as arrêté ?

Un sourire lumineux se dessina sur les lèvres de Tyler.

— Seth m'a donné l'opportunité mais il a fallu que je trouve le courage de la saisir. Cela n'a été possible que lorsque j'ai cessé de douter de sa sincérité et de celle d'Allie.

— Comment t'y es-tu pris ?

Que devait-il dire pour que Carter cesse de douter de lui ?

Le sourire de Tyler se fit moqueur.

— J'ai dû accepter de leur faire confiance, répondit-il avant de tourner les talons vers la salle à manger.

Rock le suivit lentement, le cœur lourd. Il avait espéré des réponses mais il n'était pas plus avancé.

Chapitre 23

Carter claqua sa portière et démarra le moteur presque simultanément. Il mit les essuie-glaces, chercha fébrilement dans sa poche une pastille de menthe pour chasser le goût qui lui restait dans la bouche et quitta le parking de l'hôtel.

Les phares éclairèrent la route détrempée. Il s'obligea à se concentrer sur sa conduite. S'arrêter aux feux rouges, respecter la limitation de vitesse, ne pas déborder de la ligne médiane. Tout était prétexte pour ne pas penser à ce qui venait de se passer. C'était fait. Terminé. Les mains crispées sur le volant, il regarda droit devant lui.

Le va-et-vient régulier des essuie-glaces se mêlait au crépitement de la pluie sur le toit. Une musique dure qui complétait à la perfection une soirée de merde. Il aurait dû la passer à jouer au poker. Il aurait dû rire avec Rock. Il aurait dû faire quelque chose qu'il avait envie de faire.

Mais Hank avait tout fichu par terre. Un simple coup de téléphone, et il avait dû renoncer à ses plans. C'était sa faute s'ils avaient perdu un de leurs meilleurs clients — du moins c'était ce qu'avait prétendu Hank.

Vingt-quatre jours. Il fallait qu'il tienne encore vingt-quatre jours.

Et ensuite quoi ?

Il passa la main sur son visage et eut une nausée. Le reflux arriva si vite qu'il eut du mal à ravaler la bile. Il déglutit péniblement et écarta sa main et l'odeur de sexe qui lui collait à la peau. Il fallait qu'il se lave. Il était sale à en vomir. L'image des deux hommes en train de le baiser, un par-derrière et l'autre dans sa bouche passa devant ses yeux comme un flash.

Il claqua des dents et monta le chauffage pour essayer de dissiper le froid glacial qui l'habitait. Les parties à trois étaient mieux payées. Il avait touché un joli paquet ce soir, ça valait la peine. Il essaya de s'en convaincre mais en réalité chacun de ses rendez-vous devenait une torture.

Rock l'avait cassé.

Il n'arrivait plus à jouer la comédie ni à se mettre en condition à moins d'avaler ces saletés de pilules bleues. Seule l'intensité de ces érections médicalement provoquées lui permettait de parvenir à ce dédoublement qui lui permettait de faire son travail. Une réaction purement mécanique qui n'avait rien à voir avec le désir.

Mais elle se retournait contre lui quand il tombait sur des salopards comme ce soir. Des types qui trouvaient drôle de refuser de le laisser jouir. Ils l'avaient amené au bord de l'orgasme, ils avaient pris leur plaisir et ensuite ils l'avaient flanqué dehors en se tordant de rire. Des porcs.

Ces clients-là étaient les pires. Ils le méprisaient même s'ils payaient — cher — pour l'avoir. « Dégage, sale pute ! » Leur formule d'adieu avait confirmé ce qu'il savait déjà.

Ces types n'avaient aucune forme de respect pour lui.

Mais pourquoi le respecteraient-ils ? Il s'était fait payer pour qu'ils usent de lui à leur guise. Comment pourrait-on le respecter après ça ?

Comment Rock pouvait-il le respecter ?

Merde. Merde. Merde. Il ne voulait pas penser à ça. Il ne pouvait pas.

Le chaos régnait dans son esprit. Autrefois, il savait où était sa place Il faisait son job et il était content de sa vie à défaut d'être heureux. Puis Rock était apparu et il avait brisé sa carapace. Il avait détruit son fragile équilibre et il lui avait montré à quel point tout ce qu'il avait construit avait été vain et vide.

Carter glissa une main tremblante dans ses cheveux et résista à l'envie de toucher son sexe horriblement douloureux. Ce serait encore pire. Une douche, se finir rapidement et dormir — il n'aspirait à rien d'autre.

Le soulagement l'envahit quand il entra enfin dans la résidence. Il traversa toute la zone en pilotage automatique, tournant dans les allées, freinant mécaniquement avant chaque ralentisseur.

La vue de son appartement fut comme une délivrance. Il était sauvé. Il rentrait chez lui, indemne. C'était toujours une forme de victoire.

La pluie zébrait le halo jaune pâle des plots d'éclairage qui jalonnaient l'allée. Leur lumière était brouillée mais suffisante pour dessiner les contours du gros 4x4 noir garé sur l'emplacement réservé aux visiteurs.

Il retira brutalement son pied de l'accélérateur, les mains agrippées au volant dans une vaine tentative pour retarder l'inéluctable. La voiture de Rock.

Qu'est-ce qu'il foutait ici ? Il ne voulait pas le voir. Pas maintenant. Par pitié, pas maintenant !

Il n'était pas prêt. Pas avec l'odeur d'autres hommes sur son corps. Pas alors qu'il était sale, humilié, au bout du rouleau.

Il passa devant le pick-up mais refusa de tourner la tête vers lui. Rock ne devrait pas être là. Cette pensée réveilla sa colère. Elle referma la blessure béante qui saignait au fond de lui et lui permit de trouver cette distance protectrice qu'il utilisait avec ses clients — et avec tout le monde — depuis des années.

C'était sa vie. C'était ce qu'il était. Si on ne lui laissait même pas cette liberté-là, alors il n'était vraiment rien.

La pluie formait un rideau opaque à l'extérieur de son garage, l'empêchant de distinguer l'intérieur du 4x4, mais Rock était assis derrière le volant, il en était certain. Il se détourna pour fermer la porte du garage et entra chez lui.

Avec un peu de chance, Rock allait repartir. Comprendre qu'il ne voulait pas le voir, qu'il avait besoin d'être seul.

Il posa son téléphone sur le comptoir de la cuisine, glissa une autre pastille de menthe dans sa bouche et se dirigea vers l'escalier. On tapa à la porte avant qu'il ait posé le pied sur la première marche. Il ferma les yeux, agrippa la rampe et pria pour que Rock s'en aille.

On frappa de nouveau.

Putain. Qu'il aille au diable !

Etait-ce ce que Rock voulait ? Le voir dans cet état ? Brisé, avili, souillé ?

Brusquement, mû par la rage, il fit demi-tour. Sa colonne vertébrale se transforma en une tige de fer aussi solide que l'enveloppe de glace qui durcissait autour de son cœur. Ses émotions refluèrent, et il plaqua un masque froid et arrogant sur son visage tandis qu'il tirait le verrou.

Il ouvrit la porte d'un geste brutal et découvrit exactement ce qu'il s'attendait à voir : Rock. La pluie avait laissé des marques humides sur sa veste, son jean et ses cheveux ras. Ses mains étaient enfoncées dans ses poches, son expression aussi indéchiffrable que le soir de leur première rencontre.

Carter le toisa puis plongea son regard au fond du sien.

— Qu'est-ce que tu veux ? demanda-t-il froidement.

Chapitre 24

Rock sentit son ventre se nouer. L'accueil glacial de Carter parlait de lui-même.

— Je peux entrer ?

— Pourquoi ?

Le visage de Carter était dans l'ombre, son corps bloquait l'accès, et le peu de lumière en provenance du couloir ne lui permettait pas de discerner son expression. Il n'avait pas allumé la lumière du porche. Tout comme la porte fermée du garage, c'était le signe qu'il ne voulait pas de lui.

Mais il ne partirait pas.

— J'étais inquiet.

— Je vais bien.

Sa voix sans timbre criait le contraire.

Rock poussa Carter d'une main pour le faire reculer mais il ne bougea pas.

— Je ne te crois pas.

Carter le fusilla du regard, puis un sourire mauvais releva le coin de ses lèvres, et il fit demi-tour sans un mot.

Rock n'éprouva aucun sentiment de triomphe en refermant la porte derrière lui. La seule lumière provenait de la cuisine où Carter avait disparu. Il prit une longue respiration et s'arrêta pour retirer ses boots mouillées et son blouson.

C'était une marque de respect que sa mère lui avait enseignée et qu'il avait adoptée. La colère ne résoudrait rien. L'agressivité non plus.

Le tapis étouffa ses pas quand il se dirigea vers la cuisine. Carter était appuyé au plan de travail. Il buvait une bière à longs traits, la tête basculée en arrière. Sa chemise bleue était sortie de son pantalon, le bas froissé.

— Qu'est-ce qui s'est passé ?

Il n'était pas sûr d'avoir envie d'entendre la réponse mais Carter souffrait, et il voulait l'aider. Il mourait d'envie de le prendre dans ses bras, de l'étreindre. Il avança mais le regard noir de Carter le stoppa net.

— Va-t'en, d'accord ?

Carter ferma les yeux et prit une respiration avant d'ajouter :

— Tu n'as rien à faire ici.

— Tu te trompes. C'est ma place.

A ces mots, Carter ouvrit les yeux et le fixa avec une froideur glaçante.

— Alors respecte le fait que je ne veux pas de toi.

La riposte avait fusé, aussi tranchante qu'une lame mais Rock ne se laissa pas entamer. Au contraire, il était plus déterminé que jamais.

— Pourquoi ?

Carter reposa brutalement sa bouteille et se retourna vers lui.

— Pourquoi ? Parce qu'il faut que je m'occupe de ça.

Il souleva les pans de sa chemise, son érection nettement visible sous son jean ajusté.

— J'en crève.

Ses yeux brûlaient de haine et de défiance. Un autre se serait enfui mais Rock n'était pas un lâche. Il n'avait aucune idée de ce qui s'était passé ce soir mais il était venu aider Carter, et rien ne pourrait le détourner de son objectif.

Il s'approcha et dégrafa la ceinture de Carter avec des gestes brusques, efficaces. Il effleura la peau douce et lisse de son ventre, au-dessus de la taille de son jean et se pencha. Une odeur de sexe envahit ses narines. Il contrôla le haut-le-cœur qui lui remontait dans la gorge et s'approcha un peu plus.

Carter détourna la tête, mâchoires serrées.

— Non.

La tension dans sa voix trahissait sa souffrance.

— Bon sang. Va-t'en.

Rock ne bougea pas. Même la rage désespérée de Carter ne le convaincrait pas de partir.

— Non.

Il tira sur la ceinture pour la dégager des passants et la jeta sur le sol. Le métal claqua sur le plancher.

— Tu ferais mieux de m'écouter. Tu vas le regretter.

Carter serra les poings tandis que Rock ouvrait le bouton de son jean et descendait la fermeture Eclair.

— Non.

Sans l'écouter, il glissa la main à l'intérieur de son boxer pour chercher son sexe. Il était dur et brûlant. Carter laissa échapper un gémissement torturé en même temps qu'il se poussait dans la main de Rock. Les muscles de son cou étaient tendus, son visage contracté dans une grimace qui n'était pas du plaisir.

— Bon sang, murmura Rock dans un souffle. Qu'est-ce qui t'est arrivé ?

Il se mit à genoux et fit descendre son boxer et son jean jusqu'à ses chevilles. Le sexe bandé, énorme, de Carter dépassait des pans de sa chemise. Le gland était violacé, la hampe à peine plus claire. La veine sous la face inférieure plus proéminente que d'habitude.

— Arrête.

Carter le repoussa et recula en trébuchant sur son pantalon. Il se retint au comptoir et lui tourna le dos.

— Ne pose pas ta bouche sur cette chose.

Rock s'assit sur ses talons, perdu.

— Qu'est-ce que je peux faire ?

Carter envoya voltiger son pantalon d'un coup de pied rageur, prit son sexe dans sa main et lui lança un regard mauvais par-dessus son épaule.

— Tu veux te rendre utile ? Fous le camp !

Son rictus méprisant avait sans doute pour but de le faire fuir.

Mais il ne l'impressionnait pas.

Rock se redressa.

— Parle-moi.

— Il n'y a rien à dire.

Carter se tenait d'une main au comptoir tout en se masturbant de l'autre. Il lui tournait le dos mais n'essayait pas de cacher ce qu'il faisait pour autant. Ses gestes s'accélérèrent, sa respiration aussi.

Dans d'autres circonstances, la scène aurait pu être érotique. Mais ce n'était pas du sexe, c'était mécanique et froid. Et, malgré tout, la vision qu'il lui offrait était splendide dans sa violence et sa colère.

Un grondement jaillit de ses lèvres, annonçant qu'il avait atteint l'orgasme. Ses genoux fléchirent, et il bascula en arrière. Son sperme éclaboussa le comptoir avec une violence rare.

Rock déglutit. Impossible de rester de marbre devant cette scène.

Carter s'appuya un moment au comptoir, les épaules voûtées. Puis il se lava rapidement les mains.

— Tu es toujours là ? demanda-t-il sans se retourner.

— Tu te sens mieux ?

Un rire grinçant, aussi tranchant qu'un tesson de verre, lui répondit. Carter passa un morceau d'essuie-tout sur le comptoir et pivota vers lui.

— A ton avis ?

Son sexe dépassait de sa chemise aussi gonflé et sombre que tout à l'heure. Son orgasme ne l'avait pas soulagé.

— Qu'est-ce que tu as pris ?

Carter déboutonna sa chemise avant de défaire les poignets.

— C'est important ?

Il arracha sa chemise et la jeta sur la pile de vêtements. Il évita de regarder Rock tandis qu'il attrapait un torchon de cuisine pour s'essuyer et nettoyer le comptoir.

Non, ce n'était pas vraiment important. Rock ignorait ce qu'il fallait faire dans un cas comme celui-là, de toute façon. S'il avait eu un ordinateur, il aurait pu chercher des solutions mais il n'avait que son instinct pour le guider.

Il enleva son sweat-shirt puis son T-shirt. Les vêtements tombèrent silencieusement sur le sol. Il retira son portefeuille de la poche arrière de son jean et sortit un préservatif qu'il jeta sur le comptoir. Carter se retourna d'un mouvement brusque et parut stupéfait quand Rock retira son pantalon et le jeta sur le reste de ses vêtements.

— Qu'est-ce que tu fais ?

— Je t'aide.

C'était évident pour lui. Ils se dévisagèrent pendant plusieurs secondes, leurs respirations remplissant le silence, puis il se tourna, agrippa le comptoir des deux mains et écarta les jambes. Ce n'était pas ainsi qu'il avait imaginé sa première fois mais si ça devait permettre à Carter de trouver une forme de soulagement, il le ferait.

Comme Carter ne réagissait pas, il le regarda par-dessus son épaule. Il semblait changé en statue, le visage figé dans un masque de pierre.

— Vas-y.

Carter secoua la tête et recula d'un pas.

— Non.

Rock cracha sur ses doigts puis en glissa maladroitement un entre ses fesses. La pression était bizarre, inhabituelle, mais ce n'était pas désagréable. Il insinua un deuxième doigt, forçant les muscles à s'ouvrir malgré la sensation de brûlure.

— Arrête ! gronda Carter.

Rock tourna une nouvelle fois la tête vers lui. Carter fixait ses fesses. *Oui, tu en as envie.* Il bougea les doigts d'avant en arrière, les plongeant aussi loin qu'il le pouvait. Dieu, c'était presque bon.

Carter passa devant lui en trombe.

— Tu vas où ?

Il entendit un tiroir claquer dans la salle de séjour puis Carter revint vers lui et posa brutalement un tube de lubrifiant sur le comptoir. Saisissant son poignet, il écarta sa main.

— Tu ne sais pas quand arrêter, n'est-ce pas ?

Le contact froid du gel le fit sursauter.

— C'est plus fort que toi. Le chevalier Rock sans peur et sans reproche essayant d'aider son pathétique petit ami !

— Tu n'es pas pathétique, grommela Rock.

— C'est ça que tu veux ?

Carter enfonça un doigt en lui puis un deuxième.

— Dis-moi d'arrêter, Rock.

Il bougea les doigts, ses mouvements étaient durs et saccadés.

Rock croisa les bras sur le comptoir et y appuya son front pendant qu'il écartait plus largement les jambes.

— Non.

Son refus fut suivi par l'intrusion brutale d'un troisième

doigt. Il serra les dents, retenant un cri. Pas question de renoncer.

— Connard.

Carter avait seulement murmuré, mais sa colère était tangible.

— Va au diable.

Un éclair de pur plaisir transperça Rock de part en part. Bon sang, c'était… Carter toucha de nouveau sa prostate et il cria, les jambes flageolantes.

Il enfouit son front dans ses bras et essaya de contrôler le désir irrépressible de se pousser vers Carter. En vain. La douleur avait disparu, remplacée par une volupté qui grandissait à toute vitesse, gonflant son sexe et ses bourses jusqu'à ce qu'il ondule des hanches pour amplifier les sensations.

Carter retira ses doigts et attrapa le préservatif sur le comptoir. Ouvrant les yeux, Rock vit son propre sexe dur et dressé contre son ventre. Il retint son souffle mais resta appuyé au comptoir : il n'était pas certain que ses jambes le soutiendraient s'il se relevait.

— Prêt ?

Le sexe de Carter se pressa contre son anus tandis qu'il lui écartait les fesses. L'air glaça le lubrifiant l'espace d'une seconde puis Carter se poussa en lui, écartelant les muscles, les forçant à s'ouvrir.

La sensation était intense, à la fois terrible et merveilleuse. Rock perdit le contact avec la réalité qui l'entourait. Il n'y avait plus que l'étreinte dure des mains de Carter sur ses hanches et son lent mouvement qui ne s'arrêta que lorsqu'ils furent soudés l'un à l'autre, Carter complètement enfoui en lui.

— Et maintenant, je vais te baiser.

Sa voix grinça, dénuée de tendresse.

Rock hocha la tête parce qu'il était incapable de dire un mot. Carter commença à aller et venir en lui, la douleur diminuant au fur et à mesure que son corps s'habituait. C'était bon. Carter accéléra le rythme, chaque coup de rein poussant Rock en avant jusqu'à ce qu'il soit obligé d'agripper le comptoir des deux mains pour ne pas passer par-dessus.

Ils gémissaient à chaque poussée, guidés par un désir primaire. Ni tendresse, ni émotion. C'était de la baise pure et dure.

Carter s'inclina sur lui pour heurter ce point sensible qui faisait exploser des étoiles derrière ses paupières closes.

— Allez, Rock.

Carter passa la main entre ses jambes, saisit son sexe et le caressa avec une rage qui faisait écho à ses coups de reins.

— Jouis, enfoiré.

Par réflexe, Rock aurait voulu résister. Mais il lui était impossible de lutter contre les exigences de son corps. Carter referma sa main libre sur son épaule, le ramenant vers lui pour accentuer encore chaque coup de boutoir.

Malgré lui Rock se poussa en arrière pour aller au contact de Carter, toujours plus près. Leurs deux corps claquaient l'un contre l'autre, l'odeur du sexe emplissait la cuisine, tandis que leurs gémissements de plaisir vibraient dans l'air. Il ne pouvait pas résister plus longtemps. Il se cambra, écartelé par le plaisir qui explosait en lui avec une violence inouïe.

— Oui, oui, oui !

Carter passa un bras autour de sa poitrine et l'écrasa contre lui tout en continuant à aller et venir en lui. Encore deux coups de reins et il s'immobilisa avec un cri rauque.

Rock s'effondra sur le comptoir, Carter sur lui. Il entendait son cœur battre à un rythme qui ne semblait pas vouloir ralentir. Que s'était-il passé ?

Ses jambes commençaient à trembler quand Carter

se redressa et se dégagea. La brûlure brève et intense lui rappela ce qui venait de se passer. Ils n'avaient jamais baisé — jusqu'à ce soir.

Le silence fut brisé par le bruit du couvercle de la poubelle et l'eau du robinet dans l'évier. Après ce qu'ils venaient de faire, il n'y avait rien à dire. Rock maudit en silence sa folie. Voilà où l'avait conduit son arrogance.

— Tiens.

Il leva les yeux juste à temps pour attraper le torchon mouillé que lui lançait Carter. Il le saisit au vol et essaya de ne pas rougir pendant qu'il se nettoyait. Il était brisé, ses muscles maltraités protestaient douloureusement maintenant que le feu de la passion s'était éteint.

Carter lui tournait le dos, tête baissée, comme si le fond de l'évier détenait la réponse qui arrangerait tout. Si seulement c'était aussi simple.

Rock ramassa ses vêtements et se rhabilla. Le jean semblait du papier de verre sur sa peau, son T-shirt lui paraissait subitement trop serré. Il passa son sweat-shirt et essaya de trouver un moyen de sortir du désastre qu'il avait provoqué.

— C'était une erreur, dit-il finalement quand le silence devint insupportable.

— C'est toi qui l'as voulu.

— Retourne-toi.

Il siffla les mots, sa colère plus intense de seconde en seconde.

— Regarde-moi pendant qu'on en discute.

Carter contempla le plafond avant de se retourner lentement. Son visage était vide d'expression. Son sexe était toujours bandé même s'il était un peu moins rouge et gonflé. Rien n'avait changé finalement.

Et pourtant tout avait changé.

— Il y a quelque chose à dire ? demanda Carter d'une voix aussi détachée que son regard.

— Je veux parler de nous, bordel ! gronda Rock.

— Et… ?

— On vient de baiser.

Carter haussa un sourcil.

— Tu es très observateur.

— Bon Dieu, Carter, on ne baise pas, toi et moi !

— C'est ce qu'on vient de faire pourtant.

La froideur de son ton lui fit l'effet d'une gifle.

— Connard.

Carter haussa les épaules d'un mouvement insolent.

— Je t'avais dit de partir. Tu n'as pas voulu écouter.

Il avait raison. Il avait insisté. C'était lui et personne d'autre qui avait poussé Carter à cette extrémité. Mais il avait pensé qu'il craquerait, qu'il se souviendrait ce qu'ils étaient l'un pour l'autre. Qui ils étaient quand ils étaient ensemble.

Il s'était trompé.

— Tu as raison, admit-il doucement.

La défaite lui fit mal. Il n'avait plus la force de se battre.

— Je suis désolé.

Il recula vers le couloir, la poitrine écrasée par le remords.

— Je pense que nous en avons terminé.

Le chemin jusqu'à la porte fut l'un des plus longs qu'il ait jamais parcouru. Le regret l'accablait, chacun de ses mouvements lui imposait un effort gigantesque. Carter ne dit pas un mot. A aucun moment, il n'essaya de l'arrêter. Il ne sortit même pas de la cuisine pour le regarder partir.

La pluie lui fouetta le visage quand il se dirigea vers son 4x4 d'un pas pesant. Il démarra le moteur, regarda une dernière fois en direction de la fenêtre de la cuisine. Devait-il y retourner ? Mais pour lui dire quoi ?

La lumière s'éteignit, la maison fut plongée dans le noir. Il eut l'impression de recevoir un coup de poignard en plein cœur. Qu'avait-il fait ?

Il avait perdu Carter. Il avait voulu l'aider et il n'avait réussi qu'à le faire fuir. Peut-être trop loin pour espérer le voir revenir vers lui un jour.

Il démarra et quitta la résidence. Il comprenait le vide immense qu'il avait lu dans le regard de Carter. C'était un vide protecteur qui anesthésiait la douleur et empêchait la souffrance de vous atteindre. Oui, il comprenait parce que c'était exactement ce qu'il ressentait en s'éloignant de l'homme qu'il aimait.

Carter éteignit la lumière et se laissa glisser lentement sur le sol. Il avait tué sa relation avec Rock.

Putain. Il couvrit son visage de ses mains mais il ne pouvait pas se cacher la vérité. Même l'obscurité ne pouvait pas dissimuler ce qu'il avait fait. Il n'était qu'un connard stupide. Il avait utilisé Rock et il l'avait jeté exactement comme ces deux pourritures l'avaient fait avec lui. Il ne valait pas mieux qu'eux.

Un sanglot monta de son ventre. Il le ravala en s'étranglant à moitié mais le deuxième fut impossible à contrôler. Il jaillit de lui dans un déchirement de désespoir qui ouvrit la porte à toutes ses souffrances. Elles étaient toutes là — la solitude, le rejet, le déni, les années à prétendre qu'il allait bien — et elles réduisaient en pièce les mensonges qui l'avaient toujours protégé.

Il replia ses genoux sous son menton et se roula en boule mais le désespoir ne reflua pas. Sa poitrine était trop étroite, chaque respiration restait bloquée dans cet espace étriqué. Ses larmes coulèrent sans qu'il parvienne à les contrôler.

Les premières depuis qu'il avait quitté la maison de ses parents. Il s'était pourtant juré que rien ne l'atteindrait autant que leur rejet.

Il s'était trompé.

Il s'était trompé du tout au tout.

La sonnerie de son téléphone résonna dans la pièce comme un bourdonnement d'insecte. Ennuyeux, lointain. Ça ne pouvait pas être important. Il venait de chasser la seule personne qui comptait dans sa vie. Une deuxième sonnerie retentit. Il aurait voulu lui hurler de se taire mais parler achèverait de le briser.

Il n'aurait su dire combien de temps s'écoula avant que le téléphone se remette à sonner. *Tais-toi. Tais-toi. Tais-toi.* Personne ne pouvait l'appeler à cette heure-ci à part l'agence. Ou Rock. *Rock !*

Il se leva d'un bond et plongea par-dessus le comptoir pour attraper son téléphone, le cœur battant. L'espoir l'inonda de chaleur jusqu'à ce qu'il regarde l'écran. Hank. Ce n'était pas Rock mais cette foutue agence.

La sonnerie s'arrêta, et il reposa brutalement le téléphone sur le comptoir. Avec un peu de chance, il allait se casser en deux, et ça lui épargnerait d'avoir à parler de nouveau à ce connard. Il serra les dents quand la sonnerie retentit de nouveau.

Il décrocha.

— Quoi ? aboya-t-il.

— Tu n'as pas envoyé de texto de confirmation, coco.

Coco !

— Comment ça s'est passé ?

Comment ça s'est passé ? Enfoiré ! Il ne pouvait pas parler. Mais ce n'était pas la peine. Il se retourna et balança le téléphone à travers la pièce. Le portable alla s'écraser contre le mur de la salle de séjour, rebondit et atterrit sur le tapis.

— Carter ? Il y a un problème ?

La voix de Hank résonna dans le silence, attisant encore plus sa rage. Il en avait fini avec ce type. Fini avec l'agence. Fini avec tout.

Il traversa la pièce comme un fou. D'un geste, il arracha l'étui protecteur de son smartphone et écrasa l'écran contre le mur. Le craquement lui procura une petite satisfaction mais ça ne suffisait pas. Il frappa encore et encore jusqu'à ce que l'écran se brise en mille morceaux et que la voix de Hank se taise enfin. Ça ne l'arrêta pas, et il continua à frapper jusqu'à ce que les muscles de son bras deviennent douloureux.

Alors, seulement, ses mouvements finirent par ralentir, sa colère se muant en épuisement. Il se recroquevilla sur le sol, vidé. Il avait abîmé le mur mais cela n'avait pas d'importance. Plus rien n'avait d'importance.

Les larmes coulaient toujours sur son visage. Il les sentait glisser le long de ses joues, et elles éclaboussèrent ses mains. Il regarda son téléphone pulvérisé, notant vaguement qu'il s'était blessé à la main. Son sang répandait de petites éclaboussures rouges sur la moquette beige. Il avait dû s'entailler la paume. Mais il ne ressentait aucune douleur.

Il avait froid. Il était nu, il était sale. Il devait monter prendre une douche. Effacer des années de crasse collées à sa peau.

Lâchant le téléphone, il gravit l'escalier en vacillant. L'eau crépita contre les parois de la cabine de douche. Chaude. Mais pas assez. Il avait si froid. Pourrait-il se réchauffer un jour ? Redevenir propre ?

Le jet éclaboussait son visage, son torse. Du savon. Il devait frotter cette saleté, la faire disparaître. La honte. La misère. La déchéance. Lui-même. Tout devait disparaître.

Mais ça ne marchait pas. C'était toujours là, collé à lui

comme une deuxième peau qui l'étouffait. Le savon lui glissa des doigts, ricochant bruyamment sur le carrelage. Il s'assit.

Il avait mal à la main. L'eau cascadait sur ses épaules. Le carrelage était froid contre son dos.

Et il était seul. Sa vie était un mensonge. Il était un mensonge.

Pas étonnant que Rock ne veuille plus de lui.

Il ne valait rien.

Chapitre 25

Rock sortit de l'aéroport d'Atlanta sous un soleil aveuglant. Il avait oublié combien il faisait chaud dans le sud. Vingt-six degrés fin avril, c'était l'été avant l'heure.

Il scruta la file de voitures stationnées dans la zone des arrivées puis regarda son portable pour vérifier s'il avait manqué un message. Rien. Venant de Rachel, c'était normal. Mais pour Carter…

Son texto hâtif envoyé de l'aéroport alors qu'il attendait son avion n'avait pas trouvé de réponse. Mais qu'avait-il espéré ? Ils s'étaient séparés à un moment critique, et il avait quitté la ville en lui adressant un message lapidaire :

Je dois rentrer chez moi. Je t'appelle à mon retour.

Une fois de plus, il avait tout foiré.

Un filet de sueur coula de sa tempe. Il l'essuya d'un geste impatient. Que fabriquait Rachel ? Il aurait dû prendre le car pour Columbus ou louer une voiture comme il en avait eu l'intention mais sa sœur avait insisté pour venir le chercher.

Le coup de fil qu'elle lui avait passé à 4 heures du matin pour l'informer que leur père avait eu une attaque ne lui avait pas laissé beaucoup de temps pour s'organiser. Il avait pris une place sur le vol de 5 h 30, fourré quelques affaires dans un sac et foncé à l'aéroport. Son père avait beau être un connard plein de préjugés, il restait son père.

Il passa dix bonnes minutes à attendre dans les vapeurs d'essence avant que la petite voiture automatique de sa sœur se range le long du trottoir. Elle jaillit du véhicule comme un petit ressort — débordante d'énergie jusqu'à la pointe de ses cheveux teinte en rose.

— Hé, Rock ! s'écria-t-elle en contournant la voiture.

Il eut juste le temps de jeter son sac sur la banquette arrière avant qu'elle ne se jette dans ses bras. Il la souleva de terre et la serra de toutes ses forces, respirant à pleins poumons le parfum fruité de son shampooing. Dieu, elle lui avait manqué !

— Repose-moi, pouffa-t-elle en tambourinant sur ses épaules. On a de la route à faire.

Elle retourna s'asseoir derrière le volant.

— Papa doit subir un double pontage à 11 heures. En faisant vite, on peut arriver avant qu'on l'emmène au bloc.

— Il va comment ? demanda-t-il en fermant la portière.

— Il est stable. Et très faible, ajouta-t-elle avec un petit rire. Ça le rend fou.

— J'imagine.

Il voyait mal le sergent-chef accepter de rester couché dans un lit d'hôpital.

— Et maman ?

Elle haussa les épaules et tourna la tête pour vérifier que la voie était dégagée avant de déboîter.

— Stoïque comme toujours. Tu la connais.

Il sourit brièvement.

— RJ n'a pas été prévenu, je suppose ?

Son frère aîné était en mission à l'étranger.

— Non. Maman préfère attendre d'en savoir plus.

Bien sûr. Ce ne serait pas facile de contacter RJ de toute façon. Ni prudent de le perturber.

— Mais Jenny est à la maison. Je crois que ce sont des amis qui gardent les petits.

Son frère avait suivi les traces de son père : il était dans l'infanterie et basé comme lui à Fort Benning. Sa femme et leurs deux jeunes enfants vivaient donc près de ses parents.

Il observa sa sœur tandis qu'elle quittait la zone encombrée de l'aéroport et prenait l'I-85 en direction de Columbus. Son petit haut et son short dévoilaient les muscles bien dessinés de ses bras et de ses jambes. Elle avait rompu avec la tradition familiale en s'inscrivant à l'université au lieu de s'engager dans l'armée mais elle avait gardé l'habitude de se maintenir en forme. Les trois enfants Fielding avaient commencé à courir sur des kilomètres avec leur père avant même d'avoir huit ans.

— Rose ? demanda-t-il.

La dernière fois qu'il l'avait vue, la pointe de ses cheveux était teinte en blond.

Elle lui décocha un sourire.

— Tu aimes ?

— Ça te va bien, dit-il franchement. Comment ça se passe à l'école ?

Elle lui lança un regard en coin.

— Les gamins m'adorent. Je suis la prof le plus branchée qu'ils aient jamais eu.

Son rire était contagieux, et il se surprit à rire avec elle.

— Tu obtiendrais le même résultat sans les cheveux roses.

— Je dois me montrer créative pour intéresser des gamins au calcul.

— Je doute qu'ils soient captivés uniquement par tes cheveux.

Elle lui décocha un clin d'œil.

— Tu es en train de dire que je suis sexy, grand frère ?

— Je ne sais pas. Qu'en pensent tes petits amis ?

— Mes petits amis ? Au pluriel ?

Elle éclata de rire.

— Je n'arrive pas à en trouver un, alors deux c'est carrément de la science-fiction !

— C'est parce que tu leur fais peur.

— Ouaip.

Elle lui décocha un sourire insolent.

— Mais quand le bon se pointera, je saurai que c'est lui. Et toi ? Tu as quelqu'un ?

Il fit mine d'être captivé par le paysage et serra le poing pour s'empêcher de regarder son téléphone. Avait-il quelqu'un ? Depuis la nuit dernière il n'en était pas sûr.

— Qu'est-ce qui ne va pas ?

Il observa sa sœur. C'était l'occasion parfaite de lui parler de Carter mais il avait peur de sa réaction. De tous les membres de sa famille, son rejet serait le plus douloureux.

— Rock ?

Elle fronça les sourcils.

— Qu'est-ce qu'il y a ? Tu me fais peur.

L'air conditionné fonctionnait mais il avait de nouveau très chaud. Il essuya ses paumes moites sur son jean et essaya de formuler une réponse. Il pensa à la photo qu'il avait présentée pour le concours du magazine *Famille & Armée.* Celle que Carter avait prise à sa demande, avec la bannière étoilée en toile de fond. Il ignorait si elle remporterait le premier prix ou même si elle serait publiée dans la revue mais il l'avait envoyée pour cette raison. Il n'y aurait plus de retour en arrière possible. Il ne voulait plus cacher qui il était, quitte à ce que sa famille coupe les ponts avec lui.

Mais le moment était peut-être mal choisi.

— Il s'appelle comment ?

— Quoi ?

Elle lui lança un regard rapide, perçant, puis sourit avec douceur.

— J'ai deviné, n'est-ce pas ? Tu as rencontré un mec.

Rock dévisagea fixement sa petite sœur. Il n'aurait pas dû être surpris qu'elle ait deviné son secret et pourtant il l'était. Ils n'avaient jamais parlé ensemble de l'incident avec Nicholas, et tout le monde avait fait comme s'il ne s'était rien passé. Lui le premier.

— Qu'est-ce que tu racontes ? demanda-t-il enfin.

Il voulait vérifier ce qu'elle savait avant d'avouer quoi que ce soit.

Elle lui lança un regard apitoyé.

— Rockford.

Le ton de sa voix était gentil, patient.

— Tu sais que je t'aime, n'est-ce pas ?

— Oui.

— Je sais ce qui est arrivé quand tu avais quatorze ans. J'étais au courant pour Nicholas bien avant que papa vous surprenne ensemble.

Il aurait dû s'en douter. Rachel avait toujours eu le don de tout savoir avant tout le monde. Elle le regarda mais il ne réagit pas.

— C'est comme ça. Nier la réalité ne t'avancera à rien.

Un ricanement teinté d'amertume lui échappa malgré lui.

— Ce n'est pas faute d'avoir essayé, pourtant.

— Oh ! j'imagine. Mais papa ne t'a pas vraiment laissé le choix.

Il n'y avait pas grand-chose à ajouter. Ils savaient l'un et l'autre comment leur père l'avait convaincu de marcher droit. Et RJ en avait remis une couche des années durant avec ses railleries, ses plaisanteries homophobes et ses menaces à peine voilées.

— Et toi ? Ça ne te pose pas de problème ? demanda-t-il sans être sûr d'avoir envie d'entendre sa réponse.

— Quoi ? Que tu sois gay ? Evidemment non !

— Merci.

Le petit mot était bien fade comparé à l'immensité de son soulagement mais il ne pouvait pas la serrer dans ses bras pendant qu'elle conduisait.

— Qu'est-ce qui a changé ?

— Carter.

Il n'avait pas hésité une seconde avant de répondre. Le seul fait de prononcer son prénom fit éclore un sourire sur ses lèvres.

— C'est lui qui a tout changé.

— Parle-moi de lui.

Son sourire retomba, et son ventre se serra.

— Il n'y a pas grand-chose à dire.

Ce n'était pas la peine d'évoquer leur histoire si elle était terminée. Son cœur se brisait à cette idée.

— Plus maintenant, tout au moins.

— Qu'est-ce qui s'est passé ?

Il haussa les épaules. Il savait ce qui s'était passé mais il n'était pas sûr de pouvoir expliquer comment tout avait dégénéré aussi vite.

— On sortait ensemble depuis quelques mois. Mais il est arrivé quelque chose la nuit dernière qui a…

Qui avait quoi ? Tué la confiance qu'ils avaient l'un dans l'autre ? Violé leur amour ? Détruit leur relation ? Tout cela à la fois, sans doute.

Il secoua la tête avec un soupir.

— Nous avons eu une scène pénible. Et maintenant je suis ici.

— Tu lui as dit que tu avais une urgence familiale ? Il devrait pouvoir comprendre.

— Je lui ai envoyé un texto depuis l'aéroport mais il n'a pas répondu.

— Appelle-le.

— Non. Ça ne peut pas s'arranger par téléphone.

— C'est sérieux alors ?

Puis elle posa la question qu'il se posait à lui-même depuis qu'il avait franchi la porte de l'appartement de Carter.

— Vous allez vous réconcilier ?

— Je ne sais pas.

Sincèrement, il n'en savait rien. Ça le terrifiait et le déprimait à la fois. Il naviguait en territoire inconnu et il n'avait aucune idée de ce qu'il devait faire pour que Carter l'accepte de nouveau dans sa vie. Il voulait croire que c'était possible, que ce qui les unissait l'un à l'autre était plus fort que tout…

Mais Carter partageait-il son envie ? Il l'avait quitté en pleine crise et il n'était même pas là pour s'assurer qu'il allait bien. Peu lui importait qu'il soit en colère après lui. Il s'inquiétait et il voulait l'aider quoi qu'il arrive.

Mais comment, alors qu'il était à plusieurs centaines de kilomètres de lui ?

Il n'y aurait peut-être jamais plus de réconciliation possible entre eux.

Chapitre 26

Quelqu'un tambourinait à la porte. Le bruit montait à l'étage, assourdi mais assez fort pour pénétrer le vide et le silence qui l'avaient envahi. Carter sortit la tête de sous les couvertures et cligna les yeux dans la lumière bleutée du réveil, sur sa table de nuit.

C'était le matin. Mais de quel jour ?

Puisqu'il était réveillé, autant aller aux toilettes. Son unique trajet depuis qu'il s'était roulé en boule dans son lit il y avait de cela… un certain temps. Peu importait combien puisqu'il n'avait personne à voir et nulle part où aller.

On tambourina de nouveau à la porte. Il rentra la tête dans les épaules. Ils finiraient par repartir, comme la dernière fois. Et celle d'avant. Il retourna se blottir dans le fouillis de draps et de couvertures.

Le cliquetis de la serrure et bruit de la porte d'entrée qui claque aurait dû le faire jaillir de son cocon. Mais il ne broncha pas. Le cambrioleur pouvait prendre tout ce qu'il voulait. Ce n'était que du matériel.

— Bordel, qu'est-ce qui t'est arrivé ?

La voix grave de Tony, reconnaissable à son accent, résonna à l'entrée de la chambre. Carter s'était toujours demandé ce qu'un gars de Brooklyn faisait dans le Midwest mais il ne lui avait jamais posé la question. Le gorille de Hank ne causait pas, sauf pour proférer des menaces.

— Hank est fou de rage. Tu n'as répondu à aucun de ses appels.

Tant mieux. Qu'il aille se faire enculer. Ses couvertures s'envolèrent, et un courant d'air glacé balaya sa peau. Il ne bougea pas.

— Bon Dieu, tu pues !

Ah bon ?

— Allez, debout !

Avant qu'il ait pu réagir, Tony l'arracha à son lit et le traîna dans la salle de bains.

— Laisse-moi tranquille, marmonna-t-il.

Mais il n'avait pas la force de résister. Il s'effondra dans la cabine de douche. Le contact glacé du carrelage lui arracha une grimace mais sans plus. C'était là que Tony exécutait ses victimes ? Pour que les preuves soient plus faciles à faire disparaître ?

Le choc de l'eau glacée sur son dos lui arracha finalement une réaction. Il cria et se recroquevilla contre la paroi opposée pour échapper au jet.

— Arrête ! Qu'est-ce qui te prend ?

— Je te l'ai dit : tu pues.

Carter leva les yeux. Tony bloquait l'entrée de la douche. Ses bras musculeux, croisés sur sa large poitrine, lui donnaient l'air encore plus féroce, ce qui n'était pas peu dire. Ses yeux plissés semblaient le mettre au défi de tenter de se rebeller, juste pour avoir le plaisir de le démolir.

— Ton costume est mouillé.

Tony tendit le bras pour tourner le robinet. L'eau coula plus chaude, atténuant un peu le froid qui le glaçait jusqu'à l'os.

— Lave-toi.

L'ordre fut suivi par le claquement de la porte de la cabine de douche.

Pourquoi ? Carter n'avait pas assez d'énergie pour s'interroger alors il se contenta d'obéir. Tony aimait peut-être que ses victimes soient propres avant de les battre à mort. Pour faire disparaître les traces d'ADN ou quelque chose de ce genre. Tony était-il un tueur ? Il n'avait jamais entendu parler de la disparition suspecte d'un collègue. Mais en même temps, il restait à distance de la plupart d'entre eux.

Il resta recroquevillé dans son coin pendant de longues minutes avant que la chaleur de l'eau l'attire sous le jet. Il laissa l'eau ruisseler sur son crâne, sa nuque, son dos, comme autant de petits ruisseaux purifiants.

La suite du processus se fit mécaniquement. Il se savonna parce que c'était ce qu'il était censé faire.

Tony était adossé à la porte de la salle de bains quand il sortit de la douche. Il prit la serviette qu'il avait dû sortir pour lui du placard et se sécha.

— Qu'est-ce que tu veux ?

Comme Tony ne répondait pas, il se retourna, appuya ses deux mains contre le mur et écarta les jambes.

— Ça ?

C'était ce que voulaient la plupart des types quand ils apprenaient comment il gagnait sa vie. Pourquoi Tony serait-il différent ?

Il appuya son front contre le mur et attendit.

— Bon dieu. Habille-toi !

Carter se retourna. Tony avait jeté un pantalon de jogging gris sur le sol. Il l'enfila, trouva le T-shirt caché dessous. Il l'enfila aussi et sortit de la salle de bains. Tony l'attendait dans le couloir.

— Brosse-toi les dents, ordonna-t-il.

Il fit demi-tour et obéit. Il garda les yeux baissés tout le temps pour ne pas se voir dans la glace. Quand il ressortit de la salle de bains, Tony garda le silence alors il retourna dans sa chambre.

— Pas par là !

Tony l'empoigna par le bras.

— Tu n'as pas mangé depuis quand ?

Il le tira dans le couloir et lui fit descendre l'escalier sans qu'il oppose la moindre résistance.

— Je ne sais pas. On est quel jour ?

Tony le poussa dans la cuisine, et il s'assit sur l'un des tabourets du bar.

— Vendredi.

Il se gratta la joue, surpris d'y découvrir un début de barbe.

— Lundi. La dernière fois que j'ai mangé c'était lundi.

Il était incapable de calculer le nombre de jours.

Tony le fusilla du regard avant d'ouvrir le frigo. Il attrapa un yaourt et ouvrit les tiroirs jusqu'à ce qu'il trouve une cuillère. Il les posa devant lui.

— Commence par ça.

— Pourquoi ?

— Je ne réponds pas aux questions stupides.

Tony retourna dans le frigo et sortit d'autres victuailles. Il s'arrêta pour retirer sa veste et la plia soigneusement sur le dossier du canapé. Puis il roula les manches de sa chemise sur ses avant-bras et retourna dans la cuisine.

— Mange.

— Tu m'engraisses avant de me cogner ?

Comme l'homme ne répondait pas, Carter ouvrit le yaourt et plongea sa cuillère dedans.

Il termina le pot et découvrit un verre de lait devant lui. Il le sentit pour s'assurer qu'il n'avait pas tourné et but une gorgée. Un sandwich glissa sur le comptoir et s'arrêta devant lui. Levant les yeux, il vit que Tony s'en était préparé un pour lui et mordait dedans à belles dents.

— Fais comme chez toi, grommela-t-il.

— Merci, répondit Tony, la bouche pleine.

Ils mangèrent en silence. Le jambon de dinde sur du pain complet était sans saveur. Il l'avala par devoir mais reposa la deuxième moitié du sandwich et repoussa l'assiette.

— Tu ne finis pas ?

Carter secoua la tête. Tony engloutit le bout qui restait en quatre bouchées, s'essuya les mains et passa une serviette en papier sur ses lèvres avant de ramasser les assiettes et de les déposer dans l'évier.

— Comment es-tu entré ?

La question venait de lui traverser l'esprit.

— Le verrou n'était pas poussé. Et ta serrure n'aurait pas arrêté un bébé.

C'était vrai. Il n'avait pas fermé à clé après le départ de Rock.

— Pourquoi es-tu là ?

Tony s'adossa à l'évier.

— Je te l'ai dit. Hank essaie de te joindre.

— Et ?

— Tu as été aux abonnés absents pendant quatre jours.

Carter haussa les épaules.

— Je quitte l'agence.

Il soutint le regard de Tony.

— Tu vas me démolir maintenant ?

Tony croisa les bras sur sa poitrine.

— Je devrais. Ça te remettrait peut-être les idées en place.

— Alors tu ne vas pas me frapper ?

— Ça servirait à quoi ?

— A rien.

— Dans ce cas, quel intérêt ?

Il regarda ses ongles.

— Et je viens juste de me faire faire une manucure. Je n'ai pas envie de l'esquinter.

Carter appuya son menton dans ses mains.

— Je peux retourner me coucher, maintenant ?

— Hank dit que tu lui dois un mois de travail.

— Vingt et un jours, rectifia-t-il. Et alors ? Je m'en fiche.

Il se frotta les yeux. Une douleur dans la paume attira son attention. Elle était rouge et enflée.

Tony quitta la cuisine avec un soupir excédé. Il grommela quelque chose à propos des chieurs qui le prenaient pour une nounou et sortit en claquant la porte. Il réapparut une minute plus tard, une trousse de premiers secours à la main.

— Montre-moi ta main.

Carter obéit sans discuter. C'était tellement plus simple. Tony examina la coupure pendant une seconde avant de fouiller dans la trousse. Il prit plusieurs feuilles du rouleau d'essuie-tout sur le plan de travail et en glissa une sous la main de Carter.

— Ça va faire mal.

L'avertissement fut bref et quasiment simultané avec la brûlure qui transperça la paume de Carter.

— Nom de Dieu !

Il essaya de retirer sa main mais Tony lui maintint fermement le poignet sur le comptoir.

— Encore une dose, dit-il avant de verser plus d'eau oxygénée sur la coupure.

Carter gémit, dents serrées, sans se soucier de passer pour une femmelette.

— Pourquoi fais-tu ça ? gronda-t-il.

— C'est infecté.

Tony attrapa un tube de crème antibiotique et en mit

un peu sur la blessure avant d'enrouler une bande autour de sa main.

Carter regarda le pansement blanc puis leva les yeux vers Tony qui, après avoir jeté les essuie-tout, rangeait maintenant soigneusement les ustensiles dans la petite trousse.

— Pourquoi ?

Tony lui lança un regard rapide.

— Tu n'en as peut-être rien à faire pour le moment mais un jour tu changeras d'avis.

— J'en ai rien à faire de quoi ?

— De toi.

Il déposa la mallette près de la porte, redescendit les manches de sa chemise et boutonna les poignets avant de récupérer sa veste et de l'enfiler.

Carter l'observa dans un silence stupéfait.

— Tu ne vas pas me forcer à travailler ?

Tony haussa les épaules.

— Pour quoi faire ? Hank n'a aucun moyen de pression sur toi. Ton contrat est quasiment terminé. Tu n'as pas de famille ni d'attache qu'il pourrait utiliser pour te forcer à travailler. Sincèrement, je crois qu'il s'inquiétait pour toi.

Carter lâcha un rire sarcastique.

— Mais bien sûr.

— Bon, d'accord. C'est peut-être un peu exagéré.

Tony revint dans la cuisine et lui jeta une enveloppe.

— J'ai trouvé ça sous le porche.

Carter attrapa par réflexe l'enveloppe marron et grimaça quand elle heurta sa paume blessée. Il la retourna pour regarder l'adresse de l'expéditeur. Galerie Un œil dans la ville. Il la reposa.

— Tu ne l'ouvres pas ?

— Peut-être plus tard.

— N'attends pas trop. Ça a tout l'air d'une bonne nouvelle.

— Et en quoi ça t'intéresse ?

Tony soupira et leva les yeux au plafond.

— Fais ce que tu veux.

Il se détourna pour partir.

— Je dirai à Hank que tu es vivant et que ton téléphone est cassé.

Carter fixa les morceaux de plastique éparpillés sur la moquette près de l'escalier. En effet. Il allait devoir s'en racheter un.

La porte d'entrée claqua. Une bouffée d'air froid s'engouffra dans le couloir et gela ses pieds nus. Le silence s'installa, créant un vide étrange après le départ de Tony.

Carter regarda l'enveloppe. Il avait envoyé des photos à plusieurs galeries locales le mois passé. Tous les ans au mois de mai, Minneapolis organisait des expositions le temps d'un week-end. Il avait espéré pouvoir y participer. Etait-il en état de supporter une nouvelle désillusion ?

Son réfrigérateur bourdonna, une voiture passa dans l'allée. D'un geste brusque, il tira la languette de l'enveloppe et sortit son contenu. Son pouls s'accéléra sans aucune raison, et il poussa l'enveloppe cartonnée vide sur le côté.

Une petite liasse de documents était accompagnée d'une lettre qu'il parcourut à toute vitesse avant de la relire plus lentement une première fois, puis une deuxième, pour s'assurer qu'il avait bien compris.

La galerie voulait exposer sa série « Opportunités perdues » comme pièce maîtresse de son exposition Vie Urbaine.

Il parcourut les documents. Des recommandations, des autorisations légales, un contrat en triple exemplaires et des explications concernant l'organisation de l'événement.

Quelqu'un aimait ses photos. Pas un ami ou un amant, une galerie d'art. C'était sa chance de voir son rêve se réaliser.

Les mains tremblantes, il reposa les papiers. Le cœur

battant, il regarda le petit paquet de documents qui allait peut-être changer sa vie et essaya d'analyser la situation.

Et maintenant ?

Il emporta la liasse de papiers avec lui dans la salle de séjour, s'assit sur les coussins du canapé pour réfléchir.

La galerie voulait des agrandissements des clichés qu'il avait envoyés par e-mail, montés avec des passe-partout et encadrés. Ils avaient besoin d'une réponse rapide. Avant de changer d'avis, il prit sa tablette sur la table basse et ouvrit ses e-mails. Il trouva d'un coup d'œil l'e-mail de la galerie. Il contenait un double du contenu de l'enveloppe.

Sans se donner le temps de réfléchir, il tapa rapidement une réponse pour donner son accord. Il avait deux semaines pour apporter les photos et les contrats signés à la galerie. Il appuya sur la touche « envoyer » et regarda sa réponse disparaître. Voilà. Au lieu d'exulter et de fêter joyeusement l'événement, il avait seulement envie de retourner se rouler en boule dans son lit.

Il prit une minute pour effacer les publicités qui s'étaient accumulées dans sa boîte mail. Il retint son souffle en voyant un message de Rock daté de mardi. La souffrance lui déchira la poitrine, et ses mains se remirent à trembler. *Merde.*

Il n'était pas assez naïf pour imaginer que le message serait agréable. Il s'était servi de Rock et il l'avait jeté dehors. Ce qu'il avait fait était impardonnable.

Il ouvrit le message. Juste quelques lignes.

> J'ai dû rentrer chez moi pour une urgence dans ma famille. Tu n'as pas répondu à mon texto. Nous parlerons à mon retour. Rock.

Il fixa le mail sans comprendre. Il fallait qu'il se soit produit quelque chose de grave pour que Rock rentre chez lui où il n'avait pas remis les pieds depuis des années.

Le message était laconique mais à quoi s'attendait-il ? A des accusations ? De la colère ? Oui, il l'aurait mérité. Ces lignes ne trahissaient aucune agressivité. Et elles se terminaient même sur une note d'espoir. Devait-il y croire ?

« Nous parlerons à mon retour. » Fallait-il y voir une amélioration depuis ce terrible « je crois que nous en avons terminé » qui avait conclu leur dernière conversation ? Carter cliqua sur « répondre » et tapa un seul mot :

Désolé.

Il regarda le message partir. Il lui devait bien plus que ça mais il n'avait rien d'autre à offrir pour l'instant.

Il éteignit sa tablette et la posa. Il avait tout gâché avec Rock. Peu importait qu'il y ait été poussé par la volonté de se saborder ou par pure stupidité — le résultat était le même.

Il aurait dû monter dans son bureau et travailler sur ses photos. Au lieu de ça, il resta assis, le regard fixé sur l'écran noir de la télévision. La galerie lui offrait une chance de changer son avenir. Mais il avait déjà détruit la chance que lui offrait Rock. Pourquoi serait-ce différent cette fois-ci ?

Chapitre 27

Rock s'immobilisa sur le seuil de la chambre, les yeux plissés pour s'accoutumer à la semi-pénombre. Le soleil filtrait à peine à travers les fines lattes des volets. De la poussière en suspension dansait dans les rais de lumière comme pour défier les heures que sa mère passait chaque jour à faire le ménage.

Son père était couché dans son grand lit. Le sergent-chef Fielding enragerait s'il se voyait en cet instant, recroquevillé, presque fragile. La faiblesse n'avait pas sa place dans cette maison, quelles que soient les circonstances, quelle qu'en soit la cause.

Rock sourit. D'ici un mois, son père serait apte à terroriser de nouvelles recrues. Ce n'était pas un double pontage coronarien qui allait le faire plier. S'il devait mourir, ce serait en courant vingt kilomètres sous le soleil de Géorgie, un sac de quinze kilos sur le dos, pas dans un lit. Ou pire encore, à la retraite.

Rock regarda autour de lui, gagné par un sentiment de nostalgie. La maison avait changé mais le décor était le même que dans son enfance. Le dessus-de-lit rose soigneusement replié au pied du lit était l'unique concession faite à sa mère. Le mobilier de chêne massif aux lignes sévères avait enduré plus de déménagements que ne pourraient en supporter des meubles d'aujourd'hui. Même l'odeur, mélange de lavande et de Old Spice, était la même.

Tout dans cette chambre lui criait que ses parents n'avaient pas changé. Ni dans leurs habitudes, ni dans leurs convictions. Sa précédente visite remontait à quatre ans. C'était peut-être la dernière fois qu'ils acceptaient de le recevoir. Malgré lui, cette pensée le désolait.

Il n'avait pas eu une enfance malheureuse. On lui avait appris la discipline mais il avait reçu de l'amour aussi. Malheureusement, il ne serait jamais le fils que ses parents auraient voulu avoir. Il avait fait son choix. Ils pouvaient aimer ou haïr celui qu'il était devenu. Il n'avait aucun contrôle sur leurs sentiments et sur leurs décisions.

Son père gémit. Les couvertures glissèrent, découvrant l'épais bandage sur son torse. Il dormait depuis que l'ambulance l'avait ramené ce matin. En soldat stoïque, il avait affirmé que le trajet ne l'avait pas fatigué mais les calmants et son organisme durement éprouvé avaient eu raison de sa volonté.

Des poils de barbe gris hérissaient ses joues et son menton. Lui toujours si fier de sa coupe en brosse avait opté pour la boule à zéro quand il avait commencé à perdre ses cheveux. A l'approche de la soixantaine, il était en meilleure condition physique que bien des recrues de la moitié de son âge. D'après le médecin, c'était ce qui lui avait permis de s'en sortir sans dégâts majeurs.

— Qu'est-ce que tu regardes ?

La question grincheuse arracha Rock à ses pensées. Son père fixait sur lui un regard hargneux.

Il avança.

— Tu as besoin de quelque chose ?

— J'ai envie de pisser.

Son père repoussa les couvertures, essaya de se lever et retomba sur ses oreillers en grimaçant. Rock résista à l'envie de l'aider : il se prendrait une claque. Après de nouvelles tentatives et tout un chapelet de jurons, son père réussit à se redresser et se dirigea péniblement vers le cabinet de toilette attenant à la chambre. La porte claqua derrière lui.

— C'était ton père ?

Rock se retourna. Sa mère se tenait sur le seuil.

— Oui.

Il montra la salle de bains du menton.

Elle suivit son regard sans laisser paraître la moindre émotion.

— Préviens-moi s'il a besoin de quelque chose.

Ses sandales ne firent aucun bruit quand elle se retira. Les semelles de caoutchouc n'auraient pas eu l'audace de claquer sur son parquet ciré. Sa mère était le pendant parfait de son père. L'adage selon lequel les contraires s'attirent ne s'était jamais appliqué à ses parents.

La porte de la salle de bains se rouvrit, et le regard glacial de son père refroidit la température de la pièce encore plus efficacement que l'air conditionné.

— Tu es toujours là ?

Sans un regard de plus, il alla s'asseoir dans le rocking-chair, dans le coin. Hors de question pour le sergent-chef de se placer en position d'infériorité en retournant s'allonger comme un malade.

Rock s'approcha et s'assit au bord du lit.

— Rachel et moi, on repart cet après-midi.

Ils devaient reprendre le travail tous les deux demain. Le Red Room lui accorderait un congé supplémentaire s'il le demandait mais six jours chez ses parents constituaient sa limite. D'ailleurs, le sergent-chef se remettrait plus vite si on lui fichait la paix.

Son père frissonna mais Rock ne fit pas un geste pour lui apporter une couverture — ce serait tendre le bâton pour se faire battre. Il baissa les yeux et essaya de réfléchir à ce qu'il allait dire. Il y pensait depuis son arrivée mais les mots ne venaient pas.

— Tu as toujours des missions contractuelles avec l'armée ?

— Oui.

Son père le fusilla du regard.

— Tu ferais mieux de te réengager !

Ils avaient cette discussion depuis que Rock avait quitté l'armée. Mais cette fois, il tenait sa réponse. Rock sortit son téléphone de la poche de son pantalon de treillis.

— Il faut que je te montre quelque chose.

— Quoi ? Tu t'es enfin trouvé une femme ?

Autrefois, il aurait encaissé en silence mais cette époque était révolue. Désormais il rendait les coups. Son père n'avait que ce qu'il méritait.

Il fit défiler les photos sur l'écran, passant celles de Carter dans l'immeuble abandonné et quelques-unes d'eux deux, jusqu'à ce qu'il trouve ce qu'il cherchait. Il tendit le téléphone à son père. Le calme qu'il ressentait le surprit. Pas de nœud au ventre, pas de battements de cœur paniqués, seulement la conviction d'avoir pris la bonne décision.

Son père regarda la photo. Il la rapprocha de ses yeux, les sourcils froncés, avant de la reculer puis de l'approcher de nouveau. Il releva la tête d'un mouvement brusque.

Ça se veut drôle ?

— Non.

— Alors qu'est-ce que ça signifie ?

— J'ai envoyé cette photo au concours organisé par le magazine *Famille & Armée.*

— Pourquoi diable aurais-tu fait ça ?

— Parce que c'est la vérité.

Son père scruta la photo encore une fois et secoua la tête.

— Tu essaies de me mettre mal à l'aise ?

— Ça n'a rien à voir avec toi. Ça me concerne, moi. Ma vie.

Il prit une respiration.

— Je suis gay, papa.

Son père balança le téléphone dans la pièce, les narines dilatées de rage. Rock avait anticipé sa réaction : il se leva d'un bond et attrapa son téléphone au vol avant qu'il ne heurte quelque chose.

— Tu ne peux pas me faire ça, gronda son père.

Rock se rassit et regarda la photo. C'était celle que Carter avait mise en scène. Celle sur laquelle il était torse nu, face au mur, son visage de profil, ses bras écartés comme pour relier les mots tracés sur le mur et le drapeau en toile de fond. La phrase « Je suis gay » sur son bras se détachait au premier plan.

— Tu peux me tabasser, ça ne changera rien. C'est en moi. Je suis gay, je l'ai toujours été. Seulement aujourd'hui je l'ai enfin accepté. Je ne veux plus me mentir à moi-même. J'aime un homme.

Son père le dévisagea avec fureur, les poings serrés. Son torse montait et descendait trop vite. Si Rock déclenchait une autre attaque, il ne se le pardonnerait jamais. Le moment était mal choisi mais c'était probablement sa seule et dernière occasion d'avoir cette discussion.

Ils se défièrent du regard sans que ni l'un ni l'autre ne cède. Il s'écoula une bonne minute, peut-être davantage, avant que son père semble se recroqueviller sur lui-même. Ses épaules s'affaissèrent, et il baissa les yeux vers le sol.

— Fiche le camp.

— Quoi ?

Le sergent-chef releva les yeux vers lui, le visage glacial.

— Je t'ai dit de partir. Nous en avons terminé.

« Nous en avons terminé »… Ces mots frappèrent Rock comme un coup de poignard.

C'était ceux qu'il avait balancés à Carter. Dans sa colère et son chagrin il lui avait lancé ces mots avant de partir. Les entendre dans la bouche de son père lui faisait l'effet d'un terrible retour de bâton. Carter avait-il compris que tout était fini entre eux ? Que Rock en avait terminé avec lui alors qu'il parlait de la conversation ?

Putain. Il avait encore tout gâché !

Il se leva, le visage impassible.

— Oui, sergent.

Tournant les talons, il se dirigea vers la porte. Il quittait la chambre quand la voix de son père lui parvint, si doucement qu'il faillit ne pas l'entendre.

— Je n'ai pas eu ton courage.

Il se retourna d'un mouvement vif.

— Quoi ?

Son père ne lui prêta pas attention. Il regardait par la fenêtre, même si les volets fermés ne lui permettaient sans doute pas de voir grand-chose, le visage stoïque et las. Sa fragilité était de nouveau perceptible. Pour la première fois de sa vie, il faisait son âge.

Avait-il bien entendu ? Cela voulait dire que… Non. C'était impossible. Impossible.

Rock s'éloigna, abasourdi. Il avait dû mal entendre. Son père ne pouvait pas lui avoir avoué à demi-mot qu'il était gay. C'était de la folie. Et pourtant… cela expliquerait tant de choses !

— Tout va bien, Rockford ?

Sa mère était assise à la table de la cuisine, un verre de thé glacé devant elle.

— Tu as l'air bouleversé.

— Non, je vais bien.

Elle se leva pour lui servir du thé sans même lui demander s'il en voulait.

— Ton père s'est rendormi ?

Elle lissa la manche de son chemisier, chassant une poussière imaginaire avant de se rasseoir.

— Non, répondit-il, distrait en prenant place en face d'elle. Il était dans le rocking-chair quand je suis sorti.

— Oh.

Elle ébaucha le mouvement de se lever mais il posa la main sur son poignet.

— On peut parler une seconde ?

— Laisse-moi d'abord m'assurer que ton père va bien.

Il la lâcha.

— Bien sûr.

Elle s'éloigna dans le couloir d'un pas pressé, son pantacourt moulant ses formes rebondies. Sa mère n'avait jamais retrouvé la ligne après ses trois maternités.

— Où est maman ? demanda Rachel en entrant comme un ouragan dans la cuisine.

— Elle est allée voir si papa n'avait besoin de rien.

— Il va bien ?

— Oui.

Il l'espérait tout du moins.

— J'étais avec lui il y a cinq minutes.

Leur mère réapparut. Elle repoussa ses cheveux bruns mi-longs derrière ses oreilles et sourit à Rachel.

— Tu veux du thé ?

— Non, merci. Papa s'est endormi ?

— Non. Il se repose dans son lit.

— Oh ?

Rachel écarquilla les yeux.

— Tu es sûre qu'il va bien ?

Ils ne purent s'empêcher de rire tous les trois.

— Je vais lui dire au revoir. Il faut qu'on se mette en route si tu veux attraper ton avion, Rock.

— Vous voulez manger quelque chose avant de partir ?

Sa mère ouvrit le frigo avant qu'ils puissent décliner son offre.

— Maman, je voudrais te parler insista Rock comme sa sœur disparaissait dans le couloir.

— Mais il faut que je prépare de la soupe pour ton père et je pourrais vous confectionner des sandwichs pour le…

— Maman.

Elle se figea devant le frigo, le dos tourné.

— Viens t'asseoir, s'il te plaît.

— Pourquoi ?

Elle ne se retourna pas, et c'était un aveu.

— Il t'a parlé, c'est ça ?

— Qui ?

Elle tourna brièvement la tête pour le regarder.

— Ton père ? Qu'est-ce qu'il aurait dû me dire ?

C'était la voix qu'elle utilisait pour leur tirer les vers du nez quand ils étaient petits et qu'ils croyaient naïvement pouvoir lui cacher qu'ils avaient fait une bêtise.

Il sortit son téléphone avec un soupir, déverrouilla l'écran et le lui tendit.

Elle regarda la photo, lui rendit le téléphone, ouvrit le frigo sans un mot et sortit des légumes du tiroir.

— Maman ?

— J'espère que ton voyage de retour ne sera pas trop fatigant.

Elle posa les légumes sur le comptoir et prit une planche à découper.

— Passe-moi un coup de fil quand tu seras arrivé.

Il glissa le téléphone dans sa poche, surmontant sa déception.

— Tu ne dis rien ?

Elle lui lança un regard vide d'expression tout en sortant un couteau du bloc sur le comptoir.

— Je suppose que tu l'as montrée à ton père. Je ne m'étonne plus qu'il ait eu besoin de se reposer. Tu aurais pu choisir un autre moment.

Il se frotta le front en soupirant.

— Je crois que c'était le bon moment, au contraire.

— Peut-être.

Elle coupa les deux extrémités d'une branche de céleri et les jeta dans l'évier.

Il lui saisit doucement la main, prit le couteau et le posa sur le plan de travail.

— Que penses-tu du fait que je suis gay ?

Elle serra les lèvres mais ne retira pas sa main.

— Tu es mon fils et je t'aime. C'est tout ce que tu as besoin de savoir.

Elle dégagea son poignet.

— Rends-moi mon couteau.

Son regard le mettait au défi de lui désobéir. Il lui tendit le couteau et recula d'un pas. Il ne savait pas à quoi il s'était attendu. Peut-être à cette indifférence. Ni rejet, ni compréhension. Rien. Pour son père comme pour elle, le sujet était clos.

Elle se remit à couper les légumes, avec des gestes méthodiques et précis.

— Papa a murmuré quelque chose au moment où je partais. Est-ce que…

Elle pivota d'un mouvement brusque, la pointe de son couteau dirigée vers lui.

— Ça suffit, Rock. Il est temps que tu partes.

Une brève lueur étincela dans ses yeux puis elle retourna

à ses préparatifs, tranchant la branche de céleri avec une efficacité contrôlée.

— Je lui dirai au revoir pour toi. Merci d'être venu. C'était bon de te revoir.

Certaines choses ne changeraient jamais.

Tout était dit. Ils ne le renieraient pas mais il ne devrait plus jamais aborder le sujet. Très bien, il n'insisterait pas. Ils menaient des vies séparées et, aussi longtemps qu'elles ne se croiseraient pas, ses parents auraient toujours un fils cadet.

— On va y aller, dit Rachel en traversant la cuisine pour enlacer sa mère. Si tu as besoin de quoi que ce soit, appelle-nous. Je peux être ici en deux heures.

— Ne t'inquiète pas, tout ira bien.

Elle tapota le bras de sa fille.

— Merci d'être venue.

Il avança quand Rachel s'éloigna et serra sa mère dans ses bras.

— Je t'aime, maman.

Elle hocha la tête avec raideur et recula.

— Prends soin de toi.

Elle retourna à ses légumes.

Sans un mot de plus, il souleva son sac et sortit dans la chaleur écrasante. On ne lui demanderait plus de venir à moins d'une nouvelle urgence ou d'un décès. Chaque pas l'éloignait un peu plus d'un passé qui l'avait étouffé pendant trop longtemps.

Il voulait rentrer chez lui. Retrouver sa vie, ses amis. Et Carter.

Chapitre 28

Carter leva la tête en entendant taper à la porte d'entrée. Il travaillait depuis des heures sur les photos qu'il devait envoyer à la galerie. Sa nuque était douloureuse, et sa main l'élançait douloureusement : les petits mouvements avec la souris avaient réveillé sa blessure.

Il remua les épaules pour détendre ses muscles et descendit l'escalier. Tony venait peut-être lui annoncer que Hank avait finalement changé d'avis au sujet de sa retraite anticipée. Il jeta un coup d'œil par la fenêtre.

Rock.

Son estomac se noua. Il envisagea une seconde de ne pas ouvrir mais il était déjà trop tard : Rock le fixait du regard à travers la fenêtre, le visage sombre. Impossible de se défiler. Dieu, il avait à peine pris le temps de se doucher, il devait avoir l'air d'une loque.

Il inspira profondément et tourna la poignée.

— Salut.

La voix grave de Rock s'insinua en lui, réveillant ses souvenirs et sa culpabilité. Il voulut enfouir ses mains dans ses poches mais elles glissèrent sur le tissu de son pantalon de jogging. Il n'avait pas de poches.

— Salut, répondit-il en croisant les bras.

— Je peux entrer ?

Carter plissa les yeux dans la lumière du soleil. Il n'était pas certain que ce soit une bonne idée mais il ne pouvait pas éviter cette discussion. Les yeux baissés, il s'effaça.

Quand Rock passa devant lui, son parfum flotta vers lui, et une vague de désir et de regrets s'abattit sur lui. Il mourait d'envie de tendre la main et de le toucher mais il garda ses bras crispés sur sa poitrine.

Il suivit Rock dans la salle de séjour, notant que pour la première fois il n'avait pas pris la peine de se déchausser. Sans doute parce qu'il n'avait pas l'intention de rester.

La pièce était dans l'ombre, les volets et les rideaux fermés pour faire barrage au soleil. Carter hésita, les excuses qu'il devait à Rock coincées au fond de sa gorge. Comment pouvait-on être aussi nul ?

Rock embrassa le désordre d'un seul coup d'œil. Les assiettes sales sur la table basse, la pile de lettres non ouvertes sur le comptoir de la cuisine, le mur écaillé et les morceaux de son téléphone portable éparpillés au pied de l'escalier. Il croisa les mains dans son dos avant de se décider à le regarder.

Ils se dévisagèrent un long moment. Carter n'aurait su dire si cela dura une minute ou une heure mais il voulait mémoriser chaque détail de son visage pour le cas où ce serait la dernière fois. Il était si beau, même dans cet austère coupe-vent noir. Un homme rude en apparence mais incroyablement doux et tendre quand on le connaissait un peu mieux.

— On n'en a pas terminé, toi et moi.

Les mots prononcés tout bas parurent claquer dans le silence. Carter ferma les yeux et serra plus fort les bras sur sa poitrine.

— Je te demande pardon, dit-il tout bas.

Rock ne cilla pas.
— Pardon de quoi ?
Carter s'humecta les lèvres et se perdit dans l'immense liste de ses regrets.
— D'être une telle merde. De t'avoir traité comme je l'ai fait.
Il secoua la tête.
— Tu as toutes les raisons de me haïr.
Le chagrin lui brûla la gorge comme de l'acide. Il sentit des larmes lui piquer les yeux et passa la main sur son visage pour les essuyer furtivement.
Rock fit un pas vers lui.
— C'est ma faute. Tu m'as dit de partir mais je ne t'ai pas écouté.
Il soupira avant de reprendre :
— Je voulais t'aider et je nous ai fait du mal à tous les deux.
— Non.
Carter secoua la tête.
— Dieu, non. C'est moi. Je me suis comporté comme…
Sa gorge se serra de nouveau, et il déglutit pour retrouver un filet de voix.
— Comment pourras-tu me pardonner ?
Il ne parvenait pas à se pardonner lui-même.
— Je ne t'ai pas laissé le choix.
— On a toujours le choix.
— Alors disons qu'on a fait une erreur tous les deux.
Rock fit un autre pas vers lui.
— Je suis désolé. Je n'ai pas respecté ton espace vi…
— Je t'ai violé ! hurla Carter avec désespoir. Comment peux-tu pardonner ça ?
Rock serra les mâchoires.
— Et si tu m'expliquais ce qui s'est passé ? demanda-t-il calmement.

Carter regarda autour de lui sans même savoir ce qu'il cherchait.

— C'était une mauvaise soirée, répondit-il mécaniquement. Deux types. Ils n'ont pas voulu me laisser jouir et ils m'ont jeté dehors après en avoir fini avec moi. Je me sentais sale, humilié, et c'est toi qui as pris.

— Et cette érection venue d'une autre galaxie ?

Carter esquissa un pâle sourire.

— Depuis quelques mois, je devais prendre des trucs pour réussir à faire mon boulot.

— Seulement depuis quelques mois ?

Il hocha la tête, laissant Rock tirer ses propres conclusions. Le silence retomba mais il ne put se résoudre à lever les yeux. Il enfouit ses orteils plus profondément dans la moquette.

— L'agence te met sur des coups foireux pour te punir de ne pas renouveler ton contrat ?

Il hésita puis céda avec un soupir. Autant tout lui dire.

— Je me suis mis en tort parce que j'ai perdu un de mes clients réguliers. Le type avec qui je venais au Red Room. Mais ça n'a plus d'importance. J'en ai fini avec tout ça.

Rock se rapprocha.

— Pourquoi as-tu perdu ce client ?

Carter esquissa un sourire sans joie.

— Tu me voyais retourner au club et baiser avec ce type sachant que tu nous verrais ? Tu me prends pour qui ?

— Alors, tu l'as fait pour moi ?

Pour toi. Pour moi. Pour nous. Beau résultat. Je t'ai perdu. J'ai tout foutu en l'air.

Rock était à moins d'un mètre de lui maintenant. Assez près pour le toucher mais trop loin pour l'enlacer.

— Quand vas-tu me faire confiance ? Je suis là. Je suis revenu. Quand vas-tu comprendre que je veux être avec toi ?

— Pourquoi ?

La question pathétique lui échappa malgré lui, trahissant sa peur.

— Tu n'as plus besoin de moi. Tu as trouvé ta voie. Je ne te sers plus à rien.

— Tu te trompes.

— Je n'ai rien à t'offrir.

— Tout ce dont j'ai besoin c'est toi.

Carter secoua la tête.

— Non.

— Bon sang, Carter ! Où est passé ce type génial qui a réussi à révéler à lui-même un pauvre mec tellement dans le déni qu'il en crevait ? Qu'est-ce qui lui est arrivé ?

— Il t'a rencontré.

Rock recula comme s'il venait de le frapper.

— Quoi ?

Carter releva la tête. Il avait répondu avec franchise mais il n'avait pas voulu blesser Rock.

— Je suis escort, marmonna-t-il. On me loue pour une nuit. Mais toi tu voulais plus et tu m'as donné envie d'en vouloir plus moi aussi. Et c'est bien, jusqu'au jour où tu te rends compte que tu vis avec une pute. Personne n'a envie de vivre avec une pute toute sa vie.

— Tu as raison, acquiesça Rock — et Carter sentit ses genoux fléchir. Je ne veux pas d'une pute. Je te veux toi. Quand vas-tu l'accepter ?

L'accepter ? Il vacilla.

— Je ne sais pas si j'en suis capable.

Rock fit un dernier pas. Seuls quelques centimètres les séparaient à présent. Carter n'avait qu'à se laisser aller contre lui, et les bras de Rock se refermeraient autour de lui, il en était certain. Mais le soutiendraient-ils ?

Avant qu'il n'ait eu le temps de faire le moindre mouvement, Rock prit son visage en coupe dans ses mains. Ses yeux étaient remplis de mots que ni l'un ni l'autre ne prononcèrent. Finalement, il se pencha pour presser son front contre le sien.

Carter ferma les yeux. Il devait rester fort. Il ne pouvait pas craquer, pas devant Rock.

— Je t'aime.

Carter se mit à trembler. Ses yeux brûlèrent. Son cœur cogna contre ses côtes, exigeant qu'il réponde à ces deux mots qu'il avait tellement souhaité entendre. Mais il ne parvenait pas à remuer les lèvres.

Une telle lumière irradiait de Rock ! Il le désirait tellement ! Mais au moment où il allait céder et se laisser aller contre lui, Rock fit un pas en arrière. Sans sa chaleur contre son corps, Carter sentit tout son courage l'abandonner. Il ouvrit les yeux.

Rock avait sorti une feuille de papier de la poche de son coupe-vent.

— C'était dans ma boîte mail quand je suis rentré. J'ai proposé une des photos que tu as prises de moi au magazine *Famille & Armée*. Une association qui milite pour les droits des militaires gays l'a vue. Ils voudraient s'en servir pour leur campagne nationale.

Il lui tendit la lettre. Le changement de sujet était si brutal que Carter mit plusieurs secondes à comprendre. Mais il sourit spontanément en reconnaissant la photo. La ville au loin, légèrement floutée et Rock au premier plan. Les muscles ciselés de son torse et l'inscription sur son bras semblaient jaillir de l'image comme s'ils étaient en relief.

— Bon choix. C'est l'une de mes préférées.

— Et la preuve indiscutable que tu es bien plus qu'un escort. Que penses-tu de leur proposition ?

Carter arrêta de sourire.

— Je ne comprends pas la question.

— La photo t'appartient. C'est à toi de décider si tu acceptes qu'ils l'utilisent ou pas. C'est écrit dans la lettre.

Carter parcourut une nouvelle fois le document, le papier tremblant légèrement dans sa main. Il le lut en diagonale. Quelqu'un souhaitait réellement lui acheter sa photo pour une campagne sur les droits des homosexuels ? C'était une opportunité fantastique pour sa carrière de photographe.

Il rendit la lettre à Rock et croisa de nouveau les bras sur sa poitrine.

— Je ne te ferai jamais ça.

— Quoi donc ?

— T'exposer aux yeux du monde entier.

— Et si je suis d'accord ?

— Mais ta famille ? Tes amis ? Tu es prêt à faire ton coming out devant tout le monde ?

— Je l'ai dit à mes parents la semaine dernière. Et les seules personnes qui comptent pour moi sont toutes au courant.

Carter ne put dissimuler sa surprise.

— Vraiment ? Comment est-ce arrivé ?

Il se rappela brusquement que Rock était retourné chez lui pour une urgence. Il avait été tellement centré sur ses propres malheurs qu'il ne lui avait même pas demandé ce qui s'était passé !

— C'est pour cette raison que tu es allé chez toi ?

Rock secoua la tête, un demi-sourire aux lèvres.

— Mon père a eu une attaque et a dû subir un double pontage.

Merde. Maintenant, il se sentait encore plus lamentable.

— Mais il va bien ?

— Il va s'en sortir, oui.

Rock enfouit ses mains dans ses poches.

— Ma mère et lui n'ont pas eu la moindre réaction quand je leur ai annoncé. C'est la maison du déni, tu sais.

Mais, bon, cela aurait pu être pire. Je ne suis pas certain de pouvoir t'emmener là-bas un jour pour te les présenter mais en tout cas ma sœur veut absolument te rencontrer.

Le présenter à sa famille…

— Tu ferais vraiment ça ?

— Evidemment. Tu es mon petit ami.

Le sourire qui joua sur les lèvres de Rock donna à Carter envie de se jeter dans ses bras. Son pouls battait trop vite, ses pensées tournaient trop vite. Rock était revenu lui déclarer son amour. Il était prêt à révéler son homosexualité au monde entier. Il lui avait pardonné. C'était trop. Il ne pouvait pas… Ses émotions étaient à nu, son cœur à vif.

Il recula de quelques pas et s'assit sur un tabouret de bar près du comptoir avant que ses jambes ne le lâchent.

— Je ne sais pas si j'en suis capable, chuchota-t-il.

— Capable de quoi ?

— De tout ça. L'exposition à la galerie, la campagne de pub, toi… c'est trop. Ça ne marchera jamais. Quelque chose va capoter comme d'habitude.

Ça finissait toujours comme ça.

Rock le rejoignit et l'enlaça de ses bras vigoureux. Instinctivement, il se laissa aller contre lui, sans autre volonté que de sentir sa chaleur et sa force le pénétrer. Comme animés par une volonté propre, ses bras s'enroulèrent autour des épaules de Rock pour le serrer contre lui.

Le visage pressé contre le torse de Rock, il s'imprégna de son odeur. Pouvait-il y croire ? A toutes ces choses, à eux ?

— Quelle exposition à la galerie ? demanda Rock en lui caressant doucement le dos.

Il lui raconta le week-end artistique organisé par la ville et la proposition de l'une des galeries de mettre en vedette sa série « Opportunités manquées ».

— Mais c'est génial ! s'écria Rock.

— Alors pourquoi suis-je terrifié ?

— Mon père disait toujours que si tu n'es pas terrifié c'est que tu n'as pas assez essayé.

Rock lui souleva le menton pour l'obliger à le regarder.

— Je ne vais pas partir, et tu as du talent. Cesse de douter de tout.

— J'aimerais y arriver. Mais j'ai besoin d'un peu de temps, et tu dois être sûr que je suis ce que tu veux.

— Moi je suis sûr, insista Rock en fronçant les sourcils. C'est toi qui continues à vouloir me faire partir.

Il avait raison. C'était lui qui doutait, qui ne faisait pas confiance. Mais il ne pouvait pas changer, pas dans la seconde. Cette habitude était trop ancrée en lui.

— Je suis le premier homme de ta vie. Comment peux-tu être sûr que c'est de l'amour ?

— Exactement comme j'ai su depuis le début qu'on ne baisait pas toi et moi.

Carter tressaillit.

— Jusqu'à la dernière fois.

— C'est du passé.

Rock lui caressa la lèvre du bout du pouce.

— Oublie. Moi, c'est fait.

Carter fit glisser ses mains sur le torse de Rock puis l'attira à lui dans un baiser tendre qui devint rapidement passionné.

— J'essaie, dit-il entre deux baisers.

— Bien.

Rock lui rendit ses baisers avec une fièvre identique et Carter y mit tout l'amour qu'il ne pouvait pas exprimer avec des mots, tous les espoirs qu'il ne parvenait plus à cacher. Peu à peu la passion se mua en douceur. Non, ce n'était pas terminé entre eux. Tout n'était pas réglé mais ils avaient encore une chance.

Il se blottit dans les bras de Rock, le cœur battant, aspirant sa force, sa chaleur.

— Merci, chuchota-t-il.

— De quoi ?

— D'être là.

— Aussi longtemps que tu voudras de moi, répondit Rock en l'enlaçant plus fort.

Chapitre 29

Rock posa son téléphone à côté de lui sur le canapé et regarda les notes qu'il venait de prendre. Le contrat était presque finalisé mais il y avait encore quelques points à préciser sur les droits d'utilisation et de reproduction. Le problème, c'était que Carter ne voulait pas en entendre parler.

La semaine s'était écoulée dans un tourbillon de coups de téléphone, de rendez-vous avec la propriétaire de la galerie et de nuits sans sommeil au Red Room. Mais son souci numéro un, c'était Carter. Il voulait faire un break et prendre du recul. Une torture alors que lui n'avait qu'une envie : le serrer dans ses bras et le convaincre qu'il n'avait pas l'intention de le quitter. Ni aujourd'hui ni jamais.

Il attrapa précipitamment son téléphone en l'entendant biper, avant de se rappeler que Carter n'avait toujours pas remplacé le sien. Une vraie tête de mule.

Le texto était de sa sœur.

J'ai pris mon billet d'avion.

Il tapa rapidement sa réponse sur le clavier.

Super. Tu veux que j'aille te chercher ?

Non. Je louerai une voiture. Tu seras très occupé.

Tu passes d'abord.

J'ai pris aussi une chambre d'hôtel.

Pourquoi ?

Je pense que tu seras très occupé après l'exposition. Enfin, j'espère ;-)

Son optimisme le fit sourire mais il croisa les doigts pour qu'elle ait raison.

Tu es la meilleure. Merci.

Carter t'évite toujours ?

Eviter était peut-être exagéré même si ce n'était pas totalement faux. Il avait travaillé toute la semaine à préparer ses photos pour l'exposition. Ils n'avaient communiqué que par e-mails, et encore, ils avaient été rares.

Il se concentre sur l'expo.

Je suis là si tu as besoin de moi.

Je sais. Envoie-moi par e-mail ton horaire d'avion.

O.K. Je t'aime.

Il avait une sœur géniale. Sans oublier ses amis qui faisaient bloc derrière lui. Toutes ces années passées à se cacher lui paraissaient tellement stupides à présent. Quel gâchis, quel temps perdu…

Bon sang, Carter lui manquait trop !

Et si son plan se retournait contre lui ? Rock connaissait le risque quand il avait accepté de prêter son visage à une campagne nationale pour les droits des homosexuels. Mais Carter comprendrait-il pourquoi et pour qui il avait pris ce risque ?

Il l'espérait de tout cœur. Il n'avait pas parcouru un si long chemin pour perdre l'homme qui l'avait porté jusqu'ici.

Carter ferma les yeux et poussa un long soupir. Voilà. Les photos étaient livrées. Leslie, la propriétaire de la galerie, n'avait pas tari d'éloges. Il avait opté pour des passe-partout gris sombre et des cadres en métal noir afin de centrer l'attention sur l'image.

Il tendit la main vers son téléphone portable pour envoyer un texto à Rock et suspendit son geste en se rappelant qu'il n'avait pas remplacé l'ancien. Il ne se sentait pas encore prêt à affronter le monde.

Il appuya son front dans ses mains.

Ce serait si bon de se reposer sur Rock, de remettre son sort entre ses mains.

Mais même les félicitations de la propriétaire de la galerie n'avaient pas dissipé ses incertitudes. Ses compliments lui avaient fait plaisir, bien sûr, mais le public partagerait-il son enthousiasme ? Rien n'était moins sûr.

Et si ses photos ne se vendaient pas, de quoi vivrait-il ?

La seule façon de le savoir, c'était de se lancer. Mais oserait-il prendre ce risque ?

Hank avait tenu parole en n'exigeant pas qu'il termine son contrat. Mais ça ne l'avait pas empêché de lui en renvoyer un autre, « juste au cas où il aurait perdu le premier ». Il était arrivé la veille dans sa boîte mail. Ironiquement, c'était l'une des rares pièces jointes qu'il n'avait pas pu s'empêcher d'ouvrir.

Il aurait dû le mettre aussitôt à la poubelle, mais…

L'exposition avait lieu dans cinq jours. C'était plus qu'il ne fallait pour voir tous ses doutes resurgir et pour faire machine arrière.

Chapitre 30

Ce fichu col de chemise était trop serré. Rock tira dessus même s'il savait que le vêtement n'était pas en cause. En réalité, c'était le stress qui le minait. Et si Carter ne venait pas ?

— Vous êtes sûr que M. Montgomery va venir ?

Leslie Sherwood, la propriétaire de la galerie Un œil dans la ville, s'avançait vers lui. Sa robe noire élégante et ses cheveux bruns tirés en chignon lui donnaient l'air sévère mais il avait découvert que sa silhouette menue et son allure discrète cachaient une intelligence aiguisée et une vraie passion pour son métier.

— Absolument sûr.

Il proféra ce mensonge avec une conviction qui parut la convaincre. En vérité, il n'en était pas certain du tout. Mais il avait déclenché le plan de secours, au cas où.

Leslie jeta un coup d'œil à sa montre puis parcourut du regard l'immense salle avant de fixer l'œuvre couverte d'un drap sur la petite estrade au fond.

— M. Thompson ne va plus tarder.

— Parfait.

Rock se força à sourire. Il n'avait rien pu avaler depuis ce matin, il ne risquait donc pas d'avoir la nausée. Mais cela n'empêchait pas son estomac de jouer les rebelles.

— Merci encore d'avoir tout réglé aussi rapidement. Ce sera une grande nuit. Je le sens !

Elle posa brièvement la main sur son bras avant de s'éloigner, ses talons claquant sur le sol.

Rock attendit qu'elle disparaisse derrière la porte de l'arrière-salle pour attraper son téléphone et appeler fébrilement Tyler.

— Salut, répondit Tyler d'une voix essoufflée. Je suis en retard, désolé. Mais on n'est plus très loin de la résidence.

— Ah bien. Merci.

— Seth amène les filles.

Il y eut une faible protestation en arrière-plan : « Je ne suis pas une fille ! » et Rock reconnut la voit d'Allie. Tyler soupira.

— Rectificatif : il amène les gentes dames à la galerie. J'ai demandé à Deklan et à Jake de me prêter main-forte.

Rock se tourna vers la grande fenêtre qui donnait sur la rue.

— Tu as bien fait. Mais allez-y en douceur, il est fragile.

— Je sais. Fais-moi confiance, OK ?

Il avait confiance en eux. Il n'avait pas le choix de toute façon. La soirée était trop importante. Il jeta un coup d'œil à sa montre. Bientôt 17 heures. Dans quelques minutes, la galerie ouvrirait ses portes pour le long week-end du festival artistique.

— La photo sera dévoilée à 19 heures. Il faut absolument qu'il soit là.

Tyler marmonna quelque chose à quelqu'un puis reprit la communication.

— Arrête de t'inquiéter. Ton mec sera là, chaud comme la braise, bien avant l'heure. Je te rappelle.

Il raccrocha avant que Rock ait pu ajouter un mot. La météo douce et ensoleillée allait sans doute leur amener beaucoup de monde. Cette perspective était à la fois fantastique et terrifiante.

Il jeta un coup d'œil à sa montre et tira sur le col de sa chemise. Pour la centième fois de la journée, il regretta de ne pas avoir acheté un nouveau portable à Carter. Il avait besoin d'entendre sa voix, de se rassurer.

Il n'était pas certain d'avoir le courage d'aller au bout de sa démarche si Carter n'était pas à ses côtés. Sa vie ne serait plus jamais la même après aujourd'hui. Si Carter ne le comprenait pas alors tout était probablement fini. Mais il ne voulait pas y penser.

Carter aurait déjà dû être habillé et prêt à partir. Son costume l'attendait sur un cintre, avec sa chemise fraîchement repassée du pressing. Mais il restait là, figé, incapable de bouger. Il n'avait même pas pris sa douche.

Il regarda son élégant costume noir. Il l'avait porté en de multiples occasions pour son travail mais ce soir c'était différent. Il était à l'aube d'une nouvelle vie — s'il osait franchir le pas.

En proie à un nouvel accès de panique, il laissa sa tête tomber dans ses mains. Il était glacé, son ventre tellement noué qu'il avait du mal à respirer.

Il n'y arriverait jamais. Et pourtant, il le fallait. Il ne voulait pas décevoir Rock. Il ne voulait pas le perdre ni lui faire du mal. Pas une deuxième fois.

Mais le saut dans l'inconnu était trop terrifiant.

Ces cinq derniers jours avaient fait resurgir tous ses doutes. Il titubait au bord d'une décision qui allait engager toute sa vie. Il n'était pas obligé d'y aller. Il pouvait encore faire machine arrière.

D'un geste brusque, il attrapa les papiers posés sur la commode près de lui. Il n'avait qu'à signer et il aurait cinq années de sécurité devant lui.

Si Rock l'aimait vraiment, il comprendrait.

Ce soir, à minuit, quand son contrat en cours expirerait légalement, il serait officiellement libre. Mais le serait-il réellement ? Il ne pouvait pas effacer le passé. Ni oublier qu'il avait passé dix années de sa vie à vendre son corps.

C'était son seul talent, être une pute.

Un coup sec frappé à sa porte interrompit la spirale infernale de ses doutes. Pourquoi ne le laissait-on pas tranquille ?

Il descendit l'escalier d'un pas hésitant. Hank était capable de lui envoyer son gorille une dernière fois, pour tenter de le convaincre de signer à nouveau pour cinq ans.

— Ouvre, Carter.

La voix de Tyler était étouffée par l'épaisseur de la porte mais parfaitement reconnaissable.

Qu'est-ce qu'il faisait là ? Carter entrouvrit le battant et Tyler entra comme une fusée.

— Allez, hop, à la douche !

L'attrapant par le bras, Tyler l'entraîna dans le couloir pendant que deux types franchissaient le seuil et fermaient la porte derrière eux.

— Mais…

Il se retrouva au pied de l'escalier avant d'avoir compris ce qui se passait, et se retourna pour voir Deklan et Jake entrer dans sa cuisine comme en terrain conquis.

— Ne vous gênez surtout pas !

Il les connaissait de vue parce qu'ils habitaient la résidence et il savait qu'ils étaient aussi les propriétaires du

Red Room. Mais cela n'expliquait pas pourquoi ils entraient chez lui sans être invités, cravatés et tirés à quatre épingles.

Jake sourit.

— Merci, c'est gentil.

— On n'a pas le temps de faire la conversation, insista Tyler en tirant Carter par le bras. Va prendre ta douche, tout de suite.

Il regimba.

— Pourquoi ?

— Pour Rock, lâcha Deklan derrière lui d'un ton peu amène.

Ce seul mot lui fit l'effet d'un coup de poing. Il retourna d'un bloc.

— Comment ?

— Ecoutez, les gars, on ne va pas avoir cette discussion maintenant, gémit Tyler en s'interposant entre eux.

Carter l'écarta de la main et fit un pas vers Deklan.

— De quoi tu te mêles ?

— De ce qui me regarde. Rock est mon ami.

Carter grinça des dents, exaspéré par tous ces gens qui fourraient leur nez dans sa vie.

— Ça t'arrive d'ouvrir ton courrier ?

Jake examinait la pile de lettres non décachetées avec un sans-gêne inouï. Il leva une enveloppe.

— Tu sais que l'électricité c'est très pratique mais qu'il vaut mieux la payer ?

— J'hallucine, marmonna Carter en se frottant les yeux.

— Carter, bouge-toi !

Tyler le poussa des deux mains pour lui faire monter l'escalier.

— Vous vous disputerez dans la voiture si tu veux, mais pas maintenant.

Il se laissa manœuvrer jusqu'à l'étage et se retrouva sous

la douche avant d'avoir trouvé une bonne raison pour s'y opposer.

— Tu as cinq minutes ! cria Tyler par-dessus le crépitement de l'eau. Et n'oublie pas de te raser.

Il resta sous le jet brûlant un long moment avant d'attraper le savon et de commencer à se laver. C'était Rock qui les avait envoyés, forcément. Il avait deviné qu'il essaierait de se défiler comme un lâche et il avait demandé à ses amis de venir le chercher.

Rock ne l'avait jamais laissé tomber. Même quand lui-même avait renoncé à se battre.

Il se rinça, évacuant ses derniers doutes avec les ultimes traces de mousse. Ses muscles se dénouèrent en même temps que disparaissaient ses angoisses.

Rock n'était pas venu le chercher lui-même mais il avait envoyé trois personnes en qui il avait toute confiance.

Il se sécha avec une soudaine fébrilité. Il devait arriver à la galerie avant que Rock décide que ce n'était plus la peine de l'attendre.

Il voulait être près de lui, dans les bons comme dans les mauvais moments. Ensemble, ils étaient invulnérables. Sans lui, il n'était rien.

Il fonça dans la chambre. Il enfilait sa chemise quand il vit ce que Tyler tenait dans les mains.

— Je ne vais pas le signer, dit-il tranquillement.

— J'espère bien !

Sans le quitter des yeux, comme pour le mettre au défi de l'en empêcher, Tyler déchira le contrat en deux morceaux puis en quatre.

Carter montra la porte d'un signe du menton.

— Il y a une broyeuse dans mon bureau.

— Parfait.

Tyler sortit en emportant le contrat.

Carter finissait de boutonner sa chemise quand il entendit le ronronnement de la broyeuse. Il effacerait l'e-mail de Hank dès demain. Et il créerait une nouvelle adresse. Avec un nouveau téléphone et un nouveau numéro. Il allait repartir de zéro.

Il boutonnait son pantalon quand Tyler réapparut. Il s'adossa à la commode bras croisés.

— Alors, c'était quoi ce délire ?

— Une grosse connerie ?

Il le formula comme une question mais c'était malheureusement la vérité.

— Heureux de te l'entendre dire, acquiesça Tyler.

Il plissa les yeux.

— Tu sais qu'il est dingue de toi, au moins ?

Carter se figea. Il n'avait jamais voulu y croire de peur de tomber de haut si ce n'était qu'une illusion mais entendre Tyler prononcer ces mots faisait soudain du rêve une réalité.

— Maintenant, oui, souffla-t-il.

— Magnez-vous ! cria Jake depuis le rez-de-chaussée.

— On arrive ! répondit Tyler.

Carter tendit la main vers sa cravate et suspendit son geste. Ce n'était pas celle qu'il avait préparée.

— J'ai trouvé que celle-là irait mieux, marmonna Tyler en réponse à son regard interrogateur.

Il avait remplacé sa cravate à fines rayures rouge par une bleu roi qu'il n'avait jamais vue.

Avec un haussement d'épaules, Carter la noua rapidement autour de son cou et dégringola l'escalier, sa veste sur le bras.

— Magnez-vous ! lança-t-il en arrivant en bas.

Deklan se renfrogna mais Jake éclata de rire. Il ramassa une petite pile de lettres qu'il venait de trier.

— A traiter de toute urgence.

— Entendu.

Il n'était même pas énervé que Jake ait mis son nez dans son courrier. Il ne s'était occupé de rien durant ces trois dernières semaines, en dehors des photos pour l'exposition. Il devait y avoir pas mal de factures en retard. Il jeta sa veste sur son épaule et fonça vers la porte.

— Vous êtes venus en voiture, je suppose ?

Il n'attendit pas la réponse et sortit dans la lumière douce de la fin d'après-midi. L'homme de sa vie l'attendait. Il était grand temps qu'il écrive son avenir.

Par bonheur, il n'était pas trop tard.

Chapitre 31

Les visiteurs allaient et venaient dans la galerie. Certains admiraient les œuvres exposées, d'autres s'arrêtaient au bar pour boire un verre de vin en discutant. L'ambiance était détendue, les tenues décontractées. On croisait aussi bien des gens en jean qu'en robe de soirée. C'était tout l'esprit de ce week-end dont la seule ambition était de promouvoir l'art et les artistes locaux auprès du plus grand nombre.

Tout en surveillant la rue, Rock observait les mouvements de foule devant les photos de Carter. Il n'entendait pas les commentaires à cause du brouhaha mais les réactions semblaient plutôt positives.

Il sourit en voyant Rachel traverser le trottoir d'un pas vif. Il la serra dans ses bras à la seconde où elle franchit le seuil.

— Merci d'être venue, dit-il tout contre ses cheveux, son parfum de fleur l'enveloppant dans une bulle de réconfort.

Elle l'étreignit.

— Qu'est-ce que tu croyais ? Je meurs d'envie de rencontrer Carter.

Elle recula et regarda autour d'elle.

— Il est là ?

— Non.

Il l'entraîna avec lui.

— Mais il ne devrait pas tarder.

Tyler lui avait envoyé un texto pour l'informer qu'ils étaient en route. En temps normal, il y avait vingt minutes de trajet mais la circulation était impossible le vendredi. Il jeta un coup d'œil à sa montre et respira. Bon, il avait encore de la marge.

— Tu te sens comment ?

Il haussa les épaules.

— Nerveux mais il est trop tard pour faire machine arrière. De toute façon, je suis décidé à aller jusqu'au bout.

— Bravo !

— Tu es ravissante aujourd'hui.

Elle lui donna une petite tape affectueuse avec son sac à main.

— Tu n'es pas objectif mais je prends quand même.

Son sourire était contagieux, et il résista à l'envie de la serrer de nouveau dans ses bras.

— Alors, où est-il exposé ?

Elle parcourut la salle du regard. Il n'y avait pas seulement des photos mais aussi des tableaux et des sculptures. Et même une énorme maquette en métal d'un immeuble en ruines.

Rock la prit par le coude et la guida vers l'espace réservé aux photos de Carter. L'éclairage avait été savamment dosé pour mettre chaque détail en valeur.

— Voilà.

— Oh ! souffla-t-elle. C'est magnifique. Il a vraiment du talent !

Un murmure approbateur monta autour d'eux.

Rock sourit, aussi fier que si le compliment s'adressait lui. Pourquoi Carter n'était-il pas là ? Il fallait qu'il entende ça !

Rachel engagea la conversation avec une jeune femme à côté d'elle, et il se dirigea vers le bar pour aller lui chercher un verre de vin. Il revenait vers elle quand il repéra Seth qui entrait avec Allie, Cali et Kendra.

Il tendit le verre de vin à sa sœur et se dirigea vers eux.

— Salut.

Il échangea une poignée de main avec Seth.

— Merci d'être venu.

— On n'aurait manqué ça pour rien au monde, affirma Cali, ses yeux verts étincelant.

— Absolument, acquiesça Allie en regardant autour d'elle. C'est magnifique.

— La propriétaire de la galerie connaît son métier.

C'était un piètre commentaire mais il n'était pas vraiment dans son élément.

— Vous êtes superbes, ajouta-t-il à l'attention des trois jeunes femmes en robes de soirée.

— Merci, Rock.

Kendra le toisa de la tête aux pieds et sourit.

— Tu es splendide toi aussi.

Il réussit à accepter le compliment sans rougir mais redressa nerveusement son nœud de cravate.

— Merci.

Il jeta un coup d'œil furtif à sa main et constata qu'elle ne portait pas de bague. A quoi diable pensait Deklan ?

— Les autres ne devraient pas tarder, dit Seth.

Il portait sa veste avec un chic et une aisance que Rock lui envia.

— Alors comme ça, tu es en couple avec Carter ?

Allie le dévisagea avec un sourire innocent.

— Mon radar gay doit être en panne parce que je n'ai rien capté du tout.

— Allie ! souffla Cali en lui faisant les gros yeux.

— Quoi ? Tu étais au courant, toi ?

Kendra éclata de rire, dissipant le moment de gêne.

— Ton radar gay ne capte rien depuis longtemps, Allie. Tu ne t'en doutais pas non plus pour Seth et Tyler, si je me souviens bien.

Allie secoua ses cheveux bouclés avec une moue et glissa son bras sous celui de Seth.

— Mon radar défectueux a besoin d'un verre de vin.

Ils s'éloignèrent, leurs rires se perdant dans le brouhaha.

— Bonsoir.

Marcus tapota l'épaule de Rock et lui donna une brève accolade.

— Ça va ?

— Bien. Enfin, ça irait mieux si Carter se décidait à arriver.

Il regarda sa montre pour la énième fois et vérifia s'il n'avait pas de nouveau message sur son portable. Rien. Il se tourna vers Marcus et sa petite amie, Quinn.

— Tu es magnifique.

— Merci.

Quinn posa la main sur son ventre arrondi, bien visible sous sa robe.

— Mais je ne crois pas que ça va durer très longtemps.

— Ne te plains pas, intervint Cali en souriant. Moi je ressemblais déjà à une montgolfière à six mois de grossesse. Ton petit bedon est ravissant, très hollywoodien.

— J'ai l'impression d'être un hippopotame, soupira la jeune femme. Je n'arrive pas à croire que le bébé ne sera là que dans trois mois.

Rock regarda Marcus qui caressait l'épaule de Quinn, les yeux rayonnant de tendresse. Leur relation semblait fonctionner à merveille. Qui l'eût cru ? Quinn était une star d'Hollywood et Marcus l'un des associés du Red Room où il travaillait comme dom. Mais le mince lien de cuir noir qu'elle portait autour du cou en disait plus long sur eux que leurs sourires.

— Je suis la dernière ? demanda Vanessa en les rejoignant.

Ses cheveux noirs tombaient sur ses épaules laissées nues par sa robe rouge sans manches.

— Non, répondit Kendra. La star du jour n'est toujours pas arrivée.

— Deklan, Tyler et Jake sont sur le coup, expliqua Cali.

— Ça va ? demanda Vanessa d'une voix douce en se tournant vers lui.

— Oui, merci.

Il était 18 h 30, et Carter n'était toujours pas là.

— Je suis contente pour toi, poursuivit-elle. J'espère que ça marchera avec Carter.

L'intraitable dominatrice du Red Room savait se montrer douce et maternelle avec les gens qu'elle aimait.

— Merci. Moi aussi.

Il n'avait pas révélé les détails de sa vie à tous les associés mais les membres du club formaient une grande famille et l'information avait circulé à l'intérieur de leur petit cercle. De toute façon, il n'avait plus aucune raison de garder secrète sa relation avec Carter.

— Noah m'a chargée de te saluer et de te dire que tu n'avais pas à t'inquiéter pour le club, il te remplacera.

— Je lui revaudrai ça.

Noah s'était porté volontaire pour que les autres associés puissent disposer de leur journée mais deux d'entre eux devraient quand même se rendre au club plus tard dans la soirée.

— Comme nous tous, dit-elle avant de pointer un doigt vers Seth qui revenait avec Allie et deux verres de vin. Où est le bar ?

Rock chercha sa sœur du regard. Il voulait la présenter à ses amis, mais la pièce était noire de monde, et il ne l'aperçut nulle part.

Il se retournait quand il vit Leslie fendre la foule pour le rejoindre, un gentleman grand et maigre dans son sillage.

— Rock, je vous présente Grant Thompson. J'ai pensé que vous aimeriez le rencontrer avant la cérémonie.

— Monsieur Fielding, le salua Grant avec un sourire qui creusa un éventail de petites rides autour de ses yeux. Je suis enchanté de vous rencontrer.

— Moi de même. Appelez-moi Rock, je vous en prie.

Sa poignée de main était ferme et chaleureuse.

— Volontiers, à condition que vous m'appeliez Grant. Je ne vous remercierai jamais assez d'avoir accepté de prêter votre image pour notre campagne.

— C'est moi qui vous remercie d'avoir réussi à tout organiser en si peu de temps.

— Nous devrions nous rapprocher de l'estrade, dit Leslie. Je n'ai pas encore aperçu le mystérieux M. Montgomery. L'avez-vous vu ?

Elle se tourna vers Rock qui secoua la tête.

Il les laissa partir devant lui pour pouvoir sortir son portable et envoyer un texto furibond à Tyler.

Bordel mais vous êtes où ?

Il était au pied de l'estrade quand la réponse lui parvint.

On se gare.

Le public jetait vers eux des regards intrigués. Il sentit son ventre se nouer mais prit une grande respiration. Ce n'était pas le moment de flancher. Il avait perdu des années à se renier, à sacrifier sa vie, son bonheur. Mais c'était terminé.

*
* *

— Vite, vite, vite !

Tyler claqua la portière de la berline et traversa le parking au pas de course.

— Où est l'urgence ?

Carter le suivit tout en essayant d'enfiler sa veste.

— L'exposition dure jusqu'à 22 heures, non ?

Jake appuya une main dans son dos pour le pousser.

— Mais c'est maintenant que ça se passe.

— Rock va m'écorcher vif, marmonna Tyler avant de monter l'escalier deux marches à la fois, ses chaussures résonnant bruyamment sur le ciment.

Merde. Carter boutonna sa veste, passa la main dans ses cheveux et monta les marches à une vitesse qu'il jugea en lui-même ridicule.

— Je savais bien que j'aurais dû vous lâcher devant la galerie et aller me garer ensuite. Vous y seriez déjà !

La voix de Deklan résonna par-dessus le bruit de leur cavalcade.

— On y va tous ensemble ou pas du tout, riposta Tyler.

Carter cilla dans la lumière du jour quand ils émergèrent de la pénombre du parking souterrain et empruntèrent le trottoir en direction de la galerie. C'était l'une des plus réputée du quartier, et il y avait un monde fou sur le trottoir. Il dut ralentir à plusieurs reprises pour laisser s'écouler le flot des passants. Tyler lui avait communiqué sa nervosité et à chaque seconde perdue il sentait son rythme cardiaque s'accélérer.

Il atteignit enfin la porte de la galerie et fut stupéfié par le monde qui se pressait à l'intérieur. Il dut se faufiler entre deux visiteurs pour pouvoir entrer.

— Ah.

La voix douce de la propriétaire de la galerie résonna dans les haut-parleurs et remplit la pièce.

— Je vois que nous pouvons commencer.

Elle remercia le public pour sa présence puis Carter perdit complètement le fil de son discours en découvrant Rock au pied de l'estrade. Son cœur battit à toute volée. Dieu, il était sublime. Il s'était coupé les cheveux. La coupe courte, presque rase, faisait ressortir le relief de son visage. Son costume noir mettait en valeur ses larges épaules, impression accentuée par la position de repos qu'il avait adopté naturellement.

Et il était impossible de ne pas remarquer sa cravate bleu roi : elle était identique à la sienne.

Qu'est-ce que ça voulait dire ?

— Tu devrais aller près de l'estrade, lui chuchota Tyler en lui donnant un petit coup de coude.

— Pourquoi ?

— Vas-y, je te dis.

D'une poussée sèche, Tyler l'envoya presque heurter un vieux monsieur devant lui. Il foudroya Tyler du regard et fixa de nouveau son attention sur l'estrade.

L'homme qui se tenait à côté de Rock monta sur la petite scène sous les applaudissements. Il était très grand et très élégant avec des cheveux grisonnants. Sur ses lèvres, un sourire amical s'adressait à tout le monde.

Pendant qu'il prenait la parole, Carter parcourut la salle du regard et reconnut plusieurs jeunes femmes de sa résidence dans un petit groupe rassemblé près d'un pilier. Cali lui fit un signe de la main, attirant l'attention de Kendra et d'Allie qui tournèrent la tête et en firent autant. Leur présence n'avait rien d'étonnant puisque c'était leurs compagnons respectifs qui l'avaient traîné jusqu'ici. Mais pourquoi cette réunion ?

— Si je suis ici ce soir c'est pour donner le coup d'envoi de notre campagne pour les droits des militaires gays.

Carter ramena son attention sur la scène et sentit une vague d'émotions tour à tour brûlantes et glacées le submerger tandis que les éléments du puzzle se mettaient subitement en place.

— L'abrogation de la loi du silence au sein de l'armée et plus récemment la législation de la cour suprême sur la défense du mariage gay ont été des avancées importantes. Mais il reste encore beaucoup à faire.

Il se tourna vers Rock.

— Monsieur Fielding est un magnifique exemple des sacrifices que nos militaires font chaque jour pour garantir notre sécurité et préserver nos libertés. Il… Mais plutôt que de faire un discours, je vais vous montrer pourquoi je l'admire.

Il se déplaça sur le côté pendant que deux hommes se dirigeaient vers un grand chevalet dissimulé sous un drap.

— Monsieur Fielding nous a envoyé cette photo dans le cadre d'un concours. En tant qu'ancien militaire moi-même j'ai tout de suite été impressionné par la force de cette image. Le photographe a fait preuve d'un talent exceptionnel. M. Montgomery est un artiste local dont certaines œuvres sont exposées ici ce soir.

Carter allait s'évanouir, il le sentait. Tout s'obscurcit autour de lui. Les sons lui parvenaient encore, mais assourdis, et le reste du discours se perdit dans les battements effrénés de son cœur.

Rock ne lui avait pas reparlé de cette campagne, il en avait conclu qu'il avait abandonné l'idée. Il s'agissait d'une photo privée. Elle n'avait jamais été conçue pour être montrée au public…

L'orateur retira le tissu d'un geste ample, dévoilant une épreuve agrandie au format tableau et encadrée. Un brouhaha monta dans l'assistance et des applaudissements retentirent mais la seule chose dont Carter avait conscience, c'était de ce portrait de Rock, exposé en pleine lumière. Les mots « Je suis gay» semblaient hurler à travers la salle.

— … qui sera la pièce maîtresse de la campagne nationale que nous avons l'intention de porter devant le Pentagone et le Congrès, poursuivit l'orateur.

Carter vacilla et sentit Tyler lui agripper le bras pour le soutenir. Il tourna les yeux vers Rock, abasourdi, et s'aperçut qu'il le fixait à travers la foule.

Pourquoi ? articula-t-il silencieusement.

Rock sourit, une simple inflexion de sa bouche qui ne répondait pas à sa question. Puis il monta sur l'estrade, accompagné par une salve d'applaudissements.

— Tu es toujours avec nous ? chuchota Tyler en lui serrant le bras.

Il secoua la tête comme un boxeur au bord du K-O.

— J'ai demandé à Leslie la permission de dire quelques mots, commença Rock.

Sa voix profonde s'éleva dans les haut-parleurs.

— Je n'aurais jamais eu le courage de poser pour cette photo et de clamer qui je suis à la face du monde si je n'avais pas été soutenu par quelqu'un d'exceptionnel. Je suis un ancien militaire, j'ai fait la guerre, mais Carter Montgomery m'a montré ce qu'était le vrai courage.

Carter cilla. Il ne pouvait pas pleurer, pas maintenant. Ce serait montrer à tout le monde que Rock se trompait sur lui et qu'il n'était qu'un petit pleurnicheur.

— J'ai passé trente-quatre ans à nier qui j'étais.

Rock prit une respiration et planta son regard dans le sien.

— Je n'avais pas compris à quel point j'étais malheureux jusqu'à ce que tu me montres combien je pouvais être heureux. Je t'aime, Carter. Merci.

Rock descendit de l'estrade, et Carter avança vers lui,

comme attiré par un aimant. La foule s'écarta pour le laisser passer. Les applaudissements résonnaient comme le tonnerre tout autour de lui mais il s'en moquait. Il ne voyait que Rock. Cet homme incroyable qui était en train de révéler au monde entier qu'il était gay alors qu'il ne parvenait même pas à prononcer le mot il y avait seulement quelques mois.

Il était le courage et la force incarnés. Si Rock était capable d'une telle bravoure, alors lui, il pouvait sûrement affronter l'inconnu auprès de lui.

Il le rejoignit et attira Rock à lui dans un baiser où il essaya de mettre tout son amour, toutes ses émotions.

Un tourbillon de sensations familières l'assaillit — sa saveur, son parfum familier, ses muscles durs contre son corps. Il était son amant, son petit ami, son compagnon, l'homme qui était devenu son univers.

Il releva la tête.

— Je t'aime.

Les mots glissèrent tous seuls, remplissant de lumière les ténèbres qui avaient pesé sur sa vie pendant si longtemps. Pourquoi ne les avait-il pas prononcés plus tôt ?

— Dieu, je t'aime tellement !

Il lui vola un autre baiser avant que Rock puisse parler.

Il en voulait plus — il mourait d'envie de lui arracher ses vêtements et de lui montrer à quel point il l'aimait. Par chance, Rock avait plus de contrôle que lui. Il mit doucement un terme à leur baiser avant de presser son front contre le sien.

— Il était temps que tu t'en rendes compte, murmura-t-il.

— Je le sais depuis longtemps. Mais je n'avais pas le courage de l'avouer.

— Tu es prêt à affronter le monde maintenant ?

Carter hocha la tête.

— Avec toi, oui.

— Bien. Parce que nous ne sommes pas seuls.

Carter laissa échapper un petit rire, et ils se retournèrent en même temps, accueillis par des applaudissements nourris, des flashes d'appareils photo et les sifflets enthousiastes de leurs amis. Il prit la main de Rock, tous ses doutes envolés.

Avec lui, il pouvait marcher vers ces lendemains auxquels il avait failli ne plus croire.

Chapitre 32

Rock s'adossa à la porte de l'appartement de Carter et prit quelques instants pour admirer l'homme qu'il aimait. Cette pensée fit naître un sourire sur ses lèvres. Il n'avait jamais imaginé pouvoir être aussi heureux.

Jamais.

Carter desserra sa cravate, se retourna. Il fronça les sourcils en se rendant compte qu'il ne l'avait pas suivi, puis esquissa un lent sourire qui déclencha en lui toute une cascade de frissons délicieux. Il avait réussi à garder ses distances toute la soirée mais maintenant il n'avait plus aucune raison de se contrôler.

Carter avança vers lui, son regard brûlant de passion le transperçant jusqu'au cœur.

— Merci, chuchota Carter.

Il fit glisser son doigt le long de sa cicatrice, une caresse si légère qu'il la sentit à peine sur sa joue.

— Je ne savais pas qu'on pouvait être aussi heureux.

— Moi non plus, avoua Rock.

— Tu l'as fait pour moi ? La photo ? demanda-t-il en plongeant son regard dans le sien.

— Je l'ai fait pour nous deux.

— C'est une bonne chose qu'on se soit trouvés, alors ?

— La meilleure chose qui me soit jamais arrivée, murmura Rock d'une voix rauque en se penchant vers Carter pour prendre le baiser qu'il s'était refusé toute la soirée.

Il avait l'impression d'être rentré à la maison. C'était ridiculement fleur bleue mais il assumait. Pour la première fois de sa vie, il avait une âme sœur.

Il releva la tête avec un sourire.

— Pas de pastille à la menthe aujourd'hui ?

Carter rit tout bas.

— Je les ai oubliées.

— Ça me plaît.

Il l'embrassa de nouveau, savourant la chaleur de sa bouche et la saveur douce du champagne sur sa langue.

— Tu m'as manqué, dit-il comme ils reprenaient leur respiration.

— Toi aussi.

Carter lui caressa le visage.

— Je pensais que tu étais parti à jamais.

— Je reviendrai toujours pour toi. Toujours.

— Je suis tellement désolé, murmura Carter en fermant les yeux. Si je pouvais revenir en arrière et effacer cette soirée, je le ferais. Je n'ai jamais eu aussi honte de moi que cette nuit-là.

Le remords était inscrit sur son visage, contractant ses sourcils, serrant douloureusement ses lèvres.

— Je t'aime, chuchota Rock en l'enlaçant.

Il inspira profondément et se laissa imprégner par l'odeur familière de Carter avant d'ajouter :

— Montre-moi comment cela aurait dû se passer.

Carter recula, le regard indécis. Mais Rock était sûr de lui.

— Il faut qu'on referme le chapitre sur cette nuit-là.

— Dieu, je t'aime ! Je ne sais pas ce que j'ai fait pour te mériter mais je ne te repousserai plus jamais.

— Promis ?

— Juré !

Il mêla ses doigts à ceux de Carter, et ils se dirigèrent vers sa chambre main dans la main. Le clair de lune les guida jusqu'à ce que Carter allume la lampe de chevet. Ils se déshabillèrent mutuellement dans une danse lente, entrecoupée de baisers, de caresses et de soupirs voluptueux. Chaque geste était un nouveau départ qui effaçait la souffrance et les erreurs de cette fameuse nuit.

— Allonge-toi, commanda Carter en le faisant reculer jusqu'à ce qu'il heurte le lit.

Rock obéit en veillant à entraîner Carter avec lui.

— Je crois que je ne pourrai jamais me rassasier de toi, souffla-t-il.

— Moi j'en suis sûr, répondit Carter en pressant ses lèvres sur son torse. Je ne cesserai jamais de te désirer…

Un autre baiser.

— D'avoir besoin de toi…

Un autre baiser, plus bas.

— De t'aimer…

Le baiser suivant se posa sur son sexe bandé. Carter en taquina l'extrémité avec sa langue, la butinant, la cajolant, avant de le prendre dans sa bouche. Rock se souleva instinctivement, ses abdominaux contractés par les spasmes de plaisir qui traversaient son sexe et ses bourses.

Il retomba en arrière sur le matelas, haletant.

— Non, je ne serai jamais rassasié de toi, soupira-t-il.

Il s'obligea à ne pas fermer les yeux. Regarder Carter l'aimer était une vision trop parfaite. Il enfouit ses doigts dans les cheveux de son amant et épousa le lent va-et-vient de sa tête, sans exercer de pression.

Carter le prit tout entier dans sa bouche, et il faillit perdre le contrôle. Oh Dieu. C'était trop bon.

Il tira doucement sur les cheveux de Carter pour l'arrêter. Il n'arrivait pas à parler. Par chance, Carter comprit. Il releva la tête, un sourire insolent aux lèvres.

— Un problème ?

Il était incroyablement beau avec cette lueur diabolique au fond des yeux. C'était l'homme dont il était tombé éperdument amoureux. Rock se redressa et attira Carter à lui pour un autre baiser passionné. Il chercha fiévreusement sa langue et l'embrassa avec toute la force du désir qui coulait dans ses veines.

Seule la nécessité de reprendre son souffle l'obligea à relever la tête, mais il déposa une pluie de baisers sur le cou et les épaules de Carter. La saveur salée de sa peau, sa douceur, tout en lui le rendait fou.

— Fais-moi l'amour, supplia-t-il d'une voix rauque.

Carter le poussa doucement jusqu'à ce qu'il repose de nouveau sur les draps. Il se pencha au-dessus de lui, les yeux sombres dans la lumière douce de la lampe.

— C'est ce que j'ai toujours fait, chuchota-t-il.

L'évidence magnifique de ces mots le transperça. Dès la première fois, cela avait été beaucoup plus qu'une simple relation sexuelle entre eux. Ils avaient tous les deux tourné autour de cette vérité, plus maintenant.

Carter l'embrassa de nouveau, durement, ardemment, avant de tendre la main vers le tube de lubrifiant. Rock n'éprouvait aucune crainte, seulement de l'excitation. Il plia les genoux et s'offrit à son amant. Carter gronda tout en baissant la tête pour butiner ses testicules.

— Dieu, murmura Rock, le souffle court.

Rock agrippait l'arrière de ses cuisses avec une telle force qu'il aurait probablement des bleus demain mais cela lui était égal.

Carter joua avec lui, tout doucement, patiemment, avant d'introduire un doigt en lui.

— Ne t'arrête pas.

— Je ne veux pas te faire mal, souffla Carter en embrassant l'intérieur de sa cuisse tandis qu'il glissait un deuxième doigt en lui.

— Ce ne sera pas le cas.

Il retint sa respiration quand Carter commença à bouger en lui. C'était absurde mais cette brûlure lui plaisait. Son sexe pulsa contre son ventre dans un appel silencieux.

— Prends-moi.

Une éternité s'écoula avant que Carter accède à sa demande. Il s'inclina au-dessus de lui et ne le quitta pas des yeux pendant qu'il entrait lentement en lui.

— Je t'aime, chuchota-t-il.

Il y avait tant d'émotion dans son regard que Rock faillit perdre le contrôle. Le souffle de Carter caressait sa nuque moite à chaque respiration.

Rock lâcha ses cuisses et enroula ses jambes autour de Carter pour qu'ils ne fassent plus qu'un. Il l'embrassa avec passion avant de se laisser retomber en arrière, haletant.

— Bouge. Je t'en supplie.

Il se souleva, cherchant le mouvement qui assouvirait le désir qui grondait dans ses veines à chaque battement de cœur. Enfin, Carter commença à aller et venir en lui et le plaisir le submergea. Oui, voilà ce dont il avait besoin.

Carter ne le lâchait pas du regard, leur connexion était totale. Le claquement de leurs corps, les gémissements qu'ils ne pouvaient pas retenir, l'odeur du sexe et du désir les enveloppa. Carter était son univers, sa vie.

L'orgasme monta trop rapidement. Il essaya de résister mais son sexe se tendit, prêt à céder sans attendre sa permission.

— Je ne veux pas…

Il retint son souffle et se souleva de plaisir quand Carter toucha sa prostate.

— Laisse-toi aller, gronda Carter en accélérant le rythme. Caresse-toi et jouis.

Glissant sa main entre eux, Rock obéit. Il referma les doigts autour de son sexe avec un gémissement. Carter toucha le même point voluptueux, et il accéléra les mouvements de sa main jusqu'à ce que la vague devienne irrépressible.

— Viens avec moi, balbutia-t-il avant de perdre la force de parler.

De sa main libre, il agrippa la nuque de Carter et s'accrocha à lui pendant que le plaisir l'emportait.

Carter se raidit au-dessus de lui, écrasant ses hanches contre ses fesses, le dos cambré pour se fondre en lui. Un cri rauque s'échappa de sa bouche.

Puis, Carter s'effondra sur lui, leurs respirations haletantes résonnant dans le silence. Rock l'attira contre lui et l'enlaça farouchement.

— Je ne te laisserai jamais partir.

— J'aime te l'entendre dire, murmura Carter contre sa nuque.

— Tant mieux. Parce que je vais le répéter jusqu'à ce que tu me croies.

Carter se redressa pour le regarder.

— Je te crois. Ce qu'on vient de faire c'est uniquement de l'amour.

Il pressa un tendre baiser sur les lèvres de Rock.

— Je ne cesserai jamais de t'aimer.

Rock n'avait jamais rien entendu d'aussi beau.

Si vous avez aimé ce roman
découvrez sans attendre les précédents romans
de la série « Red Room» :

Tu apprendras la confiance, Lynda AICHER

Tu dépasseras tes limites, Lynda AICHER

Tu apprivoiseras l'inconnu, Lynda AICHER

Disponibles dès à présent sur www.harlequin.fr

Et ne manquez pas la suite dans votre collection Sexy :
Tu chercheras ton plaisir, Lynda AICHER, novembre 2015

Composé et édité par HARLEQUIN

Achevé d'imprimer en Italie (Milan)
par Rotolito Lombarda
en août 2015

Dépôt légal en septembre 2015

Après des années passées à courir le monde pour une multinationale, **Lynda Aicher** a mis un terme à son mode de vie nomade pour élever ses deux enfants et réaliser son rêve : écrire un roman (et si c'est une romance érotique, c'est encore mieux) avant ses 40 ans. Depuis, son imagination est sa seule limite, et c'est dans un monde torride et sulfureux qu'elle s'échappe lorsque ses activités de mère et d'épouse (comprendre aussi : chauffeur, cuisinière, infirmière, coach et professeur particulier), lui en laissent l'occasion.

Retrouvez son univers sur www.harlequin.fr